ALPHA PAR ALLIANCE

RENEE ROSE

Traduction par
AGATHE M

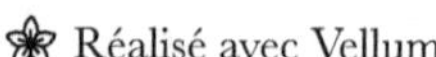 Réalisé avec Vellum

TABLE DES MATIÈRES

LIVRE GRATUIT DE RENEE ROSE

Abonnez-vous à la newsletter de Renee

Abonnez-vous à la newsletter de Renee pour recevoir livre gratuit, des scènes bonus gratuites et pour être averti·e de ses nouvelles parutions !

CHAPITRE UN

Rayne

Il y a trois choses que je déteste au lycée de Wolf Ridge : les alpha-brutis (les joueurs de football américain qui régentent notre vie sociale), les joueuses de volley (la version féminine des alpha-brutis), et le reste des élèves, à l'exception des humains.

Alors ouais. Ça me laisse quasiment toute seule.

Et en tant qu'avorton de la meute, je l'ai toujours été, alors ce n'est pas nouveau.

En ce moment, ce sont les joueuses de volley que je déteste le plus. Surtout Casey Muchmore.

— Avorton ! lance-t-elle dans mon dos alors que je traverse l'école d'un pas pressé. Avorton ! Ne m'oblige pas à te courir après.

Casey est la louve alpha du lycée, presque aussi méchante que son frère Cole lorsqu'il régnait en maître sur l'établissement, il y a deux ans.

Merde.

J'interromps ma course, mais je ne lui fais pas le plaisir

de me retourner. Elle me saisit l'épaule pour me faire pivoter face à elle, puis elle me plaque au mur de briques, me cognant la tête.

— Je ne guéris pas comme toi, dis-je en vitesse.

C'est un avertissement destiné à nous protéger toutes les deux. J'ai beau avoir un parent métamorphe – peut-être même deux, mais ma mère refuse d'en parler –, je ne suis pas comme les autres. Mes cellules ne se régénèrent pas aussi vite que les leurs. Donc si elle me blesse, j'en garderai des marques. J'aurai une preuve de ses tortures, et je pourrai m'en servir contre elle.

Même si je ne ferais jamais une chose pareille. Je ne suis pas stupide.

— Dans ce cas, tu as intérêt à m'écouter, gronde-t-elle.

— Je n'ai pas besoin de l'entendre.

— Tu vas le faire quand même.

— *Casey*, l'interromps-je. Je me fiche de qui tu embrasses. Ou de ce que tu fais. Je ne juge pas, et ça ne me regarde pas.

— C'est clair.

Elle s'est calmée. Je crois qu'elle s'attendait à ce que je me fasse toute petite et que je promette de ne jamais rien dire.

Dans ma quête pour trouver un endroit où déjeuner toute seule, je suis tombée sur Casey en train d'embrasser River, l'une des pom-pom girls. Ça ne devrait avoir aucune importance. À notre époque, être lesbienne n'est plus considéré comme quelque chose de honteux. Pas dans les lycées humains, en tout cas.

Mais ici, c'est Wolf Ridge. Les métamorphes sont extrêmement binaires et genrés. Ça fait partie de la culture lupine. Et vu à quel point je suis rejetée à cause de ma petite taille et de mon incapacité à me transformer, je n'imagine même pas ce que vivrait une louve homo-sexuelle.

— Tu sais ce que je me demanderais, si j'étais toi ?

— Quoi ? demande-t-elle.

Mon ton assuré semble l'avoir surpris. Eh oui, j'ai beau être petite, je ne suis pas une poule mouillée. En plus, je fréquente ces gens depuis la maternelle, alors j'ai le cuir épais.

— Ce que River pense du fait que tu caches votre relation.

Casey fronce les sourcils.

— Mais comme je te l'ai dit, ça ne me regarde pas. Ton secret est en sécurité avec moi.

Je ne la regarde pas dans les yeux. Je lui présente ma gorge en signe de soumission, mais j'ajoute :

— Je suis désolée que tu ne te sentes pas assez à l'aise pour être toi-même dans le lycée que tu diriges prati-quement.

Là, j'ai dépassé les bornes. Elle plisse les yeux et colle presque son nez au mien.

— Et moi, je suis désolée que ta mère se soit tapé une souris pour tomber enceinte de toi.

— Belle répartie, dis-je d'un ton ironique.

— Mais j'imagine que son statut a enfin changé, hein ? Il est comment, ton nouveau beau-papa ? Il t'intègre à la famille, toi aussi, ou il t'a construit une niche au fond du jardin ? Une petite maison pour souris, plutôt ?

— Ça t'aide ?

— De quoi ?

— D'être cruelle avec moi ? Ça t'aide à digérer tes propres traumatismes ?

Casey me lâche comme si ma peau la brûlait.

— Dégage, avorton.

Je lâche un rire sans humour.

— C'est toi qui viens de me plaquer au mur, Casey.

J'affronte son regard un instant, et je lis la douleur derrière ses yeux.

Apparemment, jouer cartes sur table fonctionne bien, avec elle, car elle tourne les talons et s'éloigne à grands pas, faisant balancer sa longue et épaisse queue de cheval.

Je me laisse glisser le long du mur de briques, soulagée.

On dirait que j'ai survécu un jour de plus. Me faire tabasser à l'école m'aurait valu d'autres remontrances à la maison.

Cela aurait rappelé à Logan Woodward, un métamorphe haut-gradé de Wolf Ridge, qu'en épousant ma mère il y a trois semaines, il a aussi pris pour belle-fille la plus grosse loseuse de la meute.

Un acte que son fils, Wilde, l'ancien capitaine de l'équipe de football américain du lycée de Wolf Ridge, n'est sans doute pas près de lui pardonner.

Et je suis certaine que mon demi-frère me le fera payer très cher.

~

Wilde

La fête bat son plein dans notre chambre d'hôtel.

L'odeur d'humains est pesante, ici. Je suis habitué à cette puanteur, mais je la déteste toujours autant. Elle imprègne les vestiaires et les couloirs de la fac. La fraternité où je vis avec mes soi-disant potes de l'équipe. C'est une odeur fade et maladive.

À moins que mes sens se soient émoussés, à force de vivre parmi les humains.

Tout ce que je sais, c'est que la plupart du temps, je prends péniblement sur moi pour faire semblant d'être l'un des leurs. Et là, ils sont beaucoup trop entassés au même endroit.

Duke vient d'écraser l'université de Clemson, alors mes coéquipiers s'éclatent. Des pom-pom girls des deux équipes circulent dans la pièce, légèrement vêtues. Je trouve ça drôle, que des filles de Clemson soient présentes. Elles ne doivent avoir aucune loyauté envers leur propre équipe. Les humains sont bizarres.

Je ne suis pas surpris qu'elles aient été invitées, cependant. Beaucoup de mes coéquipiers prennent un malin plaisir à conquérir les femmes des facs rivales. Un truc primitif, j'imagine. D'ailleurs, pour être honnête, j'étais moi-même sur le point de m'amuser avec une fausse blonde aux jambes interminables, quand quelque chose a mis mon loup aux aguets.

Un frisson. L'impression de devoir garder la tête froide. Être attentif. C'est pour cela que je suis la seule personne sobre, ici. Même s'il est quasiment impossible de s'enivrer, pour un loup. Notre métabolisme est beaucoup trop rapide. Tout le monde est en train de sniffer de la coke, car nous avons été dépistés hier, ce qui signifie que la menace d'un nouveau contrôle est écartée pendant quelques semaines.

Notre quarterback et mon colocataire pour la nuit, Ryan, sont sortis acheter de la bière, chose inutile, vu la quantité de poudre dont nous disposons. Ryan est en dernière année, et je suis en deuxième année, mais nous sommes les stars de l'équipe, alors j'ai un statut suffisamment élevé pour loger avec lui. Soit ça, soit je suis le seul mec qui ne risque pas de voler toute la coke qu'il a achetée avant le match dans l'intention de la vendre à notre retour.

Nous nous sommes déjà fait chasser de la piscine et

du bar. C'est comme ça que nous avons fini ici, dans notre chambre. Le gérant de l'hôtel est passé nous dire de faire moins de bruit il y a une vingtaine de minutes, un avertissement que nous n'avons pas vraiment pris au sérieux.

Je me dirige vers la fenêtre et regarde dehors en me frottant la nuque. C'est mon loup qui a dû m'attirer ici, car en bas, je vois deux voitures de police.

Merde. C'est sans doute pour ça que je n'avais pas envie de faire la fête.

— Tout le monde dehors. Il y a les flics. *Tout de suite.*

Je mets un peu d'autorité alpha dans ma voix, bien qu'il s'agisse d'humains. Parfois, ça fonctionne sur eux, s'ils sont sensibles aux énergies.

La plupart de ces gens-là sont trop défoncés pour percevoir quoi que ce soit.

Je colle les doigts à mes lèvres et siffle, avant de faire clignoter la lumière.

— Tout le monde dehors, j'ai dit. Les flics sont là. La fête est finie.

J'entends quelques grognements, mais mes coéquipiers se mettent en mouvement, conscients que si nous nous faisons chopper, le coach Granview nous bottera le cul. Les pom-pom girls ramassent les vêtements qu'elles ont semés un peu partout. Les gars sortent avec leurs compagnes d'une nuit.

Les policiers arrivent alors que les derniers fêtards quittent la chambre.

Et... il y a de la poudre blanche partout sur la commode.

J'aurais mieux fait de laisser les flics nous surprendre en pleine fête, car à présent, je me retrouve tout seul au milieu d'un tas de coke.

Moi.

Je viens de me piéger tout seul. Je vais trinquer pour Ryan et les autres connards de l'équipe.

Étonnamment, je ne perçois pas mon loup. Il ne me guide absolument pas. C'est pourtant ce crétin qui m'a averti. Alors ça doit vouloir dire... qu'il *voulait* que je me fasse chopper.

Alors je comprends. C'est une vengeance contre mon père.

Si je sabote ma carrière de footballeur professionnel, sa fierté en prendra un coup.

Je lui rends la monnaie de sa pièce pour le jour où il a décidé d'épouser la mère de l'avorton, détruisant ainsi ma réputation.

Le jour où il a fait de Rayne ma demi-sœur.

C'est pour cela que je ne dis et ne fais rien lorsque les flics me menottent, me lisent mes droits et me conduisent au poste.

~

Rayne

Je me pavane dans ma nouvelle chambre – un lieu toujours fortement chargé de l'énergie de mon connard de demi-frère –, dans une paire de talons aiguilles Manolo Blahnik flambant neuve.

Je fais à peine un mètre cinquante en baskets, mais je sais marcher avec des talons. Et pas parce qu'une paria de dix-sept ans a beaucoup l'occasion de sortir, dans une petite ville d'Arizona.

Non. C'est une activité que je pratique exclusivement chez moi. Il n'y a qu'un moyen ou presque de quitter Wolf

Ridge après le lycée : les bourses sportives. Et vu que je suis l'avorton de la meute, dénuée de la moindre compétence athlétique, j'ai dû trouver une autre issue.

Les bourses au mérite ne sont pas envisageables. Au lycée de Wolf Ridge, personne n'en décroche jamais, car notre école est nulle. Bon, Bailey, mon amie humaine, en a une, mais elle a seulement effectué son année de terminale ici, alors elle s'était déjà accomplie avant d'emménager dans le coin.

Je fais le tour de ma chambre et examine mon reflet dans l'écran d'ordinateur. Je porte un ensemble de lingerie noire en dentelle avec une chemise en flanelle ouverte pour me réchauffer. Les chaussures sont en cuir noir verni. Elles me font mal aux orteils, mais je dois bien avouer qu'elles me vont à ravir.

Non, je n'ai pas l'intention de participer à des concours de beauté.

Je vends des vidéos de mes pieds sur internet. Des fétichistes sont prêts à payer très cher pour ce genre d'images. C'est l'un de ces hommes qui m'a acheté ces chaussures. J'en ai cinq paires de plus cachées dans mon placard. Il me suffit de tourner une vidéo par jour et de la poster sur mes comptes OnlyFans et Patreon, et l'argent arrive.

Beaucoup d'argent. Le mois dernier, j'ai gagné deux mille dollars, et je fais ça depuis juillet.

Oui, je sais que c'est peut-être illégal. Je n'en suis pas certaine. Je suis mineure, alors ça pourrait être considéré comme de la pédopornographie. Mais après tout, il s'agit seulement de mes pieds. Alors... ? Je pense que tout va bien. Évidemment, je ne veux surtout pas que les gens l'apprennent, mais le risque en vaut la chandelle.

Si je parviens à gagner trois ou quatre mille dollars par mois, j'aurai assez d'argent pour m'inscrire à l'Université d'État de l'Arizona l'année prochaine. Ils m'ont même proposé une bourse partielle. Ne soyez pas impressionnés ; il suffit d'avoir des notes à peu près correctes pour y prétendre, lorsque l'on habite dans l'État. Mais vivre sur le campus coûte une fortune. Ma mère n'en aurait jamais les moyens. J'ai également une très mauvaise moyenne en maths, ce qui pourrait me coûter ma bourse.

Et il est hors de question que je demande à Logan de financer mes études.

Il en aurait sans doute les moyens, mais je crois que nous sommes déjà censées être reconnaissantes qu'il ait accepté d'épouser ma mère après l'avoir mise enceinte sans faire exprès.

Je baisse l'écran de l'ordinateur portable de façon à ne montrer que le bas de mon corps, et je lance l'enregistrement. Puis j'arpente la chambre sur mes talons.

— Qu'est-ce que vous pensez de mes nouvelles chaussures, Messieurs ? demandé-je de ma voix la plus langoureuse. Vous les trouvez sexy ? Si vous voulez me voir porter une autre paire, envoyez des chaussures pointure 37 à la boîte postale notée en bas de cette page.

Je m'arrête et prends la pose. J'agite les jambes de façon sensuelle, un peu mal à l'aise, et je fais glisser un pied le long de mon mollet. Je tends une jambe sur le côté. Je pivote et fais glisser les mains le long de mes cuisses en me penchant en avant.

Mes cheveux blond foncé mi-longs tombent sur mes épaules.

J'ai arrêté de les peroxyder et je les ai laissés pousser. Pas pour les vidéos – je ne montre jamais ni mon visage ni mes cheveux. C'est ma mère qui m'a demandé d'arrêter de les teindre et de les couper. Je crois que le but est de nous rendre plus présentables en tant que nouveaux membres de la famille Woodward.

Comme si cela pouvait changer notre statut au sein de la meute.

Mais comme mes gènes défaillants en sont la cause principale, je ne pouvais pas vraiment refuser. Même si j'étais tentée de le faire. J'ai envie de me rebeller, de hurler à toute la ville d'aller se faire foutre. Mais mon futur petit frère ou ma future petite sœur mérite de vivre avec son père. Ma mère ne mérite pas d'élever un enfant seule une deuxième fois.

Alors j'ai dû faire des sacrifices. À contrecœur, je me suis rendue plus présentable. Nous avons emménagé chez Logan Woodward. Ça, ça va encore. Il a beau être con et pompeux, il ne me traite pas avec méchanceté. Tout aurait pu bien se passer, mais c'était sans compter sur son fils Wilde : l'un des plus gros alpha-brutis que le lycée de Wolf Ridge ait connus.

Par chance, il a reçu une bourse sportive de l'université Duke.

Ce qui ne l'empêchera pas de me pourrir la vie dès qu'il reviendra en ville. *Je me suis installée dans sa chambre,* après tout.

Ça doit lui rester en travers de la gorge. La plus grosse loseuse de l'école est désormais sa demi-sœur, vit chez son père, et dort *dans son lit.*

J'étais trop apeurée pour changer quoi que ce soit à la chambre. Son père a vidé l'armoire et la commode pour me faire de la place, mais la plupart de mes affaires se trouvent toujours dans des caisses entassées contre le mur. Je ne veux pas décrocher ses posters de football américain, mais j'ai tout de même punaisé des foulards sur les pin-up vulgaires.

Je continue de tourner sur moi-même et de prendre la pose, avant de m'approcher de la caméra et de rentrer un genou en dedans.

— Vous voulez que *j'enlève* mes chaussures ?

Je dis ces mots comme si je parlais d'enlever ma culotte, mais pour les personnes – des hommes, principalement – qui aiment les pieds, ça revient au même.

— Alors ? roucoulé-je. C'est ce que vous voulez ? N'oubliez pas que vous pouvez réserver une session privée avec moi pour me faire part de vos désirs les plus inavouables.

J'ôte les talons aiguilles pour exposer mes pieds nus. Je mets l'un d'entre eux sur sa pointe et le tourne de droite à gauche, comme si j'écrasais un mégot par terre.

Je fais onduler mes orteils, comme si je jouais du piano avec. Ça les rend fous.

— Vous avez envie de sucer ces orteils ? Vous voulez que je vous marche dessus ? Hein ?

Je me retourne et passe les orteils sur le dos de ma jambe, dans un geste que j'espère aguicheur.

— Qui veut me masser les pieds ? Ça m'exciterait.

Ma voix est sirupeuse.

J'applique de la crème sur mes pieds et les masse sans les mains, en me servant exclusivement de mes orteils. Mes clients adorent.

Quand j'ai terminé, je coupe l'enregistrement et poste la vidéo en ligne.

Merde… j'ai pris du retard. Ma mère et Logan seront bientôt rentrés, et j'étais censée préparer le dîner.

Je me présente : Cendrillon.

Ce n'est pas Logan qui m'a attribué cette corvée, c'est ma mère. Elle se plie en quatre pour que les choses se passent bien. Pour prouver que je suis une gentille ado reconnaissante. Le moins que l'on puisse dire, c'est que j'ai l'impression d'être une intruse dans cette maison.

J'enfile un short sur ma culotte en dentelle et boutonne la chemise en flanelle, puis je remets les Manolo dans leur boîte et les range dans le placard.

Dans la cuisine, j'ouvre le réfrigérateur et en sors les restes de poulet rôti de la veille ainsi que des oignons, du céleri, du raisin, des noix de pécan et de la mayonnaise. Je tranche le tout.

J'entends la Tahoe de Logan se garer alors que je jette tous les ingrédients dans un saladier. Mince. Je me dépêche d'ajouter de la mayonnaise et de la poudre de curry avant de tout mélanger en vitesse.

Ma mère et Logan travaillent tous les deux à la brasserie. Ma mère a un boulot mal payé dans l'atelier. Lui occupe un poste important, pas à la direction, mais il encadre de nombreux employés. Il n'est pas au sommet de la meute, mais il croit l'être. Ou en tout cas, son fils en semble convaincu.

Je l'entends crier avant même que la porte s'ouvre. Pas sur ma mère, je ne pense pas. Il a l'air d'être au téléphone avec quelqu'un.

Oh.

— Je ne comprends pas comment mon fils aurait pu faire une connerie pareille. Putain, j'espère que c'est une blague. Une très mauvaise blague.

Oh oh. J'éprouve une pointe de joie à l'idée que Wilde ait des ennuis.

Logan ouvre la porte à la volée et pénètre dans la maison d'un pas lourd. Il se place à côté de moi et jette un regard au saladier plein de poulet au curry, avant de reculer d'un air dégoûté comme si je cuisinais des chenilles.

— Si tu crois que je vais payer ta caution pour te sortir de là, tu te plantes. Tu humilies la meute, ainsi que toi et moi. Que dirait le coach Jamison, à ton avis ? Après tous ses efforts pour te faire entrer dans l'équipe ? C'est comme ça que tu le remercies ? Que tu nous remercies tous pour notre aide ?

J'ai beau ne pas être capable de me transformer en

loup, j'ai une ouïe de métamorphe, ce qui me permet d'entendre la réponse que marmonne Wilde, un simple :

— Je sais, papa. Désolé.

Je ne suis peut-être pas objective, mais il ne me semble pas désolé du tout. Ses excuses sonnent un peu faux, pour quelqu'un qui se retrouve en cellule, viré de l'équipe de football américain de Duke, et qui reçoit un sermon de son père.

— Je ne serais pas surpris que l'Alpha Green te renvoie de la meute. Tu sais ce qui est arrivé à Trey et Garrett, non ?

— Si, papa.

Logan parle du fils de l'alpha ainsi que son meilleur ami. Ils ont été renvoyés de la meute pour avoir fumé un joint devant le lycée.

Je jette un regard furtif à ma mère, qui se tient sur le seuil de la cuisine, une main sur son ventre rond, son regard inquiet posé sur son nouveau mari.

Oui, je dis bien *mari*, pas *compagnon*. Ils se sont mariés civilement il y a trois semaines, quand Logan a découvert qu'il l'avait mise enceinte pendant la course de la pleine lune d'il y a quelques mois. Une raison supplémentaire de nous détester, pour la meute. Tout le monde estime qu'elle l'a piégé pour prendre du galon.

Comme si Logan Woodward était une perle rare, ou le meilleur parti de la ville.

— Eh bien, tu n'as qu'à rester en tôle et réfléchir à tes conneries. Ne compte pas sur moi pour t'aider.

Logan raccroche.

— Qu'est-ce que c'est que ça ? demande-t-il en montrant le saladier, comme si de rien n'était.

— Une salade de poulet au curry.

— Il me faut plus de viande que ça, grommelle-t-il.

— C'est une salade à la viande.

— *Rayne,* intervient ma mère en faisant les gros yeux.

— Pardon, mais j'ai raison, non ?

— Fais cuire des saucisses pour accompagner la salade, ma chérie, suggère ma mère, diplomate.

Je pivote vers le frigo et en sors des saucisses, tout en me mordant la lèvre pour éviter faire une remarque désagréable. Pour être honnête, Logan a sans doute besoin de beaucoup plus de viande que moi. Et depuis qu'elle est enceinte, ma mère mange pour deux.

— Que s'est-il passé, Logan ? demande-t-elle.

— Ne fais pas semblant de n'avoir rien entendu. Il s'est fait arrêter dans un hôtel de Greenville pour possession de cocaïne en vue d'en faire le trafic.

Je l'entends serrer les dents.

Tournée vers les placards, j'ouvre le paquet de saucisses et les mets dans une poêle avec un peu d'eau. Je ne veux pas que ma mère ou mon beau-père voient à quel point ce scandale me réjouit.

Wilde, ancien capitaine de l'équipe de football américain de Wolf Ridge et roi des alpha-brutis, chassé de son trône.

Je n'éprouve pas de peine pour lui.

Pas du tout.

Surtout si cette affaire le tient éloigné de la ville pour de bon.

Wilde

Finalement, c'est Ryan qui assiste à mon audience d'inculpation et qui paye ma caution. Il me doit bien ça, le con.

J'ignore s'il s'agit de son argent, ou s'il l'a emprunté. Je ne pose pas de questions.

Il a nos sacs de voyage avec lui, ceux de l'hôtel. Le reste de l'équipe doit déjà être partie, rentrée par avion à Durham ce matin.

Ryan se glisse derrière le volant de ce qui doit être une voiture de location, mais il ne démarre pas. Les mains sur le volant, il regarde droit devant lui. Il est encore plus tendu que moi.

— Écoute, on va te prendre un bon avocat. Les poursuites seront abandonnées. Tu auras réintégré l'équipe à la prochaine saison.

Je hoche la tête, engourdi. Il veut que je me taise. Que je ne parle pas de son trafic de poudre.

— Euh, je ne sais pas quoi te dire...

— Ne dis rien, l'interromps-je. C'est comme ça, c'est tout.

Il me jette un regard scrutateur.

Je hausse les épaules et tente de ravaler le dégoût qui me monte à la gorge dès que je repense à ma conversation téléphonique avec mon père. Pas celle que je viens d'avoir au poste. Celle où il m'a annoncé qu'il avait épousé la mère de Rayne l'avorton et qu'il les avait installées chez nous.

— Eh bien... je suis désolé. Vraiment désolé, mec.

Je secoue la tête.

— C'est bon, on reste amis, réponds-je.

Mais nous n'avons jamais été amis. Ces mecs ne sont pas mes vrais potes. Je joue un rôle.

— Merci d'avoir payé ma caution.

Il démarre et nous conduit à l'aéroport, où il rend la voiture avant de se diriger au comptoir.

— J'ai modifié nos billets, explique-t-il.

Je regarde le tableau des départs. Il y a un vol pour Phoenix dans une heure.

Pour la deuxième fois en vingt-quatre heures, je prends une décision fatidique et sans doute complètement stupide.

— Écoute, Ryan. Tu peux me prêter 500 dollars de plus ? Je vais plutôt prendre un avion pour chez moi.

— T'es sûr ?

Je hoche la tête.

— Je n'ai aucune raison de retourner sur le campus si je suis suspendu de l'équipe.

— Et tes cours ?

Avec mes notes désastreuses ?

— Rien à foutre, réponds-je.

Ryan secoue la tête comme s'il ne me comprenait pas, mais il sort sa carte de crédit.

— On va te renvoyer chez toi, alors.

Il doit vraiment se sentir coupable de m'avoir mis dans la merde, car il me réserve une place en première classe. Et personne ne m'a demandé de prouver que j'avais plus de vingt et un ans avant de me servir le gin tonic que j'avais commandé.

Je suis peut-être fou de retourner à Wolf Ridge. J'aurais pu m'installer chez ma mère à la place. Elle aurait été ravie de me recevoir. Mais elle a regagné sa meute dans l'Ohio après avoir quitté mon père. Ce n'est pas chez moi.

Bien sûr, mon père a dit vrai. Toute la ville aura honte de moi. Je risque d'être exclu de la meute.

Mais c'était un peu le but, non ?

C'est mon père qui nous a humiliés en épousant la mère de l'avorton. Alors je crois que je prends un malin plaisir à lui en faire voir de toutes les couleurs. Il veut que je garde mes distances ? Il veut me faire la leçon ?

Je l'emmerde.

C'est lui qui aurait dû remballer sa queue. Ma mère a demandé le divorce il y a deux ans parce qu'il passait son temps à baiser tout ce qui bouge pendant les courses de la pleine lune.

Cela a fini par avoir des conséquences, et l'honneur l'a obligé à épouser la louve qu'il a mise en cloque. Mais par le Destin, a-t-il si mauvais goût, en matière de femmes ? Fallait-il qu'il choisisse la paria de la meute pour s'envoyer en l'air dans la forêt ?

Bon sang, cette bonne femme doit avoir plus de quarante-cinq ans. Et la dernière louve qu'elle a mise au monde n'est même pas métamorphe. Rayne l'avorton est incapable de se transformer. Elle était déjà mise à l'écart avant la puberté, et cela n'a fait qu'empirer quand nos soupçons se sont confirmés.

Elle est sûrement à moitié humaine. Personne ne sait qui est son géniteur.

Oui, c'est mon père qui a fait plonger le statut de notre famille en s'associant à *ça*. En les laissant emménager chez nous. Prendre notre nom de famille.

Et si je viens de nous faire sombrer un peu plus, eh bien, c'est la cerise sur le gâteau.

J'incline mon siège confortable et ferme les yeux.

Wolf Ridge, me revoilà.

Sœurette, prépare-toi à souffrir.

Je vais faire de ta vie un enfer.

CHAPITRE DEUX

Rayne

Au lit, ce soir-là, je repousse la couverture. Ces derniers temps, je suis souvent en sueur, comme si j'avais des bouffées de chaleur. Ou comme si c'était moi, la femme enceinte. Chose impossible, puisque je suis vierge *et* sous pilule, car mes règles n'en faisaient qu'à leur tête, cette année.

Je suis également à fleur de peau, sensible à la douleur, et dérangée par les odeurs. Que des choses qui vont de pair avec une grossesse. Je pense que je suis trop réceptive à celle de ma mère.

Qui sait ce qui arrive à mes hormones ? Je suis l'avorton, après tout. Dans mon corps, rien ne va.

Je me suis terrée dans ma chambre – euh, la chambre de Wilde – pour dîner, et je n'en suis pas vraiment ressortie ensuite. Ma mère insiste pour que nous mangions tous ensemble pour « apprendre à nous connaître », mais ce soir, il était hors de question que je reste dans les parages.

Pas avec l'humeur massacrante de mon cher beau-papa.

Honnêtement, il me terrifie.

Pas parce qu'il est méchant avec moi. Il ne m'a jamais rien fait. Mais c'est un quasi-inconnu, et depuis trois semaines, nous vivons soudain sous son toit, selon ses règles. Et il s'agit d'un loup typique, avec ses manies d'alpha. Il a été capitaine de l'équipe de football, comme son fils. Il a épousé une ancienne pom-pom girl. Et il a sans doute couché avec toutes les autres, car ce type est un coureur de jupons.

Je suis étonnée que Wilde soit son seul louveteau, jusqu'à présent.

Sa femme – et encore une fois, je dis *femme* et pas *compagne destinée* – l'a quitté dès que Wilde a fini le lycée. Le coup classique du « on reste ensemble pour les enfants ». Je crois qu'elle a regagné sa meute d'origine dans l'Ohio.

Je ne m'attendais pas à ce qu'il épouse ma mère. Je pensais qu'il se contenterait de payer une pension alimentaire, tout au plus. Qu'il veillerait à ce qu'elle ne manque de rien, ce genre de choses. Mais il devait estimer que cela serait déshonorable. Il voulait assurer pour le futur louveteau.

Alors nous voici chez lui. Il a déjà transformé la chambre d'amis en chambre pour bébé, raison pour laquelle j'occupe celle de Wilde.

J'ai tenté de convaincre ma mère de me laisser vivre seule dans notre logement, mais évidemment, elle a refusé. Je ne m'attendais pas à ce qu'elle accepte.

Dehors, j'entends le grondement sonore de la Ford années cinquante de Cole Muchmore.

L'espace d'un instant, je suis enthousiaste à l'idée que Bailey et lui aient temporairement quitté Tempe pour une visite à Wolf Ridge. Puis je réalise qu'il n'y a qu'une raison possible pour que Cole se gare devant la maison de Wilde à minuit.

Pour déposer ce dernier chez lui.

Eh. Merde.

Je m'assois dans le lit et jette un regard par la fenêtre. Je ne porte qu'un débardeur et une culotte, tant j'ai chaud la nuit. Mais dès que mes pires soupçons se confirment, mon corps se glace.

Wilde bondit hors de la voiture en murmurant un « merci, mon pote » et se dirige vers la porte d'entrée d'un pas lourd.

Il fait tourner la poignée, qui reste bloquée par le verrou que ma mère met systématiquement en place. Je doute que les autres métamorphes de Wolf Ridge ferment leur porte à clé, surtout quand ils sont à leur domicile. Si un cambrioleur humain pénétrait chez eux, le métamorphe aurait facilement le dessus, et si l'intrus était lui aussi métamorphe... eh bien, un verrou ne l'empêcherait pas d'entrer. Il lui suffirait d'enfoncer la porte.

Mais ma mère s'est toujours inquiétée pour ma sécurité. Comme si j'étais une petite chose fragile incapable de me défendre et qui risquerait de se faire enlever dans son lit en pleine nuit. Alors même maintenant que nous vivons avec Logan, elle verrouille la porte, ce qui a le don d'agacer son nouveau mari.

Wilde grogne et donne un coup d'épaule dans la porte.

Comme je crains que ma mère soit tenue responsable en cas de dégâts, je me précipite hors du lit et me rue dans l'entrée pour ouvrir le verrou. J'ouvre la porte juste avant que Wilde tente de l'enfoncer une deuxième fois.

Il trébuche sur le seuil, me renversant en arrière. Il m'attrape aussitôt par l'avant-bras pour m'empêcher de tomber, puis il me regarde d'un air surpris et répugné.

Sa poigne de fer ne me lâche pas. Bien sûr, il voit bien

mieux que moi, dans le noir. Je rougis en réalisant ce qu'il a sous les yeux.

Ses narines se dilatent alors qu'il me hume, et l'espace d'un instant, je vois la lueur verte de ses yeux de loup. Avec un rictus, il pousse un grognement.

Je tente de reculer, mais il ne me libère pas. Je sais que la distance ne me sauvera pas, s'il décide de se jeter sur moi. Il fait presque deux fois ma taille, et il est dix fois plus fort que moi.

— *Rayne.*

Il prononce mon prénom comme s'il s'agissait d'un juron. Comme si je lui empoisonnais la vie. Sous ses gros doigts, mon avant-bras ressemble à une brindille, mais ma peau est parcourue d'une décharge électrique à ce contact.

Mon corps glacé est de nouveau submergé par une vague de chaleur. Une brûlure fiévreuse qui naît dans mon centre et se propage à l'intérieur de mes cuisses. Est-ce que Wilde... *m'excite* ? Ou suis-je simplement troublée d'être devant lui en culotte ?

— Wilde.

Il est toujours aussi beau que d'habitude, dans le style sportif. Et je n'aime pas les sportifs. Mais Wilde est un parfait spécimen de mâle. Bronzage. Gros muscles. Mâchoire carrée et fossette au menton. Cils noirs et recourbés ourlant des yeux noisette.

— C'est quoi ce cirque ?

Le pas lourd de Logan retentit dans l'entrée.

Wilde me lâche enfin le bras et choisit d'ignorer son père alors qu'il se dirige vers sa chambre.

Ma chambre. Merde.

Mon estomac se noue.

— C'est la chambre de Rayne, désormais, dit Logan d'un ton provocateur.

Il cherche à le punir. Wilde s'arrête net et tourne les talons, pas vers son père, mais vers moi.

Le regard qu'il me jette pourrait faire geler de l'eau dans le désert.

— *C'est vrai* ? demande-t-il.

La menace dans ses mots me met au défi de le confirmer.

Et étonnamment, mes tétons durcissent.

Que le Destin me vienne en aide. Les yeux de Wilde se posent sur mon débardeur.

Son père dit :

— La chambre où tu t'entraînais a été transformée en chambre pour le bébé. Alors tu vas devoir trouver un autre endroit où dormir.

— Logan, non, l'implore ma mère.

Elle se tient sur le seuil de la suite parentale, dans un petit peignoir qui souligne son ventre rond. Visiblement, elle dormait nue.

Argh. Je ne veux même pas y penser.

— Wilde est chez lui ici, quoi qu'il soit arrivé en Caroline du Sud. *Surtout* s'il a des ennuis.

Logan serre les dents.

— Je dormirai sur le canapé, interviens-je.

C'est pourtant la dernière chose que je souhaite. J'ai déjà l'impression d'être une intruse dans cette maison.

— *Non*, répond Logan tout en fusillant son fils du regard. C'est Wilde qui dormira sur le canapé. Il peut mettre ses affaires dans la chambre du bébé en attendant.

— Nan, pas besoin, dit ce dernier.

Il jette un sac de voyage à côté du canapé, enlève ses baskets et s'étend, gigantesque, sur le canapé. Ses pieds dépassent du bord, ses bras traînent par terre.

— Je vais te chercher un oreiller, dis-je.

Logan semble me voir pour la première fois.

— Enfile d'abord quelque chose, bon sang, grommelle-t-il.

Je me rue dans la chambre et enfile un pantalon de pyjama. Lorsque je reviens avec l'oreiller, Logan et ma mère sont retournés se coucher. Je suis seule avec Wilde.

Par le Destin, j'ai l'impression de foncer droit dans un champ de force chargé de haine. Comme si mon corps ralentissait en s'approchant de lui, réticent à l'idée de pénétrer dans sa bulle de colère. Mais il y a aussi de la chaleur. Des flammes torrides qui lèchent mes membres et mes entrailles.

Je décide de m'arrêter au milieu de la pièce et de lui jeter l'oreiller.

Il refuse de le rattraper et le laisse heurter son corps, avant de tomber par terre. Il le regarde.

— Ramasse, avorton.

Ses yeux brillent de nouveau d'une lueur verte, comme si me voir le mettait en colère au point de le pousser à se transformer.

Mon estomac se serre.

Dire que j'ai peur serait un euphémisme. Il me terrifie. Je n'ose pas imaginer ce qu'il me fera à la première occasion.

Mais je ne laisse rien paraître.

— Ramasse toi-même, crétin.

Je rejette mes cheveux par-dessus mon épaule et tourne les talons, avant de regagner la chambre comme une princesse capricieuse face à un manant.

Son grondement semble m'envelopper, me pénétrer. Transformer mon sang en lave.

Je halète pendant que j'ouvre la porte de la chambre et la referme derrière moi, avant de m'y adosser comme si je craignais qu'il l'enfonce d'un instant à l'autre.

Lorsque mon cœur cesse de battre la chamade, j'ôte

mon bas de pyjama et me glisse sous les draps. Je reste allongée un long moment, incapable de trouver le sommeil. Je me sens de nouveau fiévreuse sans savoir pourquoi, et une chaleur se met à pulser entre mes jambes. Je n'ai jamais été très fan de masturbation, mais lorsque je glisse les doigts entre mes cuisses, je suis surprise d'être aussi sensible. La moindre caresse me fait frissonner.

Je continue de me toucher, pour me vider la tête, mais je ne parviens toujours pas à dormir. Je passe la nuit à me tourner et me retourner, les cuisses serrées, incapable de me soulager.

Enfin, à l'aube, je tombe dans un sommeil agité. Je rêve que je croise Wilde, sous forme de loup, dans la mesa. Il me traque, noir et gigantesque, et avance lentement sur ses grosses pattes, jouant avec sa proie. Je cours et cours jusqu'à percuter Bailey, qui me tend un fusil. *Des balles d'argent,* dit-elle. *Le seul moyen de les tuer.*

Je vise le poitrail du loup, mais je n'arrive pas à presser la détente.

Je ne peux pas tuer Wilde, dis-je à Bailey, désespérée. *C'est mon demi-frère, désormais.*

Fais-le, insiste-t-elle. *Sinon, tu ne dormiras plus jamais sur tes deux oreilles.*

Wilde bondit dans un grognement. Le moment est venu. C'est tuer ou être tuée. Mais je n'agis pas. Non, je laisse Wilde se jeter sur moi et me manger toute crue.

Wilde

Je ne peux pas dormir sur ce putain de canapé. Je

dépasse de partout. Cette humiliation me secoue profondément. Mais ce n'est pas mon couchage qui me met le plus hors de moi.

C'est cette espèce d'avorton. J'ai toujours son odeur sur ma paume.

Rayne.

Je n'arrive pas à croire qu'elle soit en train de dormir dans ma chambre, dans mon lit. C'est complètement tordu.

Et en plus... qu'est-ce qui lui a pris de m'ouvrir la porte en culotte ?

Je suis sûr que si j'ai bandé en la voyant, c'était seulement à cause de ma nuit en cellule, qui m'a fait douter de retrouver un jour la liberté.

Je remets mon paquet en place. J'ai toujours une semi-érection, ce qui me met en rogne. Je ne trouve pas Rayne séduisante du tout.

Elle a une tare. Elle n'est sans doute qu'à moitié métamorphe. Mon loup ne voudrait jamais s'accoupler à quelqu'un comme elle.

Mais je dois bien admettre qu'elle est plus belle que la dernière fois que je l'ai vue. Elle a toujours son piercing au nez, mais ses cheveux ont une couleur normale, et ils ne sont pas en pétard. Sa coiffure était même... eh bien, je ne dirais pas jolie, mais correcte.

Jolie, si je ne connaissais pas sa tare. Son visage en forme de cœur. Ses grands yeux bleus. Ses lèvres bien dessinées.

Et ses jambes...

Pour une fille aussi petite, elle a de longues jambes. Et elle sait s'en servir. La façon dont elle a quitté la pièce en se pavanant aurait fait baver des hommes humains. Ses seins ne sont pas mal non plus. Elle est bien proportionnée. Elle a au moins ça. Ses tétons se sont-ils vraiment dressés pour moi ?

Non, j'ai dû rêver.

Mais je ne peux pas supporter de baigner dans son odeur. Elle me pénètre les narines, me mettant hors de moi à chaque respiration. Elle rend mon loup grincheux et agressif.

Bon sang, et si mon futur petit frère ou petite sœur était comme elle ? Raté, faible. Petit et sans décence, comme un humain ?

Je me retourne, en colère, et j'ajuste l'oreiller sous ma tête. Mon sexe se contracte, comme s'il voulait toujours découvrir ce qui se cachait sous la culotte de Rayne.

Je refuse d'y songer. Hors de question que je me masturbe en pensant à Rayne l'avorton.

Plutôt crever.

CHAPITRE TROIS

Rayne

Je me réveille de mon rêve juste avant que Wilde m'écrase. Je suis couverte de sueur, mon cœur bat à cent à l'heure, et ma bouche est pleine de salive. La peau autour de l'anneau que j'ai au nez me gratte. Je repousse les draps, enfile mon pantalon de pyjama et vais prendre une douche. J'ai cours aujourd'hui, ce qui signifie que je dois me préparer tôt pour que ma mère me dépose au lycée en allant au travail.

Comme toutes les maisons des habitants les plus fortunés de Wolf Ridge, celle de Logan se trouve dans la montagne, à l'orée de la forêt. Le bus scolaire ne passe pas par là, et je n'ai pas encore mon permis – une source de tension constante depuis notre emménagement.

Je me lave rapidement, craignant que Wilde ait besoin de la salle de bains et soit en colère que j'accapare la pièce.

Mais je ne devrais pas vivre avec une angoisse pareille.

J'emmerde Wilde.

Et j'emmerde Logan, pendant que j'y suis.

Mais bien sûr, dès que je sors de la salle de bains, une serviette coincée sous les aisselles, je percute un mur de muscles solides.

Moi qui croyais que les sportifs du lycée étaient baraqués, ils n'arrivent pas à la cheville de Wilde. C'est une statue grecque. Il pourrait gagner n'importe quelle compétition de body-building les doigts dans le nez.

Je ravale mes excuses instinctives. J'ai le droit d'être ici, bon sang.

— Fais gaffe, avorton, gronde-t-il.

— Fais gaffe toi-même, Wilde.

Que va-t-il me faire ? Il ne peut pas me faire de mal ou m'insulter tant que les parents sont dans la maison. Ils entendraient tout.

Il dévoile ses dents alors qu'il se tourne sur le côté pour pénétrer dans la salle de bains. Je remarque qu'il porte toujours ses vêtements de la veille, comme s'il avait dormi avec. Je sens son odeur de cuir et de caramel. J'ai les jambes en coton. Le frôlement de ses abdos en béton m'envoie un frisson entre les cuisses, même si jamais un mec comme lui ne m'intéresserait.

Enfin, mon corps semble intéressé, mais ce n'est certainement pas le cas de mon cerveau.

J'ignore la pointe de culpabilité que je ressens à l'idée de lui avoir pris sa chambre.

Ce n'est pas mon problème. Il récolte ce qu'il a semé.

Je m'habille et peigne mes cheveux mouillés. Je suis obligée de désinfecter mon piercing au nez. C'est dingue, mais ces derniers temps, j'ai l'impression que le trou se referme. Ça n'a aucun sens, car je l'ai depuis deux ans.

J'applique une touche de maquillage. Avant, je mettais plein d'eye-liner pour un look punk-emo, mais depuis deux ans, j'ai la main plus légère. Après m'être liée d'amitié avec Bailey, une élève humaine de terminale tout aussi rejetée que moi, quand j'étais en seconde, j'ai passé neuf mois à traîner avec les jeunes populaires, y compris Wilde. C'était incroyable d'avoir une vie sociale, pour une fois.

Bailey a fini avec le quarterback de l'équipe, le couple le plus improbable qui soit, pour un métamorphe, et elle m'a fait entrer dans leur cercle. Mais ensuite, ils sont tous allés à la fac.

Les choses s'étaient tout de même calmées, pour moi. Les élèves métamorphes étaient moins agressifs à mon égard. Je leur étais plus familière. Je ne dénotais pas. Mais je ne participais plus aux soirées. Je ne me sentais plus à l'aise, sans Cole Muchmore – le petit ami de Bailey – pour me défendre. Quand j'étais sous sa protection, personne ne m'embêtait.

Je suis toujours dans ma chambre lorsque j'entends la grosse voix de Logan dans la cuisine.

— Tu vas aller parler au coach Jamison aujourd'hui, dit-il à son fils. Tu as intérêt à lui avouer ce que tu as fait et à le supplier de le laisser t'entraîner avec l'équipe.

— Je ne m'entraînerai pas avec des lycéens, répond Wilde d'un ton plein de mépris.

J'entends le bruit sourd d'un corps qui percute un mur. J'ai beau savoir que cela est normal, que les métamorphes assoient leur pouvoir de façon agressive, car personne ne risque d'être réellement blessé, mon cœur se serre. Moi, je n'ai pas grandi comme ça. Je n'ai pas eu de parents violents.

Et ça ne me plaît pas du tout.

— *Logan.*

Visiblement, ça ne plaît pas non plus à ma mère.

— Tu iras sur ce terrain et tu t'entraîneras tous les jours, si tu veux rester à Wolf Ridge. Et dorénavant, c'est toi qui emmèneras ta sœur à l'école.

— Ma *sœur* ?

Oh, non. Par le Destin, tout mais pas ça. C'est une mauvaise nouvelle. Une terrible nouvelle.

J'ai envie de me ruer dans la cuisine pour dire que ce n'est pas nécessaire, mais je sais déjà que je n'obtiendrai pas gain de cause. En plus, mon beau-père m'intimide.

Ma mère intervient :

— Logan, non. Je peux l'emmener. Ne fais pas de ça une punition, sinon ils ne s'entendront jamais.

— Il faut qu'il participe, s'il compte vivre ici.

Je n'ai pas la moindre envie de quitter cette chambre, mais je ne peux pas me cacher éternellement. J'ouvre la porte et les rejoins comme s'ils n'étaient pas en pleine dispute. Je sors un bol et me verse des céréales.

— Il faut que tu trouves un boulot, que tu continues l'entraînement, que tu étudies à distance et que tu conduises Rayne au lycée. Ou encore mieux, apprends-lui à conduire, pour qu'elle ne soit plus un boulet pour personne.

Un boulet. Aïe.

Je savais bien que c'était ce que j'étais pour lui, mais l'entendre le dire à voix haute me fait mal quand même.

Je cache mon expression, penchée sur mon bol, et leur tourne le dos. Au lieu de m'asseoir à table, je reste devant le plan de travail et regarde par la fenêtre, qui donne sur des montagnes à couper le souffle.

— Ma Jeep est restée à Durham, marmonne Wilde.

Logan garde le silence un instant.

— Leslie, donne-lui les clés de ta Subaru. On en reparlera après le travail.

Je me tourne vers ma mère pour voir sa réaction.

Elle marque une hésitation et me jette un regard inquiet, mais elle est décidée à faire marcher sa relation avec Logan. Elle quitte la cuisine et revient avec ses clés de voiture.

Merde.

Pile quand je croyais que la situation ne pouvait pas être pire, les choses s'aggravent.

~

Wilde

Pour quelqu'un d'aussi petit, Rayne est vraiment insolente. Pas avec mon père ; elle n'est pas bête. Non, elle est insolente avec moi.

Quand il est l'heure d'aller au lycée, elle donne un coup de pied dans ma chaussure.

— On y va.

Pas de *s'il te plaît*. Pas de soumission. Je ne sens même pas la peur sur elle. Elle porte un short large et un tee-shirt ample, tenue que je déteste. Elle pourrait faire beaucoup mieux. J'ai vu son corps. Il est correct. Elle n'a pas de raison de se cacher.

Son odeur envahit mes sens. Ça ne me dérange pas. Elle sent bien meilleur que les humains, malgré sa déficience. Je trouve même qu'elle sent bon.

Même son insolence ne me dérange pas. Si elle était craintive et douce comme un agneau, j'aurais peut-être des scrupules. Ça me plaît, qu'elle ait du répondant. Ça m'encourage à faire de sa vie un enfer.

Parce qu'à un moment, il faudra que tout le monde réalise que cette idée de famille recomposée était une erreur monumentale. Je veux que Rayne et Leslie retournent dans leur quartier avec le bébé.

Sauf que cette idée me met mal à l'aise. Cet enfant sera mon demi-frère ou ma demi-sœur. Le ou la protéger sera mon devoir, tout comme il est du devoir de mon père de protéger le louveteau et sa mère.

Putain.

Si seulement Rayne ne faisait pas partie du lot.

Mais je ne devrais pas me mettre dans tous mes états pour cet avorton. Elle n'est rien. Elle n'est personne.

Quand elle aura fini le lycée, elle déménagera, avec un peu de chance.

Le problème, c'est que mon nom sera irrémédiablement lié au sien.

Et par le Destin, mon père l'a appelée ma *sœur*.

Il peut toujours rêver.

Derrière cet immense mur de rancœur, je sais bien que je devrais m'en foutre, de tout ça. Je devrais être à Duke, à m'amuser et à profiter de ma bourse sportive... celle que je vais sûrement perdre, désormais.

Je suis l'un des rares à avoir réussi à quitter Wolf Ridge. J'avais le potentiel de devenir quelqu'un. J'aurais pu devenir riche. Les sélectionneurs de la NFL m'avaient déjà repéré. Mon chemin était tout tracé.

Mais j'ai tout fichu en l'air en portant le chapeau pour Ryan et l'équipe.

Cela me pèse tellement que j'ai du mal à marcher jusqu'à la Subaru. À ouvrir la portière. À me glisser derrière le volant et à faire reculer le siège au maximum pour laisser de la place à mes longues jambes.

Je pensais que revenir à Wolf Ridge me soulagerait, mais c'est presque pire que de retourner à Duke. J'ai l'impression de flotter hors de mon corps. De l'extérieur, je me regarde démarrer la voiture machinalement et parcourir la route familière jusqu'au lycée, mais je me sens étranger à moi-même.

Je n'adresse pas la parole à Rayne, et elle ne dit rien non plus. Elle est sur son téléphone, collée à sa portière.

Son odeur flotte dans l'habitacle. Elle a quelque chose de curieux, mais je ne saurais dire quoi. Une note qui titille mes sens, comme un souvenir qui m'échapperait.

Je traverse le parking qui fait face au terrain de football, l'emplacement le moins pratique pour Rayne. J'ai à peine le temps de me garer qu'elle ouvre déjà la portière et bondit souplement sur ses petits pieds.

— Merci, marmonne-t-elle.

Je ne réponds pas, mais sur le chemin du retour, je me demande longuement pourquoi elle a pris la peine de me remercier.

Si c'était un simple réflexe, ou une réelle marque de gratitude.

Soudain, je meurs d'envie de savoir ce que ça ferait, de mériter ses remerciements sincères. De voir ses grands yeux bleus braqués sur mon visage comme si j'étais son maître, et qu'elle était mon humble servante.

Elle serait à genoux. Nue, bien sûr. Ou... putain, peut-être seulement vêtue de la culotte en dentelle noire qu'elle portait hier soir. Elle me regarderait avec adoration, impatiente de me faire plaisir, tout le corps en alerte.

Ma semi-érection revient.

Je deviens fou. L'avorton ne me plaît même pas.

J'ai sans doute seulement envie d'exercer mon pouvoir sur elle. De lui faire passer l'envie de rejeter ses cheveux en arrière et de lever son menton à fossette. Je veux lui montrer qui est le chef, et qu'elle l'accepte de tout son être.

Je bande pour de bon, désormais. Mes pensées prennent un tour inacceptable.

~

Après m'être masturbé, être allé courir sous forme de loup et avoir pris une deuxième douche, j'obéis aux ordres de mon père et envoie un message au coach Jamison pour lui dire que je suis en ville et que je dois lui parler.

Il répond immédiatement et me propose de m'inviter à déjeuner.

Je me sens coupable d'accepter, surtout que je sais qu'il sera furieux de payer pour moi lorsqu'il découvrira ce que j'ai fait, mais je n'ai pas d'argent. J'avais une bourse complète à Duke, et lorsque nous avions des matchs à l'extérieur, nous étions traités comme des princes, hôtels de luxe et repas inclus, mais comme je n'avais pas le temps de travailler, je n'ai pas de liquide. C'est pour ça que Ryan dealait. Il se servait de sa renommée, de sa popularité et de sa réputation de fêtard pour se faire du fric.

Entre les fêtes organisées par les fraternités et les entraînements, je n'avais pas le temps d'étudier.

J'arrive au Moon Diner les mains vides, accablé par des tas de fardeaux et conscient qu'il est temps que je me décharge enfin de certains d'entre eux.

Matt Jamison m'a toujours soutenu. Mon père aussi voulait ce qu'il y a de mieux pour moi, mais le coach Jamison connaît ses joueurs de fond en comble. Encore mieux que leurs propres parents. Presque autant que leurs meilleurs amis.

Me retrouver face à lui est presque douloureux, car je sais qu'il ne se laissera pas amadouer et qu'il ne laissera rien passer.

— C'est dans le journal, dit-il d'un ton monocorde dès qu'il se glisse sur la banquette du restaurant.

Tant mieux. Ça m'évitera de lui expliquer ce que je fais là.

Sauf qu'il ajoute :

— Tu veux bien m'expliquer ?

Je tente de déglutir, sans succès. Je sais qu'un simple « non, Monsieur » ne passera pas.

Je secoue faiblement la tête.

— Je ne sais pas...

Il hausse les sourcils, mais ne dit rien.

Je regrette presque qu'il ne me passe pas un savon, comme mon père ce matin. Il patiente.

— Je n'aimais pas vivre parmi les humains.

Voilà. Le véritable problème. La raison de mon choix. Quelque part, j'espérais me faire virer pour retourner à Wolf Ridge. Sauf que maintenant que je suis là, je me sens encore plus mal.

Le coach prend le temps de digérer ce que j'ai dit sans faire de commentaire.

La serveuse, une louve d'âge moyen avec un fils dans l'équipe de football, s'arrête à notre table.

— Coach. Wilde. Qu'est-ce que je vous sers, les gars ?

Je suis content qu'elle ne me demande pas ce que je fabrique dans l'Arizona. J'imagine que tout le monde est déjà au courant, dans cette petite ville.

— Trois hamburgers et une assiette de frites, commandé-je. Et un milk-shake au chocolat.

— Pareil pour moi, mais avec un thé glacé à la place du milk-shake, dit le coach.

Quand la serveuse s'éloigne, il ajoute :

— Duke, c'était trop loin de chez toi.

Putain, je dois être la plus grosse chochotte de la terre, car ma poitrine se serre, et cela m'achève.

Je m'attendais à des réprimandes. Sa compréhension est presque plus difficile à supporter.

— On aurait dû te mettre en relation avec une meute de là-bas.

Je secoue la tête. Je sais pourquoi ils ne l'ont pas fait. Ma réussite était censée être celle de ma meute. L'alpha Green, le coach Jamison et mon père ne voulaient pas qu'une autre meute tente de s'approprier mes succès. Que je m'accouple à l'une de leurs louves et que je m'installe là-bas. J'étais censé être sélectionné par la NFL, devenir riche et réinjecter cet argent dans l'économie de Wolf Ridge.

— Tu avais le mal du pays, alors tu as fait exprès de te saboter.

— Je ne dirais pas que j'ai fait exprès.

— Tu t'es inconsciemment saboté, alors.

Je hausse les épaules, au fond du trou.

— Je crois.

— Bon. Quelles sont tes options, à présent ?

Je suis stupéfait. Je n'arrive pas à croire qu'il ne me sonne pas les cloches. Il peut être très dur avec ses joueurs, et il attend d'eux qu'ils soient exemplaires. Le fait qu'il saute l'engueulade humiliante pour passer directement à la solution m'aide à mieux respirer.

Je soulève ma tête lourde pour le regarder dans les yeux.

— Je n'ai pas envie d'y retourner, Coach.

Il me surprend à nouveau.

— Compréhensible, dit-il. De toute évidence, tu étais malheureux, sinon tu n'aurais pas merdé à ce point-là.

Je ne sais pas si c'est parce qu'il m'a épargné une engueulade, mais je suis envahi par les regrets. Je n'aurais pas dû me griller de façon aussi irréparable. J'ai ruiné ma réputation, et je risque la prison. Je n'avais pas besoin d'humilier mon père.

J'ai tellement mal que j'ai du mal à parler. Je me contente de hocher la tête.

— Dans ce cas, voyons comment te tirer de ce bourbier. Tu n'es pas obligé d'y retourner. Tu n'es pas obligé de jouer au football. Wilde, je crois que le plus dur, pour un jeune loup alpha, c'est de trouver un équilibre entre faire ce qui est bon pour soi, et faire ce qui est bon pour la meute.

La serveuse nous apporte notre commande, et je me jette sur le premier hamburger, que j'engloutis en quatre bouchées.

— On est des guerriers. On est conditionnés à se sacrifier pour le bien général. Tu as toujours été comme ça. C'est pour ça que je t'avais nommé capitaine. Tu comprends le travail d'équipe, tu comprends qu'il faut parfois se mettre en retrait pour les autres. Tu comprends que tout ne tourne pas autour de toi.

Mes yeux me brûlent. Ses compliments me rappellent que mes poursuites judiciaires pourraient affecter toute la meute. Pour un type qui s'enorgueillissait de faire passer l'équipe avant mon ego, j'ai fait de drôles de choix. Enfin, j'ai effectivement choisi le bien de mon équipe, mais pas la bonne. Mon équipe humaine.

— La femme de Garrett Green est avocate. Elle n'est pas habilitée à exercer en Caroline du Sud, bien sûr, mais je me suis dit que tu pourrais l'appeler aujourd'hui pour lui demander conseil.

Garrett Green est le fils de l'alpha. Il a été banni de la meute de Wolf Ridge à dix-huit ans pour avoir fumé de la marijuana, mais il est désormais alpha d'une meute en pleine expansion à Tucson. Son épouse est humaine, mais il paraît qu'elle est hors du commun. Je crois qu'elle a quelques pouvoirs de médium.

Je hoche la tête et entame mon deuxième hamburger.

— Vous avez son numéro ?

— Non, et je ne le chercherai pas pour toi. Tu vas devoir réfléchir à qui tu devras appeler pour l'obtenir.

Ah, voilà le coach que je connais si bien. Vive l'amour vache.

— Tu es intelligent et débrouillard. Je suis sûr que tu trouveras, ajoute-t-il.

Je lâche un petit rire, la bouche pleine, et il hausse un sourcil.

— Quoi ?

J'avale ma bouchée.

— Je ne suis pas si intelligent que ça. J'ai tout juste la moyenne, et je soupçonne les entraîneurs de mettre la pression à mes profs.

Encore une bouchée, et j'ai terminé mon deuxième hamburger.

— Duke est une université difficile. Le lycée Wolf Ridge ne t'y a pas préparé comme il faut. Et quelque chose me dit que tu n'as pas beaucoup eu le temps d'étudier, je me trompe ?

Je hausse les épaules.

— Pas le temps du tout.

— Alors ça n'a rien à voir avec ton intelligence. Oublie ça. Tu peux laisser tomber les cours ce semestre avant de le rater, ou les finir en ligne ?

Je hausse les épaules.

— Renseigne-toi.

Il y a de l'autorité d'alpha dans ses mots. Mes haussements d'épaules doivent l'agacer. J'ai l'impression de recevoir un coup en pleine poitrine qui me cloue sur place. Quand le moment passe, je me redresse sur ma banquette.

— Oui, Monsieur.

— Quoi d'autre ?

Je me fige, mon troisième hamburger à mi-chemin de

ma bouche.

— Qu'est-ce que vous voulez dire ?

— Qu'est-ce que tu comptes faire d'autre pour reprendre la situation en main ?

Je repense aux ordres de mon père, et je repose mon hamburger sur mon assiette. Je n'ai pas envie de retourner m'entraîner avec des lycéens. Sérieusement. Je préférerais encore me mettre un coup de poing. Mais j'imagine qu'il vaut mieux que je maintienne mon niveau, pour ne me fermer aucune porte.

— Euh... qu'est-ce que vous diriez de...

Merde.

Le coach n'essaye même pas de m'aider à compléter ma phrase. Il se contente de mâcher son dernier burger en me regardant patiemment.

— Mon père veut que je vous demande de m'entraîner en même temps que votre équipe.

— Et qu'est-ce que tu veux, toi ?

— Tout le monde se fiche de ce que je veux.

— Ah.

Je termine mon dernier hamburger et entame mes frites. Je m'attendais à ce que le coach ajoute quelque chose, mais il n'en fait rien. Il ne répond pas non plus à ma question, concernant l'entraînement avec l'équipe.

— Alors, je peux ?

— Non.

— Non ?

Je suis surpris. Je croyais que la conversation se déroulait plutôt bien, jusqu'à présent. Jamison semblait encourageant. Compatissant, même.

Il pose un billet de cinquante dollars sur la table et s'essuie la bouche avec sa serviette.

— Demande-toi pourquoi j'ai dit non. Quand tu auras la réponse, reviens me voir.

CHAPITRE QUATRE

Rayne

Au lycée, tout le monde ne parle que de Wilde. Il est toujours célèbre, par ici, vu qu'il a quitté l'établissement il y a seulement deux ans, et j'imagine que le TikTok de lui en train de sortir de l'hôtel avec des menottes a fait le tour des réseaux ce matin, du moins à Wolf Ridge. Pendant le cours de maths, la prof quitte temporairement la classe, et tout à coup, les élèves n'ont plus que ça à la bouche.

C'est quoi cette histoire avec Wilde Woodward ?

Vous croyez qu'il va continuer le football ?

Est-ce qu'ils le laisseront faire ?

Que va dire son père ?

Il est toujours au poste ?

— Il est rentré.

J'ignore ce qui m'a pris de dire ça. Je ne cherche pourtant pas à revendiquer ma relation avec ce type.

Mais tout le monde se tourne vers moi.

Soudain, je ne suis plus invisible.

— Ah, c'est vrai. Tu es sa nouvelle demi-sœur, dit

Casey Muchmore en me regardant avec curiosité. Alors, balance !

— Il est revenu le temps que les choses s'arrangent.

— Mais que s'est-il passé ? insiste Abe.

Bon sang. Je suis tentée de leur raconter tout ce que je sais. De captiver mon auditoire. De leur offrir ces informations en échange de quelques minutes d'attention et d'appréciation.

Mais je suis bien placée pour savoir ce que ça fait, d'être l'objet de tous les ragots. C'est nul. Et même si je ne dois rien à Wilde – sauf si l'on compte le fait qu'il m'a déposée au lycée contraint et forcé par son père –, je ne suis pas prête à livrer sa douleur en pâture.

— C'est à lui de vous le raconter, pas à moi.

Tout le monde me regarde fixement, certains avec surprise, d'autres avec animosité. Comme s'ils n'arrivaient pas à croire que j'ose refuser de satisfaire leur curiosité.

— Oh, allez, l'avorton, dit Abe Oakley, ses mots pleins de mépris.

C'était quelqu'un de correct, avant. De sérieux, même. Mais il est devenu complètement con. Au lieu de suivre les traces de son frère, Austin, et de devenir délégué de classe, il a pris le relais de Cole Muchmore et est devenu le plus gros alpha-bruti du lycée. Par ici, sa parole fait loi.

— Ne fais pas comme si Wilde et toi aviez un lien, reprend-il. Il n'admettrait pas que tu es sa demi-sœur même si tu étais la dernière famille qu'il lui restait.

Ces mots ne devraient pas me blesser. J'ai entendu tous les commentaires désobligeants imaginables de la part de mes camarades d'école, mais je ressens tout de même un coup de poignard dans la poitrine. Peut-être parce que je sais à quel point c'est vrai.

Je grogne, les lèvres retroussées. Cela surprend tout le monde, et moi la première. Comme je ne me transforme pas, je n'ai pas de caractéristiques lupines. Mes yeux ne changent pas de couleur. Je ne gronde pas. Mes cheveux ne se dressent pas sur ma nuque.

Je suis sauvée d'une éventuelle confrontation par la prof de maths, qui regagne la classe.

— Rasseyez-vous, ordonne Mme Landon.

C'est une louve, et son autorité a un effet particulier sur nous. Nous obéissons.

Ses narines se dilatent tandis qu'elle hume la pièce. Étonnamment, son regard s'arrête sur moi. J'ignore ce qu'elle sent. Ma peur ?

Je ne suis pas effrayée, pourtant. Blessée, oui. Sur la défensive. Mais ces odeurs sont plus subtiles, surtout dans une classe pleine de métamorphes.

Nous écoutons sa leçon sur les dérivées, puis elle nous distribue une feuille d'exercices. Je n'arrive pas à me concentrer. Je suis toujours en colère après le commentaire d'Abe, ce qui ne me ressemble pas.

D'habitude, je passe outre. J'ai l'habitude qu'on me traite ainsi. J'ignore pourquoi je suis aussi contrariée, cette fois.

J'ai une terrible envie de provoquer Abe, ce qui serait suicidaire, bien entendu.

J'aimerais me venger. Mais la véritable question, c'est pourquoi ce sujet est-il si sensible ? Il n'a pas menti, après tout.

Wilde me déteste bel et bien. Ça le tue, que je sois devenue sa sœur par alliance. Il ne m'acceptera sans doute jamais comme un membre de sa famille.

Lorsque je quitte la classe, Lincoln, un nouvel élève humain, m'emboîte le pas.

— Salut, dit-il.

Je le regarde. Ce n'est pas la première fois qu'il tente d'engager la conversation. J'ai repoussé ses tentatives, car j'ai d'autres chats à fouetter. Je ne veux pas avoir une réputation d'aimant à humains. En plus, il a une sœur jumelle dans notre lycée. Ce n'est pas comme s'il était isolé.

Avec Bailey, c'était différent. Elle était cool, plus âgée, et elle valait le coup de désobéir à Cole, qui avait décrété que personne n'avait le droit de lui parler.

Mais je ne me lierai pas avec un humain une deuxième fois. Cela mettrait définitivement fin à mes espoirs d'être intégrée. Des espoirs déjà bien minces.

— C'était pas sympa, ce que t'a dit Abe, dit Lincoln.

Par le Destin.

Il ne réalise pas que dans le couloir, tout le monde peut l'entendre, y compris Abe, s'il est dans le coin. La dernière chose que je veux, c'est que l'humain se fasse casser la gueule par ma faute.

Les métamorphes ne sont pas censés se battre avec des humains – ordre du coach Jamison –, mais ils ne se gênent pas pour jouer les gros bras et montrer qui a la plus longue. Ils ne peuvent pas s'en empêcher. Les mâles, d'instinct, cherchent à établir leur domination dès que possible.

— Si tu le dis.

— Non, sérieux. Ça craint. Pourquoi tu le laisses te parler comme ça ?

Des élèves me jettent des regards noirs. Des regards d'avertissement. Comme pour me dire que quand Lincoln se sera fait botter le cul, je serai la suivante.

— Qu'est-ce que tu fais là, Lincoln ? demandé-je pour changer de sujet.

Il me suit jusqu'à mon casier et attend pendant que je tape mon code.

— Comment ça ?

— Pourquoi tu es inscrit au lycée Wolf Ridge ? Je croyais que tes parents étaient riches ?

Ici, tout le monde sait que les jumeaux vivent dans une

maison flambant neuve à huit millions de dollars bâtie au sommet du promontoire. Celle qui fait grimacer les habitants du coin, parce qu'elle appartient à des humains.

— Mon parent. Au singulier.

Malgré moi, je ressens une pointe de curiosité.

— Lequel ? demandé-je.

— Notre père.

Lincoln est beau, pour un humain. Des boucles auburn. Des yeux marron. Une fossette à la joue. Sa sœur est sublime, elle aussi. Ils portent des vêtements chers, mais pas chics. Lincoln a plutôt un style de rock star. Sa jumelle, Lauren, est classe, mais décontractée.

— Alors qu'est-ce que tu fais là ? Il n'a pas les moyens de t'envoyer à l'école privée ? Ou à Cave Hills, au moins ?

Je parle de l'école publique un peu snob située de l'autre côté de la montagne. La ville de Cave Hills est plus huppée que Scottsdale, et leurs établissements publics en sont le reflet. Niveau prouesses scolaires, nous ne boxons même pas dans la même catégorie, mais nous adorons les battre à plate couture sur le terrain.

— On n'aime pas le laisser seul, répond Lincoln.

Voilà qui m'intrigue encore plus. Bon sang. Je n'ai pas envie de m'intéresser à cet humain. Je ferme mon casier et remets mon sac à dos.

— Pourquoi ? demandé-je.

L'humain hausse les épaules.

— Il fait une dépression. Notre mère est morte d'un cancer l'année dernière, et il a du mal à le surmonter.

— Et c'est *ici* qu'il a décidé de s'installer ?

Je suis incrédule. Il faut être fou pour choisir Wolf Ridge, quand on est déprimé.

— Il construisait cette maison pour elle. Elle adorait l'Arizona. Alors bon...

— Merde. Je suis vraiment désolée.

— Du coup, tu peux comprendre que l'école soit le cadet de nos soucis.

— Oui, je comprends.

Sans le vouloir, j'ai suivi Lincoln hors de l'établissement.

— Il faut que je file, sinon je vais rater le bus, lui dis-je.

Comme ma mère travaille jusqu'à 18 h, je suis obligée de prendre le bus scolaire jusqu'à mon ancien quartier, puis un autre bus qui monte dans les collines, avant de marcher une demi-heure. Ça craint. Surtout qu'avoir de beaux pieds est indispensable, si je veux pouvoir me payer la fac.

— On peut te ramener, propose Lincoln.

Il n'est même pas passé à son casier pour récupérer des manuels. Il ne m'a pas quittée d'une semelle depuis que nous sommes sortis de classe.

— Enfin, si tu veux, ajoute-t-il.

Argh. En ai-je envie ? D'un côté, ça achèvera de foutre en l'air ma réputation. De l'autre, j'éviterai un pénible trajet d'une heure et demie.

— Euh, oui. D'accord. Merci.

Il me montre la partie est du parking, et nous prenons cette direction.

Tout le monde nous regarde.

J'entends des ricanements et des commentaires sur Rayne l'avorton, la fan d'humains.

Je déteste tous les élèves de cette école. Passionnément.

La tête haute, je marche jusqu'à la voiture de Lincoln. Mes mains deviennent moites, même si j'ignore ce que je crains. De le mener en bateau ? De me faire un nouvel ami ?

Ma vie sociale est tellement pathétique que je ne sais pas comment réagir face aux situations les plus banales. Non, ce n'est pas vrai. Devenir amie avec Bailey était facile. C'est sans doute parce que Lincoln est un garçon. Je ne peux pas m'empêcher de me demander s'il tentera quelque chose. Et comment je réagirais dans ce cas de figure.

Puis mon système nerveux déjà à bout reçoit une décharge électrique lorsqu'un grand coup de klaxon retentit à notre droite.

Eh, merde.

Qu'est-ce que... ?

Wilde se trouve au volant de la Subaru de ma mère. Ses yeux ont une lueur verte, comme s'il était fou de rage. C'est agaçant, mais ça le rend encore plus séduisant. Je me demande de quelle couleur est son loup. À quoi ressemblent ces yeux verts, encadrés par sa fourrure.

Eh bien, je l'emmerde. Je n'ai pas besoin de subir ce genre de scènes au lycée. J'attire déjà assez l'attention comme ça. Et voilà qu'il s'apprête à prouver à tout le monde qu'Abe avait raison.

Je secoue la tête, sourcils froncés. Je ne lui ai jamais demandé de venir me chercher. Il n'a rien à faire là.

— Qui c'est ? me demande Lincoln.

— Mon demi-frère.

Wilde ouvre sa portière à la volée et bondit hors du véhicule.

Mince.

— Bon, finalement, je crois que je vais rentrer avec lui, dis-je à toute vitesse.

Il faut que je m'en aille avant que Wilde sente l'odeur de Lincoln. Bien sûr, il a sans doute déjà compris. Après tout, puisqu'il n'a jamais vu Lincoln aux rassemblements de la meute, il partira du principe qu'il s'agit d'un humain.

Je suis furieuse de devoir me soucier de ce que pense Wilde.

— Merci d'avoir proposé de me ramener, dis-je. À demain.

Je m'éloigne de Lincoln au plus vite pour rejoindre Wilde.

— Attends, dit l'humain en m'attrapant par le bras.

Je tourne sur moi-même et me dégage. J'ignore ce qu'il lit sur mon visage – de la peur ? De la colère ? –, mais en tout cas, ça le fait reculer.

— Je voulais juste vérifier que tout allait bien. Je veux dire... il n'est pas dangereux ?

— Rayne, dit Wilde d'un ton menaçant, voire mortel. Monte dans la voiture. Tout de suite.

— Oui, tout va bien, réponds-je à Lincoln.

Ma voix est essoufflée, même à mes propres oreilles. Je suis sûre qu'il ne me croit pas.

— Merci. À demain.

Lorsque je rejoins Wilde, il ne fait même pas attention à moi. Il fusille Lincoln du regard, et ce dernier le lui rend bien.

Oh, non.

Je me précipite dans la Subaru, que Wilde a laissée en marche. La portière passager est toujours entrouverte. Wilde continue de regarder Lincoln, qui finit par secouer la tête et s'éloigner.

J'écrase le klaxon pour me venger.

Wilde se retourne. Ses yeux lancent des éclairs.

J'essaye de faire mine de ne pas avoir peur.

En fait, je n'ai vraiment pas peur.

Tout de même, quand Wilde remonte en voiture et se jette sur moi pour me prendre à la gorge, mon discours est prêt.

— Si tu me blesses, ça laissera des marques. Je ne guéris pas comme toi.

Son père le verrait. Il aurait de gros ennuis.

Il recule avant même d'avoir serré. Ça a marché.

— Ne t'approche plus de cet humain, Rayne.

— Pourquoi ?

— Parce que sinon... je lui casserai la gueule.

Je lâche un rire moqueur.

— Tu parles comme une vraie brute. Ça ne te rend pas cool, de t'en prendre à des gens deux fois plus légers que toi et qui n'ont pas les forces d'un métamorphe.

Wilde cligne des yeux plusieurs fois, comme s'il cherchait à calmer son loup. La lueur verte quitte ses yeux, qui retrouvent leur couleur brun doré. Il a un rictus.

— Peut-être, répond-il, mais tu es inquiète, maintenant.

Ça m'énerve qu'il s'en rende compte. L'odorat des métamorphes leur dévoile beaucoup trop de choses.

— Qu'est-ce que ça peut te faire, de toute façon ? m'enquiers-je.

Il démarra en trombe, ce qui est assez comique, vu le véhicule ringard qu'il conduit.

— Tu as beau être déficiente, Rayne, tu n'es pas humaine.

— Développe ?

Il serre tellement les mains sur le volant que celui-ci se fissure.

— Ça m'emmerde déjà que mon nom soit lié au tien, avorton. Je ne veux pas que ta réputation plonge davantage.

Je m'en doutais, mais ça me met en colère de l'entendre dans sa bouche. Suffisamment en colère pour que je décide de devenir la meilleure amie de Lincoln, rien que pour rendre Wilde furieux.

— Tu n'as aucune autorité sur moi, abruti.

Wilde écrase l'accélérateur, doublant la file de voitures qui quittent le lycée par l'étroite bordure de la route.

— Réfléchis bien, Rayne. Tu vis chez moi, désormais. Je peux faire de ta vie un enfer.

Tu le fais déjà.

Je ne le dis pas tout haut. Je refuse de lui faire ce plaisir.

~

Wilde

Il me faut un bon quart d'heure pour chasser la colère que j'ai ressentie en voyant Rayne avec cet humain.

J'ai eu envie de le déchiqueter. De le soulever et de le balancer sur le toit du lycée pour faire étalage de ma force de métamorphe. De lui faire peur au point qu'il se pisse dessus. Je ne veux plus qu'il approche Rayne.

L'intensité de ma colère semble un peu irrationnelle, mais je mets ça sur le compte du merdier dans lequel je me trouve.

Le coup de fil de mon père pour m'annoncer qu'il avait épousé la mère de l'avorton. Le fait de devoir dormir sur le canapé. Le procès qui me pend au nez.

Après le déjeuner, j'ai été bien sage et j'ai fait ce que l'on m'avait demandé. J'ai demandé à Bo le numéro de Garrett Green, et il a demandé à sa femme de m'appeler pour discuter de mes options. Elle me recommande de plaider non coupable. Moi, j'ai des doutes. Elle va me trouver un avocat à Greenville.

Ensuite, je suis allé chercher l'avorton. Et maintenant, je vais lui apprendre à conduire. Je veux qu'elle soit prête à passer son permis dans trois jours. Parce qu'il est hors de question que je continue à jouer les chauffeurs.

Je nous conduis dans la mesa, avec ses routes de terre et son absence de circulation.

Rayne, qui a déjà failli se faire dessus en voyant mes yeux de loup, tout à l'heure, est toujours nerveuse. Étonnamment, mon loup n'aime pas l'odeur de sa peur. Comme s'il ne voulait pas qu'elle me craigne.

L'agacer, c'est bien. La faire sortir de ses gonds, c'est parfait. La rendre furieuse, ce serait l'idéal.

Mais pas la terrifier.

Je n'aime pas son odeur quand elle a peur.

Elle sent bon, en temps normal. Elle a un arôme frais et printanier, un mélange de créosotes et de genévriers. C'est peut-être pour ça que sa mère l'a appelée Rayne, comme la pluie qui fait ressortir les odeurs du désert. Son odeur est plus forte que dans mes souvenirs, mais après tout, je ne vivais pas avec elle, à l'époque. Je ne la fréquentais pas. Je la trouve...

Exaspérante.

Tout autant que son nouveau look.

Et je suis particulièrement irrité de constater qu'elle est assez jolie pour que des garçons humains veuillent la reconduire chez elle.

Le volant se fissure de nouveau sous ma poigne.

Merde. Ça aussi, je vais le payer.

Ces temps-ci, j'ai l'impression que tout ce que je fais me vaut une punition.

— Tu vas où ?

— Tu vas apprendre à conduire.

— Maintenant ?

Je ne prends pas la peine de répondre à cette question débile.

— Avec toi ?

Encore une fois, ça ne mérite pas une réponse.

— Je... je ne peux pas aujourd'hui.

— Pourquoi ?

— J'ai des devoirs, dit-elle en vitesse. Et... ouais, j'ai des devoirs.

— Eh bien, tu n'auras qu'à les faire plus tard. Tu as une heure et demie de conduite devant toi.

— Pourquoi ? Je veux dire, pourquoi aujourd'hui ? Je ne peux pas faire ça maintenant.

Elle ment. Mais je ne sais pas ce qui l'inquiète à ce point.

— Parce que je ne suis pas ton putain de taxi, avorton. Tu conduiras avant la fin de la semaine, pour qu'on ait la paix.

— Je n'ai jamais pris le volant ! gémit-elle.

— Mais tu as obtenu le permis pour commencer la conduite accompagnée ?

Elle hoche la tête d'un air penaud.

— Ouais. Maman m'a obligée à le passer l'année dernière.

J'ouvre ma portière à la volée.

— Alors l'heure est venue, dis-je.

Je sors de la voiture et en fais le tour.

Comme Rayne ne bouge toujours pas, je lui ouvre.

— Allez, Rayne.

Elle pousse une légère plainte, mais reste assise.

— Vraiment... je ne veux pas.

Je penche la tête sur le côté.

— Tu as peur ?

Elle reste parfaitement immobile, les yeux droits devant elle comme pour ignorer ma présence.

— Qu'est-ce qui te fait peur ?

Je ne sais pas ce qui me prend, mais je la prends par la main, comme si j'étais un gentleman et que nous avions un rencard. Je la tire doucement par le bras pour la faire sortir, et elle pose ses fausses Converse sur le sol.

Quand elle me regarde d'un air indécis, je comprends que j'ai vu juste.

— Tu n'as rien à craindre, Rayne. C'est super facile.

— Super facile pour toi, grommelle-t-elle. Je suis déficiente, tu te souviens ?

Je lâche un grognement amusé.

— Tes gènes n'ont rien à voir avec ta capacité à conduire.

Comment peut-elle croire une chose pareille ? Les humains conduisent. Pas besoin de pouvoirs spécifiques.

Elle fait un pas, puis s'arrête.

— Je ne suis même pas sûre que mes pieds atteignent les pédales.

Cette fois, je ris pour de bon.

— Tu n'es pas petite à ce point-là, avorton. Je crois que tu as une image trop négative de toi, là.

En prononçant ces mots, une légère gêne s'empare de ma poitrine. Une pointe de culpabilité.

Il faut dire que toute la ville, moi compris, a fait comprendre à Rayne qu'elle valait encore moins qu'un humain.

Je suis pris d'une envie de lui faire oublier cette impression, alors je la soulève par la taille, sans difficulté tant elle est légère. Je contourne la voiture en quelques pas, puis je la repose sur ses pieds et lui donne une tape sur les fesses.

— Tu es petite, Rayne, mais ça ne t'empêche pas de conduire.

Je suis déconcerté par le plaisir que j'ai pris à la porter d'un seul bras. À sentir son odeur printanière de plus près.

Elle pivote et me jette un regard noir.

— Tu te prends pour un homme des cavernes, ou quoi ? Tu ne peux pas donner des tapes sur les fesses des filles comme ça.

Elle a raison, bien sûr. Et d'habitude, je suis très respectueux avec les femmes, sans doute parce que le coach Jamison nous a appris à être galants dès notre première année de lycée.

Je penche la tête sur le côté.

— Tu n'es pas une fille, tu es un avorton. Et ma *demi-sœur*. Alors si tu ne veux pas que je te donne une vraie fessée, tu ferais bien de t'asseoir derrière le volant illico.

Elle rougit, son cou et son décolleté couverts de taches roses. Un nouveau malaise s'empare de moi.

Elle s'installe sur le siège conducteur, mais elle parvient à peine à toucher le volant. Je vois la panique sur son visage, comme si elle croyait devoir conduire dans cette position.

— Bon sang, Rayne. Tu ne connais vraiment rien à la conduite, hein ?

Je me penche sur elle pour avancer son siège.

— Oh, dit-elle.

— Arrête de tout compliquer.

D'un pas lourd, je fais le tour du véhicule et m'assois à côté d'elle, avant de faire reculer mon siège au maximum.

Rayne n'a pas bougé depuis que j'ai ajusté le sien. Elle reste assise, les deux mains sur le volant, ses yeux écarquillés fixés sur le pare-brise.

Je pousse un soupir exaspéré.

— La pédale de droite, c'est l'accélérateur. À gauche, c'est les freins. Tu utilises le même pied pour les deux.

— Quel pied ?

Je hausse les sourcils dans une expression qui veut dire *comment peux-tu être aussi bête ?* et elle rougit un peu plus.

— Le pied droit, Rayne.

— D'accord.

Elle regarde les pédales et pose le pied droit sur l'accélérateur. Le moteur gronde.

— Voilà. C'est l'accélérateur. Maintenant, appuie sur les freins et maintiens pendant que tu passes la première.

Au lieu de suivre mes instructions, elle tourne la clé. Comme la voiture est déjà allumée, le moteur hurle. Rayne pousse un cri et lâche tout, les mains en l'air comme si elle s'était brûlée.

— Merde, marmonne-t-elle.

Elle ne me regarde pas. Son regard est braqué devant elle, et elle a la respiration haletante, comme un humain qui viendrait de monter trois étages en courant.

— Regarde-moi, Rayne.

Elle ne me regarde pas.

— Il faut que tu te détendes, bordel. Tu te compliques la tâche toute seule. Regarde-moi.

Elle tourne la tête et sursaute en voyant mon visage, bien que j'aie tenté de garder une expression neutre.

— Quoi ? demande-t-elle.

— Tu en es capable. Les humains apprennent à conduire tous les jours, et tu vaux mieux qu'eux.

De manière inattendue, ses yeux s'embuent.

Au début, ça me met en colère. Presque en rage. Comme si j'avais envie de me transformer pour la mettre en pièces.

Non. Pas elle.

Ce qui l'a fait pleurer.

C'est à dire moi, bien sûr.

Ensuite, mon agressivité se réduit à peau de chagrin, comme si l'on m'avait couvert d'une couverture de plomb pour me calmer. Ces deux émotions soudaines, puissantes et contradictoires, me donnent le tournis.

— Arrête tes conneries, Rayne, parviens-je à dire d'un ton bourru.

Je donne une pichenette en direction du pare-brise.

— Appuie sur le frein et laisse ton pied en place.

Pour une fois, elle obéit.

Je prends sa main et la pose sur le levier de vitesse, la mienne collée à la sienne pour lui faire appuyer sur le bouton latéral et passer doucement en première. La voiture est prête à avancer.

— Lâche lentement le frein.

Elle s'exécute. Nous avançons. Elle gémit et tourne le volant à droite et à gauche dans des gestes trop brusques, comme un enfant qui fait semblant de conduire.

Je me mords la langue pour ne pas la rabrouer. Parfois, il faut découvrir les choses par soi-même pour apprendre.

— Maintenant, accélère un peu.

Nous faisons un bond en avant. Dans un hurlement, elle appuie sur les freins.

— Tu gères, murmuré-je.

Je suis surpris d'entendre des encouragements sortir de ma bouche.

Elle me jette un regard inquiet.

— Garde les yeux sur la route, avorton. Ne t'en fais pas pour moi. Même si tu nous fais tomber d'une falaise, je suis indestructible.

Elle prend une grande inspiration et hoche la tête.

— D'accord.

Elle agrippe le volant de toutes ses forces, mais parvient à monter sur la mesa et à prendre quelques virages. Je lui fais faire une demi-douzaine de demi-tours avant de lui demander de redescendre la colline. Lorsque nous arrivons au bout de la route de terre, elle se gare.

— Qu'est-ce que tu fais ?

— Je sors pour que tu puisses reprendre le volant, dit-elle en ouvrant sa portière.

— Hors de question. C'est toi qui nous ramènes.

Elle ouvre de grands yeux.

—Jamais de la vie. Non. Certainement pas.

J'hésite entre la douceur et la colère. Sans savoir pourquoi, je choisis la douceur.

— Tu t'en sors très bien, Rayne. Le seul moyen d'être à l'aise, c'est de t'entraîner. Alors démarre.

Je m'attends à ce qu'elle proteste, mais elle a dû prendre un peu confiance en elle, car elle referme sa portière, se met doucement en première et démarre trop fort, nous projetant en avant.

Je ravale mes critiques. Nous arrivons jusqu'à un premier stop. Elle marque l'arrêt et regarde quatre fois de chaque côté avant de redémarrer avec lenteur, bien qu'il n'y ait personne.

— Tu attendais que les voitures fantômes soient toutes passées ?

— Ferme-la, Wilde.

J'ai un sourire en coin. Voilà qui est mieux. Elle a retrouvé sa combativité.

Quand nous arrivons à la maison, elle est plus sûre d'elle, et elle a retrouvé son insolence.

Elle se gare au milieu de l'allée, ce qui empêchera mon père de rentrer avec son pick-up, mais je ne lui demande pas de déplacer la voiture. Je la laisse sortir et se ruer dans la maison avant de la garer correctement et de rentrer.

Sauf que nous ne sommes pas seuls. Le peloton d'exécution est au complet.

Mon père, l'alpha de la meute et plusieurs membres du conseil se tiennent dans le salon, les bras croisés.

CHAPITRE CINQ

Rayne

Je vais dans ma chambre pour leur laisser un peu d'intimité, même si je serai en mesure de tout écouter à travers les murs. J'ai beau ne pas être métamorphe, mon ouïe est meilleure que celle des humains.

— Assieds-toi, Wilde, ordonne l'alpha Green.

J'entends une chaise être traînée sur le sol depuis la salle à manger, et j'imagine les membres du conseil se placer en demi-cercle autour de Wilde, façon entretien.

Ou interrogatoire, plutôt.

J'ignore pourquoi j'ai l'estomac noué pour lui. Ses problèmes ne me concernent pas. Je ne sais pas ce qui s'est passé, au juste. Je ne sais pas ce qu'il a fait ou pas fait, seulement qu'il a fini au poste pour trafic de drogue. J'ignore s'il a une bonne excuse, ou des raisons d'avoir agi ainsi.

L'alpha Green prend la conversation en mains :

— Bon. Que s'est-il passé ?

Wilde garde le silence un moment, et je retiens mon souffle, les doigts refermés sur mes paumes moites.

— On a gagné le match contre Clemson. Les gars faisaient la fête dans notre chambre. On avait été dépistés avant le match, alors on pouvait consommer sans craindre de se faire repérer.

— Tu te drogues.

Cette accusation, teintée d'assez de désapprobation pour couler un navire de guerre, vient de Logan. Il n'attend pas la réponse pour poursuivre :

— Quel intérêt, pour toi ? Ton corps doit tout métaboliser trop vite, non ?

Je n'entends pas de réponse, et Logan lance d'un ton sec :

— Réponds-moi, Wilde !

— Je croyais que c'était une question rhétorique.

— Ne fais pas le malin.

— Est-ce que tu prends de la drogue, fiston ? demande l'alpha d'un ton neutre, comme pour montrer l'exemple à Logan et faire retomber la tension.

— J'essaye de m'intégrer aux humains d'une petite équipe soudée. Ce n'est pas facile.

Je perçois de la frustration et du désespoir dans la voix de Wilde, et je dois ravaler la compassion qui monte en moi.

Wilde est un connard arrogant qui mérite sûrement ce qui lui arrive.

S'il ne se sentait pas à sa place avec les humains, il n'a eu qu'un aperçu de ce que je vis tous les jours, dans cette ville.

— Alors tu as choisi de violer la loi et de mettre ta carrière en péril pour t'intégrer.

C'est l'un des anciens du conseil qui a parlé.

— Je suis un animal habitué à vivre en meute, répond Wilde d'un ton pesant.

Il semble défaitiste. Résigné. Comme s'il avait eu conscience de faire le mauvais choix, mais qu'il n'avait pas vu d'alternative.

— Tu es un meneur, bon sang. Tu étais *capitaine* de l'équipe de football américain de Wolf Ridge. Tu ne suis pas le mauvais exemple. Tu montres le bon.

Logan est toujours furieux. À mon avis, rien de ce que pourra dire ou faire Wilde ne le calmera de sitôt.

— Alors, que s'est-il passé ? demande l'alpha Green. Comment la police a-t-elle eu vent de l'affaire ?

— La fête était trop bruyante. Je n'en sais rien. Ce n'est pas le vigile de l'hôtel qui s'est pointé, c'est les flics. Et ils avaient un motif raisonnable pour fouiller la chambre. Ils ont trouvé la coke et ils m'ont arrêté. Fin de l'histoire.

— Qui y avait-il d'autre dans cette chambre ?

— Peu importe, répond Wilde. C'est moi qui me suis fait prendre.

J'entends des pas, comme si l'un des hommes s'approchait de lui.

— Et qui a payé ta caution ?

C'est de nouveau l'alpha.

— L'un de mes coéquipiers.

— Tu avais le droit de quitter la ville ?

— Oui, du moment que je me présente à mon audience dans deux mois. J'ai parlé à Amber Green. Elle pourra peut-être me représenter.

Amber est la belle-fille de l'alpha, une avocate de Tucson.

— Wilde, je ne te trouve pas très contrit.

Il y a un silence.

— Je suis désolé de vous avoir tous déçus.

— Oh, on est bien plus que déçus, dit l'alpha. Tu as

fait des erreurs. Ton comportement fait honte à l'équipe de football de Wolf Ridge, à cette ville et à cette meute.

— Oui, Alpha.

— Ce qui me perturbe le plus, c'est que j'ai l'impression que tu t'en fiches un peu. Je me trompe ?

Un frisson me traverse, car je sais que l'alpha a raison. C'est ce qui me faisait dire que Wilde n'avait que ce qu'il méritait.

Mais pourquoi s'en fiche-t-il ? Quand il était au lycée, il faisait passer son sport avant tout le reste. C'est étrange, qu'il prenne soudain le risque de tout sacrifier et qu'il ne semble pas s'en faire.

— Oui, Alpha.

— Ne me mens pas, Wilde.

Je jurerais sentir la tension dans le silence qui suit imprégner ma chambre et envahir ma poitrine.

Que peut-il bien répondre ? La vérité le condamnera aussi.

Il ne dit rien du tout.

— Bon, voyons si ce qui suit te motive. Je veux que tu résolves cette histoire et que tu réintègres l'équipe de Duke, sinon tu seras exclu de cette meute. Compris ?

— Oui, Alpha.

— Tu peux rester ici le temps de trouver une solution. Tu *trouveras* une solution. Pas d'échec. Pas de condamnation. Tu réintègres l'équipe et tu gardes ta bourse. Et si tu merdes encore une fois, tu seras exclu à vie. C'est clair ?

— Oui, Alpha.

J'ai beau être impatiente de quitter Wolf Ridge et d'échapper à la meute, mes yeux s'emplissent de larmes pour Wilde.

Pour un métamorphe, la meute, c'est tout. La communauté fait partie de nos vies. Nous agissons pour le bien général et nous puisons du soutien chez les autres. Être banni revient à être condamné à vivre parmi les humains, car la plupart des meutes respectables refuseront d'accepter un membre avec ce passé.

Un jeune loup de l'âge de Wilde, sans fortune personnelle et sans communauté, deviendrait sans doute fou. Bien sûr, Garrett Green, à Tucson, l'acceptera peut-être dans ses rangs. Il sait ce que c'est, d'être banni de Wolf Ridge.

Je reste dans mon coin jusqu'à ce que tout le monde soit parti et que j'entende ma mère et Logan parler tout bas dans leur chambre. Alors, je sors. Le salon sent le malheur. Je regarde autour de moi, à la recherche de Wilde, mais il n'est pas là.

Je vais dans la cuisine pour préparer le dîner, et je vois une pile de vêtements près de la porte de derrière. Je lève brusquement la tête et regarde par la fenêtre. Au loin, disparaissant à flanc de montagne, se trouve un loup noir. Il est énorme, plein de beauté et de puissance tandis qu'il galope dans de grandes enjambées gracieuses.

Un loup noir avec des yeux verts. J'aurais dû me douter que même sous forme lupine, Wilde Woodward serait hors du commun.

Wilde

— Mec, c'est dur, dit Cole quelques heures plus tard.

Bo, Austin et lui sont venus de l'université de l'Arizona pour me soutenir. Nous sommes sur la mesa, avec notre pote Slade.

Après le savon que je me suis pris, je suis content d'être avec mes amis.

Après le départ du conseil, je me suis transformé et j'ai couru, incapable de tenir une seconde de plus dans ma peau, et je suis resté dehors longtemps après le coucher du soleil.

En rentrant, j'ai vu que l'avorton m'avait laissé une assiette chargée d'ailes de poulet et un bol plein de brocolis au beurre citronné. Je trouve que ça craint qu'elle soit toujours de corvée de dîner. Enfin, si elle aime cuisiner, c'est une chose, mais je ne pense pas que ce soit le cas. À mon avis, c'est un ordre qu'elle a reçu.

Après avoir dévoré son plat jusqu'à la dernière miette, j'ai découvert que mes amis avaient tenté de me joindre pour m'avertir qu'ils arrivaient.

Ils se sont pointés à ma porte sans même attendre de réponse et m'ont dit de monter en voiture.

À présent, je suis assis autour d'un feu, à boire de la bière comme au bon vieux temps.

Bo et Cole jouent tous les deux au football pour leur fac. Austin y est lui aussi étudiant, mais son père ne voulait pas qu'il fasse partie de l'équipe. Il est censé devenir médecin, comme son vieux.

C'est moi qui ai été choisi par la meute et le coach pour aller dans une université prestigieuse et briller pendant que mes meilleurs amis restaient ensemble.

Ça aurait pu être pire, bien sûr. Le pauvre Slade, lui, est resté coincé à Wolf Ridge, comme la plupart des cancres du lycée. Il travaille à la brasserie, à l'atelier.

Je viens de leur raconter ce que l'alpha Green m'a annoncé avant le dîner.

— Comment tu vas faire pour que les poursuites soient abandonnées ? me demande Bo.

Je hausse les épaules.

— Aucune idée. Je vais devoir me trouver un avocat, j'imagine.

— Alors… quand est-ce que tu y retournes ? s'enquiert Cole.

Il brise une branche sur son genou. Les métamorphes n'ont pas besoin de hache. Pas avec notre capacité à casser de gros bouts de bois à mains nues ou d'un coup de pied.

L'envie de freiner des quatre fers qui s'est emparée de moi dès que mon père m'a annoncé qu'il avait épousé Leslie reprend le dessus.

— Je n'y retournerai pas.

— Quoi ?

Ils tournent tous les quatre la tête vers moi.

Je hausse les épaules.

— Quel intérêt, si je ne peux pas jouer ?

— Et tes cours ? demande Austin.

— Je laisse tomber.

Je tends une branche vers le feu et la laisse s'enflammer, avant de la brandir comme une torche.

— Ça ne te rendra pas la tâche encore plus compliquée, quand tu auras réintégré l'équipe ?

Cette fois encore, Austin tente d'être la voix de la raison, le bon élève.

— C'est déjà compliqué, mec, grogné-je. Et si j'étudiais, c'était uniquement pour le football. Pour l'équipe.

Je songe à mes coéquipiers, et un malaise s'empare de moi. Ai-je eu des nouvelles de mes soi-disant amis depuis que Ryan m'a mis dans l'avion ? Mon coach m'a laissé trois messages, mais du côté des membres de mon équipe, c'est silence radio.

Personne n'a tenté de me joindre. Pas même Ryan, à qui j'ai sauvé les miches.

C'est pour ces types-là que j'étais prêt à tout sacrifier.

Non, que j'ai *déjà* tout sacrifié.

Mais ce sont des humains. Ils comprennent le concept

d'équipe, mais pas comme les membres de ma meute. C'est ça qui me manquait, quand j'étais là-bas.

Sauf que mes amis de lycée ont leur propre vie, désormais. Nous ne sommes plus à l'école. Deux d'entre eux ont une compagne. Et ils en sont tous les quatre à un autre chapitre de leur vie. Nous ne sommes plus la bande d'alpha-brutis qui régnait sur les couloirs de l'établissement. Je ne retrouverai jamais cette époque.

Je plonge de nouveau le bout de ma branche dans le feu.

— Je pense que je devrais aller chercher mes affaires et revenir avec ma Jeep.

Bien sûr, je n'ai pas assez d'argent pour ça.

Bo semble comprendre mon dilemme, car il m'en propose aussitôt :

— Je te prête de quoi t'acheter un billet d'avion, si tu en as besoin.

Lui et sa petite amie voleuse de voitures, Sloane, ont gagné une petite fortune, l'année dernière, raison pour laquelle il a pu aller à la fac.

Mes épaules retombent de soulagement. Je suis heureux de voir que mes amis me soutiennent sincèrement.

— Merci, mec. Je t'avoue que j'en aurai besoin. Mon père ne me donnera pas un centime.

Bo sort son téléphone et se met à pianoter dessus comme s'il me cherchait un billet d'avion à l'instant même.

— Mon oncle Greg t'embauchera sûrement au garage, si tu veux.

Je ne connais pas grand-chose aux voitures. Pas comme Cole et Bo, qui bossaient en tant que mécaniciens pendant le lycée. Mais je les ai assez fréquentés pour croire que je me débrouillerai.

— Merci. Ouais. J'irai lui parler.

— Et je peux te réserver un aller simple pour Durham

demain matin. Ça te convient ? Tu peux dormir chez nous à Tempe ce soir, et je te conduirai à l'aéroport.

Un autre rayon de soulagement traverse les ténèbres qui avaient envahi ma poitrine. À moins qu'il s'agisse de gratitude.

— Merci, mon pote. C'est vraiment cool d'être avec vous ce soir.

Ils échangent un regard, comme s'ils n'étaient pas forcément d'accord pour dire qu'il s'agissait d'un bon moment. Quand ils se tournent vers moi, leur expression est un mélange de compassion et de doute. Je crois qu'ils n'arrivent pas à croire que j'aie pu merder à ce point. Ou qu'ils ne comprennent pas pourquoi.

Moi non plus, je ne comprends pas.

C'est ça le pire.

Comme l'a dit l'alpha Green, je ne suis pas désolé. Je m'en fiche.

Je me fous complètement du tour supposément tragique qu'a pris ma vie. Tout ce que je ressens, c'est une furieuse envie de me terrer à Wolf Ridge. Chez mon père. De le rendre, ainsi que Rayne l'avorton, aussi malheureux que moi. Surtout elle.

CHAPITRE SIX

Rayne

Je passe déjà une belle journée de merde.

C'est mon dix-huitième anniversaire, et ma mère l'a oublié. Je comprends ; les hormones de grossesse la mettent dans tous ses états. Tout son corps est concentré sur le louveteau à faire grandir. Et elle vit dans une nouvelle maison, avec un nouveau mari qui ronchonne à cause de la carrière brisée de son fils. Elle a les idées ailleurs.

J'essaye de ne pas le prendre mal. Je n'ai jamais été du genre à avoir des fêtes d'anniversaire, mais ma mère tentait toujours de rendre ce jour exceptionnel. Elle faisait des pancakes au petit déjeuner ou m'invitait à dîner au restaurant. Je recevais un ou deux cadeaux.

Mais ce matin, rien.

Et à présent, j'ai fait l'erreur d'accepter de déjeuner avec Lincoln et Lauren, sa jumelle, au self — je ne sais pas ce qui m'a pris —, car cela semblait mettre les alpha-brutis en colère. Abe, Markley et J.J. font exprès de s'asseoir juste à côté de nous.

— Regardez-moi ça. L'avorton s'est enfin fait un autre ami, raille Abe.

— Deux, renchérit J.J. À moins que ces deux loseurs ne comptent que pour une personne ?

Abe rapproche sa chaise de Lauren, et elle lui jette un regard dégoûté qui le fait sourire.

Je les ignore. Que pourrais-je faire d'autre ? Ils cherchent à me provoquer.

— Je parie qu'ils iront au bal à trois. Ce serait mignon, non ?

C'est Markley qui a fait cette suggestion, mais Abe prend un air furieux, comme si cette perspective lui donnait envie de casser la table en deux.

— Du moment qu'on est tous là pour te voir être couronné roi du bal, tout va bien, non ? rétorqué-je.

Je ne devrais pas réagir, mais je ne peux pas m'en empêcher. Le vote est ouvert depuis ce matin pour l'élection du roi et de la reine, même si tout le monde sait qui sera élu : Abe Oakley et Casey Muchmore. Ce sont les plus alpha d'entre nous. Les étudiants de Wolf Ridge sont presque biologiquement *contraints* de voter pour eux.

— Tu sais ce qui serait drôle ? me demande Abe, mais en regardant Lauren.

— Quoi ? demandé-je.

— De voter pour ces deux loseurs.

— Pourquoi ? questionne Markley, qui ne voit visiblement pas l'humour là-dedans.

Moi non plus.

Les lèvres d'Abe se tordent dans un sourire cruel.

— Faites en sorte que ça arrive, dit-il.

Je comprends tout de suite qu'il obtiendra ce qu'il souhaite. Car c'est Abe qui décide de tout, au lycée. Il a un droit de vie ou de mort sur la vie sociale des élèves. S'il ordonne à tout le monde de nous élire roi et reine, ce sera fait.

— Tu sais ce qui serait encore plus drôle ? rétorqué-je avec mon sourire le plus mielleux.

Il ne me répond pas.

— Te voir perdre face à un étranger.

Je dis étranger et pas humain, mais ils savent très bien où je veux en venir.

— Dans tes rêves, avorton.

Le sourire mauvais d'Abe a repris sa place. Il se lève, et son entourage lui emboîte le pas.

— C'était la conversation la plus stupide que j'aie eu le malheur d'entendre, dit Lauren, le regard fixé sur les épaules musclées d'Abe. Comment des idiots pareils peuvent-ils être populaires ?

— Aucune idée, grommelé-je.

Ma journée empire encore dans l'après-midi, lorsque Mme Landon nous rend nos devoirs de maths. Il me faut un A pour faire remonter ma moyenne, mais je sais déjà que j'ai raté plusieurs problèmes.

J'espérais au moins un B+. Tout pour ne pas stagner.

Crotte ! 76/100. Encore un C.

Ça pique.

Je comptais demander à Bailey de me donner des cours de soutien, par Zoom, peut-être, mais je sais que la fac l'occupe beaucoup. Je ne veux pas être un fardeau.

— Félicitations à Lincoln, qui a obtenu la meilleure note de la classe. Pour tous les autres, je recommande de réviser encore un peu avant les examens du premier semestre dans deux semaines, dit Mme Landon.

Je jette un regard à Lincoln, qui ne semble pas surpris de ces compliments. Mmm. Je ne savais pas que c'était un intello. Mais il fréquentait sans doute une école bien meilleure, avant de s'installer ici.

Peut-être...

Non. C'est une mauvaise idée. Et pas parce que Wilde m'a interdit de le fréquenter. Lui, je m'en fiche. D'ailleurs, ce serait même une très bonne raison de passer plus de temps avec l'humain. Ça montrerait à mon *demi-frère* qu'il n'a aucune autorité sur moi.

En plus, j'ai besoin d'aide. Je ne veux pas rester à Wolf Ridge après la terminale. Il *faut* que je me tire d'ici.

— Hé, Lincoln, dis-je en le suivant hors de la classe.

— Oui ?

— Euh... tu ne donnerais pas des cours de soutien, par hasard ? Je veux dire, tu accepterais de jeter un œil à mon devoir pour m'expliquer ce que je n'ai pas compris ?

Je sais, c'est bête. La prof vient justement de nous proposer de faire la même chose pour nous le matin avant le début des cours. Mais je ne peux pas venir aussi tôt, vu que je ne conduis pas.

Wilde est parti depuis quatre jours, un véritable soulagement. Après s'être fait incendier par les anciens de la meute, il a pris l'avion pour Durham afin de vider sa chambre à la fraternité et de revenir avec sa Jeep.

— Bien sûr, répond Lincoln en me prenant le devoir des mains pour le passer en revue. Tu veux qu'on fasse ça maintenant ? On peut aller à la bibliothèque. Ou chez moi, si tu veux.

Il hausse un sourcil.

— Sauf si ton demi-frère risque de me casser la gueule ?

Il ne semble pas le moins du monde inquiet à cette idée. Je crois plutôt qu'il tente d'obtenir plus de détails à ce sujet.

— Ouais, il est un peu... surprotecteur, dis-je avec un rire tremblant. Et c'est un con.

Puis, car je tiens à lui prouver que je ne me laisse pas martyriser par mon demi-frère, j'ajoute :

— Chez toi, ça serait très bien.

Évidemment, dès que je prononce ces mots, je réalise qu'une bonne dizaine de personnes ont tourné la tête vers nous. Ils ont tout entendu.

Je suis certaine que Wilde en entendra parler dès qu'il rentrera en ville.

Eh bien tant mieux.

Ça lui montrera qu'il n'a pas de prise sur la façon dont je mène ma vie.

Je m'arrête à mon casier pour récupérer mon sac à dos et mes manuels, puis je sors sur le parking avec Lincoln. Sa sœur est déjà assise sur le siège passager. Il – ou ils, je ne sais pas – conduit une Tesla. Sympa comme moyen de transport.

— Rayne rentre avec nous. Je vais l'aider à revoir son devoir de maths.

— Ah, super. Oui, Lincoln est une vraie tête en maths. Moi, pas trop. Mais je suis douée en algèbre.

— Pourquoi c'est lui qui a la voiture ? demandé-je alors que Lincoln démarre.

— Ce n'est pas le cas. Enfin, on alterne, me répond Lauren.

— Cool.

Je me demande ce que ça ferait d'avoir une relation fraternelle avec Wilde. Si nos parents s'étaient mariés plus tôt, par exemple.

Non, ça ne serait jamais arrivé. Wilde n'a rien de fraternel. Et mon corps ne le perçoit pas comme ça non plus, vu ses réactions.

— Tu pourras me ramener chez moi quand on aura fini ? demandé-je.

Soudain, je réalise que je ne veux surtout pas que

Logan découvre notre amitié. Je suis sûre que Wilde tient ses préjugés de son père. Se lier avec des humains est mal vu.

— Oui, bien sûr.

Lincoln conduit avec souplesse. Sans réfléchir. Comme s'il le faisait depuis des millions d'années, au lieu de deux.

Wilde devait avoir raison. Les humains en sont capables sans problème. Je me faisais toute une montagne de la conduite. Même s'il s'y est pris comme un con, je crois que je suis contente qu'il m'ait forcée à prendre le volant. Maintenant que j'ai sauté le pas, ça ne m'intimide plus.

La maison des jumeaux est une demeure sublime nichée à flanc de montagne, avec des baies vitrées qui surplombent la ville. Je reste bouche bée. Un garage permettant d'accueillir trois voitures s'ouvre automatiquement à notre arrivée.

— Que fait ton père dans la vie ? demandé-je.

— Il était courtier en placements financiers. Enfin, il l'est toujours, mais il travaille depuis la maison au lieu de son bureau à Manhattan, désormais.

— Vous êtes de New York ?

— Eh, oui.

— Vous n'avez pas d'accent.

Lincoln sourit.

— Tu t'attendais à quoi ?

Je hausse les épaules.

— Je ne sais pas. Un accent de la côte est.

— Et toi, tu penses avoir un accent ?

— Bien sûr que non, réponds-je avec le sourire.

Leur père ne vient pas nous accueillir.

Il doit travailler dans son bureau. Trois guitares sont posées à côté d'un ampli dans le salon. Une acoustique, une électrique, une basse.

— Qui en joue ? demandé-je.

— Moi, répond Lincoln d'un ton nonchalant. Lauren fait du piano.

Il me montre l'instrument dans un coin de la pièce.

— Cool, dis-je.

Je m'assois avec lui à la table de la salle à manger, qui se trouve face à une baie vitrée menant à une terrasse couverte. Étudier nous prend une demi-heure. Lincoln est un bon professeur, et soudain, je comprends tout. Je crois que j'avais simplement raté quelques concepts en début d'année, tant j'étais préoccupée par la grossesse de ma mère, son mariage inattendu et notre déménagement.

Lorsque nous avons fini, mon estomac gargouille bruyamment.

— Oups. Je ne sais pas pourquoi, mais j'ai tout le temps faim, en ce moment.

— Désolé, j'aurais dû te proposer un goûter.

Lincoln se lève et ouvre un placard débordant de nourriture hors de prix.

— Prends ce que tu veux. Une barre protéinée, peut-être ?

Il en sort deux d'une boîte, m'en tend une, et déchire son propre emballage. Elles sont au chocolat et au caramel et contiennent chacune vingt grammes de protéines. Je dois prendre sur moi pour ne pas tout engloutir en une bouchée.

— J'étais comme ça aussi, pendant ma poussée de croissance. À la fin des cours, je mourais tellement de faim que j'étais obligé de faire un repas. Pas un goûter ; un repas complet. Une sorte de prédîner, dit-il en riant.

— Malheureusement, je ne suis pas sûre d'avoir un jour une poussée de croissance. J'ai toujours été petite. Mais au moins, toutes ces calories en plus ne m'ont pas fait prendre de ventre.

Nous mangeons nos barres protéinées et sortons sur la terrasse avec du soda à l'orange. Accoudés à la balustrade, nous regardons Wolf Ridge. Lauren nous rejoint.

— J'ai hâte de quitter cette ville, marmonné-je.

— Moi aussi, dit-elle. Les écoles pleines de snob, je connais, mais celle-ci est vraiment bizarre. Snob version plouc, ou un truc comme ça. Sans vouloir te vexer.

— Ça ne me vexe pas.

— Qu'est-ce qu'il a, ce mec qui s'appelle Abe ?

Je la regarde.

— Pff. C'est un vrai alpha-bruti. Capitaine de l'équipe de football américain. C'est un peu le chef du lycée. Son père est médecin. Son frère, Austin, est étudiant depuis deux ans. Il n'est pas si terrible, lui. Il était toujours délégué. Bien plus sympa qu'Abe, en tout cas.

— Je partage ma paillasse avec lui, en cours de chimie. Il est insupportable.

— Je te comprends. Les mecs comme lui sont l'un des gros points noirs des petites villes. Ils se prennent pour des dieux, ici.

— Justement, c'est bizarre que Wolf Ridge fonctionne comme une ville à part entière. Je croyais que c'était seulement une banlieue de Scottsdale ?

— Mmm.

Je dois être prudente. Je ne peux pas vraiment leur expliquer que la plupart des habitants du coin appartiennent à une espèce différente.

— Eh bien, Wolf Ridge existait bien avant Scottsdale ou Cave Hills. Des gens vivaient déjà ici quand l'Arizona est devenu un territoire des États-Unis. Les montagnes ont tenu la communauté à l'écart des centres urbains qui se situent de l'autre côté, et toute l'activité économique tournait autour de la brasserie.

— Ah. Je comprends, dit Lauren.

— Ça doit être bizarre, de grandir dans une petite ville, commente Lincoln. Je trouve ça fascinant. Vous savez, d'un point de vue anthropologique. Les rouages de la vie sociale. Il n'y a aucune diversité. Les choses se font selon un code très rigide.

J'éclate de rire.

— Tu dois être horrifié, ici.

— Pas horrifié. Enfin, je n'essaye pas de m'intégrer, alors me plier à tout ça ne m'intéresse pas. J'essaye juste de décrypter les codes sociaux.

Il se tourne vers moi.

— Certains jeunes d'ici semblent différents. Qu'est-ce qui les tient à l'écart des élèves populaires ? Ce n'est pas une question d'argent, si ? C'est plutôt une histoire... d'aptitude sportive ?

Son expression est dubitative, comme s'il avait du mal à croire que ce puisse être la réponse.

Bien sûr, il a vu juste, d'une certaine façon.

C'est une question de génétique. Ceux qui possèdent le meilleur patrimoine sont aussi les meilleurs en sport.

Je regarde la ville en contrebas.

— À Wolf Ridge, il n'y a que le sport qui compte, alors ouais. Tu as raison.

Il me dévisage.

— Et toi, tu n'es pas sportive.

— Pas du tout. Tu m'as bien cernée. Bon, j'assiste aux matchs, mais je ne pratique aucun sport.

Je suis tentée de proposer aux jumeaux d'aller au match de ce week-end, mais je me ravise. Wilde sera sans doute présent. Je ne veux pas provoquer une nouvelle confrontation.

— Alors tu ne détestes pas vivre ici ? lui demandé-je.

— Non. Notre mère adorait cet endroit. Elle trouvait l'Arizona superbe, même si moi, je ne vois que de la caillasse marron. Mais maintenant que je vis ici, j'essaye de voir le paysage à travers ses yeux. Quand on s'habitue à la couleur monochrome, on en voit les nuances. C'est tranquille, un peu comme un désexcitant. Ça existe, comme mot ? J'aime bien entendre les oiseaux chanter le matin.

Il dit ça comme si c'était rare. J'imagine qu'à New York, il ne les entendait pas.

— Ouais, ça, c'est les bons points. Mais je déteste quand même cet endroit, intervient Lauren.

— Il paraît qu'il y a des loups dans les environs, dit Lincoln.

— Oh, oui, dis-je du ton le plus nonchalant possible. C'est sûr. Il y en a toute une meute dans ces collines.

— Tu en as déjà vu ?

— Oui. Plusieurs fois.

Genre tous les jours, au lycée.

Et sous leur forme de loup, à chaque pleine lune. Non que j'assiste aux courses de la meute. J'évite ces rassemblements depuis la puberté, lorsque tout le monde a réalisé que je ne me transformerais jamais. Que j'étais aussi déficiente que tout le monde le soupçonnait à cause de ma petite taille.

— Bon, je ferais mieux de rentrer, dis-je subitement. Merci beaucoup de m'avoir aidée.

— Pas de souci. On peut faire ça régulièrement, si tu veux.

Il hausse les épaules.

— Ou pas. Si ce n'est pas sûr, ajoute-t-il.

— Si, ça me plairait. Merci.

Lincoln me conduit chez moi, et mon estomac se serre lorsqu'il se range devant la maison.

La Jeep de Wilde est garée dans l'allée.

Tout va bien. Il ne me verra peut-être pas rentrer. J'ouvre la portière et me glisse dehors, prête à me ruer dans la maison. C'est alors que je vois Wilde, debout derrière la fenêtre.

Eh, merde.

— Merci Lincoln, salut ! lancé-je en fermant la portière de la Tesla.

Je croise le regard de Wilde à travers la vitre et rejette mes cheveux en arrière d'un air hautain.

Va te faire voir, Wilde. J'entre dans la maison et referme la porte derrière moi, sans prendre la peine de saluer mon bad boy de demi-frère.

Il m'attrape par la nuque et me fait pivoter face à lui.

— Je t'avais dit de ne pas revoir cet humain, Rayne.

Sa voix est basse et menaçante, et ses yeux brillent d'une lueur verte de colère. La façon dont il me maintient a quelque chose de possessif.

Non, ça n'a aucun sens.

Il est énervé, c'est tout.

Il a beau être en mesure de me casser en deux, je lève le menton.

— Tu n'as pas d'ordres à me donner, Wilde.

En un instant, il me plaque au mur, une main sur ma gorge, l'autre... *oh, par le Destin.* Son autre main est entre mes cuisses.

Je pends au mur, ses doigts *plaqués à mon entrejambe.*

CHAPITRE SEPT

Wilde

OK, j'admets que je n'ai pas bien réfléchi avant d'agir. Ou peut-être que si. Inconsciemment, je suis sûr que je voulais éviter à Rayne de s'étrangler à cause de ma main sur sa gorge, alors j'ai voulu la maintenir par en dessous.

Et le par en dessous s'est trouvé être son entrejambe brûlant.

Je ne sais même pas pourquoi je l'ai plaquée au mur. C'est complètement inapproprié, comme quand je lui ai donné une tape sur les fesses avant notre leçon de conduite, mais quelque chose chez elle fait ressortir mon agressivité.

Lorsque je l'ai revue avec cet humain, mon loup a pété les plombs.

L'espace d'une seconde, je me dis que nous pouvons ignorer mon geste, qu'il me suffit de la faire redescendre lentement, et...

Putain.

La chair entre ses cuisses se contracte. *Je le sens sous mes doigts.* Par le Destin, est-elle en train de mouiller ?

Ses jambes se referment sur ma main.

La respiration sifflante, je la fais glisser le long du mur jusqu'à ce qu'elle soit de nouveau sur ses pieds.

Je suis incapable de m'en empêcher. C'est mal, très mal. Mais je fais bouger mes doigts entre ses jambes. Ils ondulent contre son sexe chaud. Je cherche peut-être à l'exciter. Je n'en suis pas sûr.

Tout ce que je sais, c'est qu'elle est traversée d'un frisson.

Est-ce qu'elle vient de jouir ?

Mon érection pousse contre la fermeture éclair de mon jean.

Elle entrouvre les lèvres, écarquille ses yeux bleus. Son petit visage en forme de cœur porte une expression surprise.

L'odeur de son désir me pousse à recommencer. Encore un geste subtil de mes doigts entre ses jambes.

Un autre frisson.

Je n'ai pas envie d'arrêter. Pas envie de la lâcher. J'ai envie de posséder cette crevette jusqu'à ce qu'elle tombe à genoux et me supplie de lui pardonner d'être rentrée avec l'humain.

C'est cette idée qui me motive. L'odeur de ce type imprègne toujours ses vêtements. Je ne pense pas qu'il l'ait touchée – l'arôme n'est pas assez puissant pour ça. Mais la puanteur masque en partie les créosotes et les genévriers.

— Tu vas avoir de gros ennuis, grondé-je.

Je la prends par la taille et la porte jusque dans ma chambre.

Bon sang. C'est agréable de l'avoir dans mes bras.

Je m'assois sur le lit et l'allonge sur mes genoux comme si j'étais un mari des années cinquante, et je me mets à lui donner une fessée. Sans ménagement.

Elle panique, se tortille et plaque les mains sur ses jolies petites fesses.

Je lui donne une correction cuisante, conscient que je dépasse les bornes. Gravement. Mais je risque déjà de me faire virer de chez moi et de la meute. Qu'est-ce que j'ai à perdre ? Je me suis toujours efforcé d'être à la hauteur de ce qu'on attendait de moi. Je ferais mieux de n'en faire qu'à ma tête, pour changer.

Et là, ce que je veux, c'est faire rosir les fesses de Rayne l'avorton.

L'odeur de son excitation devient encore plus forte pendant que je la frappe, ce qui rend fou mon loup. Je la maintiens plus fermement et la fesse encore plus fort. Mon membre est douloureusement pressé contre ma fermeture éclair.

C'est incroyablement satisfaisant, à tous les niveaux. La sentir se trémousser et résister. Ça me plaît d'avoir aussi facilement le dessus sur elle. J'adore ses gémissements et ses petits cris. Sentir ma paume s'écraser sur sa chair rebondie.

Comme je sais qu'elle n'est pas comme les autres métamorphes et qu'elle percevra la douleur plus longtemps, je m'oblige à arrêter. Je pétris ses fesses d'un geste brusque et glisse de nouveau les doigts entre ses jambes.

— Tu as l'interdiction de sortir avec un humain, grondé-je. Tu ne sors avec personne sans ma permission.

Du bout des doigts, je cherche la zone mouillée de son short, et je la caresse.

Elle se cambre dans un autre petit orgasme spectaculaire.

La vague de pouvoir qui m'envahit me fait presque jouir.

— Je ne sors pas avec lui ! Il me faisait réviser les maths. Si ma moyenne ne remonte pas, je perdrai ma bourse.

J'ai envie de la garder sur mes genoux, de continuer à

caresser ce point sensible entre ses cuisses, mais ce qu'elle dit attise ma curiosité.

Rayne a une bourse.

J'ignore pourquoi je suis surpris d'apprendre qu'elle veut quitter cet endroit. C'est tout à fait logique. Pourquoi aurait-elle envie de rester au sein d'une meute qui la traite comme de la merde ? Mais ça ne me plaît pas du tout.

Comme si elle n'avait pas le droit de faire des projets sans m'en informer.

Je la soulève et la pose sur ses pieds, une main toujours posée sur son joli cul.

— Quelle bourse ?

Elle a les joues rouges, le regard furieux. Je sens ses jambes trembler.

— Pour l'université de l'Arizona. Je ne dois avoir que des A, si je veux que ma bourse prenne en charge les trois quarts des frais.

Que des A.

Alors Rayne est intelligente.

Ça aussi, je l'ignorais. Apparemment, il y a des tas de trucs que je ne sais pas sur cette fille, et j'ai soudain envie de tout découvrir.

— Je ne veux pas que tu le fréquentes quand même, grogné-je.

Elle agite les mains en l'air, exaspérée.

— Je ne le fréquente pas ! C'est juste un mec du lycée qui est bon en maths et qui m'a aidée à voir pourquoi j'avais raté mes problèmes au dernier devoir.

— La prochaine fois, amène-le ici, pour que je puisse vous surveiller.

Elle penche la tête avec un rictus méprisant.

— Tu n'es pas mon chaperon, Wilde. Tu n'es rien du tout pour moi, d'ailleurs.

Je saisis ses fesses et les agite.

— Oh, détrompe-toi, avorton. Je suis tout pour toi. Maintenant, va dans ma Jeep. C'est l'heure de ta leçon de conduite.

Elle reste bouche bée.

— Hors de question que je prenne le volant avec toi ! Je ne ferai plus rien avec toi, Wilde Woodward. Tu viens de m'agresser dans ma propre chambre. Je ne me sens pas en sécurité avec toi.

Je me lève, bien plus grand qu'elle. Je me baisse jusqu'à ce que nous soyons nez à nez.

— Premièrement, ce n'est pas ta chambre. C'est la mienne. Et tu n'es pas en sécurité avec moi, Rayne. Pas si tu continues de me désobéir. Plus tôt tu l'accepteras, plus ce sera facile entre nous.

~

Rayne

Aussitôt après avoir prononcé ces mots, Wilde me jette sur son épaule, sa paume toujours fermement plaquée à mes fesses endolories, et il me porte jusqu'à sa Jeep.

Je suis dans tous mes états. J'ai les fesses en feu, ma fierté est réduite à néant, et je viens d'avoir trois orgasmes sous les doigts de Wilde !

J'ai eu beau regarder des films pornos pour me renseigner sur le fétichisme des pieds, j'étais plus ou moins asexuelle tout au long de mon adolescence.

Honnêtement, je n'ai même jamais envisagé de faire l'amour, jusqu'au soir où Wilde est rentré et m'a vue en culotte. Désormais, je suis fiévreuse. Je n'ai qu'une envie : qu'il me caresse à nouveau.

Que s'est-il passé, au juste ? Était-ce une erreur ?

Non. Il savait ce qu'il faisait. Peut-être pas consciemment, quand il m'a plaquée contre le mur, mais après m'avoir posée, lorsqu'il s'est mis à faire bouger ses doigts... Ça, c'était intentionnel.

A-t-il compris l'effet que ça m'a fait ?

Argh. Évidemment ! Il sentait sans doute mon désir pendant qu'il me stimulait.

Il ouvre la portière et me laisse tomber derrière le volant, avant d'attacher ma ceinture. Un geste étonnamment agréable. Tout comme quand il avance mon siège.

On dirait presque... qu'il veille sur moi.

Je déteste le tourbillon de sensations que cette idée provoque chez moi. Une sorte de fourmillement sous ma peau, dans tout le corps.

— Rayne.

Wilde me regarde, debout devant la portière ouverte.

Je ne me tourne pas vers lui. Je ne peux pas. Je suis trop à vif, trop déroutée quant à la nature de notre relation. Je croyais qu'il me détestait... non ?

Est-ce que je l'intéresse d'un point de vue sexuel ?

Qu'est-ce qui se passe, bon sang ?

La simple perspective que je puisse lui plaire attise de nouvelles flammes en mon centre.

Je rêve qu'il glisse de nouveau la main entre mes jambes. Je veux sentir ses doigts épais et chaud contre mes zones les plus sensibles.

— Rayne-des-Neiges.

Je le regarde, surprise d'entendre ce surnom. Le compagnon de Bailey, Cole, m'appelait comme ça, mais il le faisait pour se moquer de moi. Pourtant, ce sobriquet me plaisait tellement que je l'utilise désormais dans ma tête quand je me parle à moi-même.

— Je ne te ferais jamais vraiment de mal, dit-il.

Oh. La. Vache.

Éprouve-t-il réellement des remords pour ce qu'il vient de dire ?

— Je sais que tu es une petite nature, avorton.

Une petite nature. Évidemment.

Encore une référence à mes gènes défectueux.

Je me tourne de nouveau vers le pare-brise.

— Va te faire foutre, Wilde.

Il rit en fermant la portière, et il fait le tour de la voiture. Une fois sur le siège passager, il se penche sur moi pour mettre la clé dans le contact.

— Tu peux la tourner, cette fois.

Il me rappelle mon erreur de la dernière fois, quand j'ai tenté de démarrer une voiture déjà en marche.

J'appuie sur la pédale de frein, la relâche doucement, et tourne la clé. Le moteur gronde. Avec un soupir, je passe la première.

Lorsque je commence à ôter mon pied du frein, Wilde pose sa main sur la mienne.

— Attends.

— Quoi ?

Je ne peux pas m'empêcher d'être sur la défensive. Comme je l'ai dit, ma fierté a pris un coup.

— Tu avances ou tu recules ?

Oh.

Mince.

J'enclenche la marche arrière. Wilde garde sa main sur la mienne tout du long, m'envoyant des spasmes dans le ventre. Pas des papillons, des secousses sismiques. Des nœuds qui se serrent et se défont en même temps.

Je commence à presser l'accélérateur, et il serre ma main.

— Attends, avorton.

Pour l'amour du Destin. Qu'est-ce que j'ai encore fait de mal ?

— Tu arrives à voir quelque chose dans ce rétroviseur ?

Le rétroviseur. J'avais oublié. Je l'ajuste pour pouvoir regarder derrière moi.

— J'imagine que c'est plus utile comme ça, dis-je pour plaisanter.

À ma grande surprise, lorsque je coule un regard à Wilde, je vois l'ombre d'un sourire sur ses lèvres.

Peut-être qu'il commence à bien m'aimer.

Peut-être...

Argh, non. Je ne peux pas penser à Wilde et conduire un véhicule en même temps. Je me concentre sur la route. Je recule lentement, tourne le volant, puis avance.

— La limite est à 40 km/h, commente Wilde.

Je regarde le compteur. Je suis à 20. J'appuie sur l'accélérateur, et nous faisons un bond en avant. Du coin de l'œil, je crois voir Wilde sourire à nouveau.

Mais je dois me tromper.

Je me surprends à prendre le chemin du lycée, car c'est un itinéraire familier. Une fois là-bas, j'en fais le tour. Wilde jette un regard au terrain, où l'équipe de football américain s'entraîne toujours.

— Tu as décidé de ne pas t'entraîner avec eux ? demandé-je, même si je sais qu'il va m'arracher la tête.

Il ne s'énerve pas, pourtant. Il se contente de lâcher un soupir contrarié.

— Le coach a refusé.

— Oh.

Je lui lance un regard discret, et je suis déconcertée par l'expression tourmentée de son visage. Comme s'il était à la dérive, et qu'il ne savait plus comment retrouver sa vie d'avant.

— Pourquoi ?

Il hausse les épaules.

— Aucune idée. Il m'a dit que quand j'aurai compris pourquoi il m'avait dit non, je pourrai revenir le voir. Une véritable énigme.

— Ah.

Je réfléchis pendant que je quitte le lycée, une nouvelle source de douleur pour lui. Je ne connais pas personnellement le coach Jamison. Enfin, si, je le connais. C'est une légende vivante, à Wolf Ridge. Mais je ne lui ai jamais parlé de ma vie.

— Qu'est-ce que vous vous êtes dit, exactement ?

Wilde remue dans son siège, mal à l'aise. Il me montre la route.

— Conduis jusqu'à Cave Hills. C'est là que se passe l'examen du permis. Tu vas pouvoir t'entraîner en conditions réelles.

Argh. Il y a toujours plus de circulation dans la ville voisine. Je me mets à avoir les mains moites, mais j'obéis. Si j'ai un accident, ce sera sa faute, n'est-ce pas ?

Non, on oublie ça. J'en mourrais. Logan aurait honte de moi – encore –, et je préférerais me jeter d'une falaise plutôt que de lui donner une énième raison de me voir comme une ratée.

— En gros, répond enfin Wilde, j'ai demandé au coach si je pouvais m'entraîner avec l'équipe, et il a dit non.

— C'est tout ?

Wilde passe son pouce sur sa lèvre inférieure, les yeux tournés vers la fenêtre.

— Je lui ai dit que mon père voulait que je m'entraîne avec l'équipe. Il m'a demandé ce que je voulais.

— Et qu'est-ce que tu as répondu ?

— Que tout le monde se fichait de ce que je voulais. C'est là qu'il a dit non.

— Alors maintenant, tu sais pourquoi il a refusé.

Wilde se tourne vers moi. J'arrive à un feu, et je freine. Wilde me fait signe d'avancer, car je me suis arrêtée trop loin de la voiture qui me précède.

— Pourquoi il a refusé, avorton ?

— Il t'a demandé ce que tu voulais.

Il me regarde sans comprendre.

— Développe.

— Il ne veut pas que tu t'entraînes avec eux si tu n'as pas envie d'être là. Pourquoi ferait-il une chose pareille ? Il ne va pas perdre son temps pour quelqu'un qui déteste le football.

Wilde se crispe. Il se passe une main sur le visage.

— Je ne... je ne déteste pas le football, dit-il d'une voix étranglée. Qu'est-ce qui te fait dire une chose pareille ? Je jouais pour l'une des meilleures universités du pays. Les recruteurs de la NFL me léchaient le cul.

— Pourquoi tout saboter, dans ce cas ?

Je sens une note angoissée dans l'odeur de Wilde. Je ne sais pas comment j'y parviens. Mon odorat n'a jamais été développé à ce point. Il est bien meilleur que celui des humains, mais jusqu'à présent, je ne parvenais pas à repérer les changements d'humeur subtils, contrairement aux métamorphes normaux.

Pour la première fois depuis le retour de Wilde, j'éprouve de la compassion pour lui.

Car ma supposition, que j'ai faite sans vraiment y réfléchir, était la bonne.

Wilde s'est autosaboté. J'ignore pourquoi, mais il ne supportait plus la vie qu'il menait.

Ma poitrine se serre.

Wilde ne répond pas, et je n'insiste pas. Je me contente de descendre la colline vers la banlieue nord de Phoenix. Comme Wilde ne me donne pas d'autres instructions, je me mets à tourner aux intersections, surtout à droite.

Wilde finit par s'intéresser à nouveau à ma conduite, et il m'indique le chemin de l'administration qui s'occupe de faire passer le permis.

— C'est cette route qu'ils te font prendre. Tu sors de leur parking, par ici, et tu suis cette rue jusqu'au stop.

Je respecte ses instructions. Nous parcourons une longue boucle autour de plusieurs pâtés de maisons, avant de revenir sur le parking.

— Ensuite, ils vont te demander de te garer sur l'une de ces places, puis de reculer et de faire demi-tour, comme je te l'ai appris sur la mesa.

Je fais ce qu'il m'indique. C'est de plus en plus facile. À chaque minute qui passe, je suis un peu plus à l'aise au volant. Mes mouvements deviennent machinaux. J'ajuste mes réactions à celle de la Jeep pour modifier ma vitesse, freiner et tourner.

— C'est bien, avorton. C'est comme ça que se passe l'examen. Tu as réussi haut la main. Demain, on ira t'inscrire, et tu passeras ton permis.

C'est vrai. Bien sûr. S'il m'a appris à conduire, c'était pour ne plus être obligé de m'emmener au lycée. Pour que je ne sois plus un fardeau pour toute la famille.

Parce que c'est clairement ce que je suis.

— Je ne sais pas si j'ai le permis pour la conduite accompagnée depuis assez longtemps, dis-je, même si je sais que ce n'est pas vrai.

Je ne sais même pas pourquoi je dis ça. Je ne peux quand même pas vouloir que Wilde continue de jouer les chauffeurs, si ?

D'ailleurs, être libre de mes mouvements, ne plus être à sa charge, c'est pile ce qu'il me faut.

— Fais-moi voir, dit-il en glissant la main dans mon sac. Où est ton portefeuille ?

— Je n'en ai pas. Le permis est dans la pochette de mon sac.

Il sort le document et l'examine. Puis il se tourne vers moi avec un sourire en coin.

— C'est ton anniversaire, aujourd'hui ?

CHAPITRE HUIT

Wilde

Mon poing se serre sur le permis de Rayne. Il se casse en deux. L'un des morceaux m'ouvre la paume. L'autre tombe sur la console centrale.

Rayne me dévisage avec de grands yeux et se met à quitter la route. Je prends le volant pour redresser le cap.

— Regarde la route, grondé-je.

Je dois bien lui reconnaître une chose. Même quand elle a peur, elle ne se laisse pas intimider.

— C'est quoi ton problème ? me lance-t-elle d'un ton sec.

Je ne sais même pas. Ou plutôt, il me faut quelques instants pour comprendre pourquoi je suis aussi en colère.

— Elle est où, ta putain de fête ? demandé-je.

Comme si elle avait oublié de m'inviter à sa grosse fiesta. Ce n'est pas ça, bien sûr. Je sais déjà qu'il n'y a pas de fête de prévue, et c'est ça qui m'énerve.

Sa mère n'a pas soufflé un mot à propos de son anniversaire, ce matin. Rayne ne l'a rappelé à personne. J'ignore pourquoi je m'en soucie, mais je suis furieux.

— Sérieusement. *C'est. Quoi. Ton. Problème* ?

— Je me demande juste pourquoi je n'en ai pas du tout entendu parler.

— Pourquoi tu en entendrais parler ?

Elle est en colère, elle aussi. Ses yeux lancent des éclairs, luisant au soleil à travers le pare-brise.

— Parce que je vis sous le même toit que toi, tiens ! Ta mère ne t'a rien dit ce matin.

— Oui, bon, elle a beaucoup de choses en tête, répond Rayne, mais je vois ses lèvres trembler.

Je dois prendre sur moi pour ne pas donner un coup de poing dans ma vitre. Elle dilate les narines d'une façon tout à fait lupine.

— Tu saignes ? demande-t-elle.

Je ne réponds rien, et je ne lui pose pas d'autres questions. Ce ne sont pas mes oignons, de toute manière. Mais sans que je comprenne pourquoi, je bouillonne de rage, prêt à passer à l'action. Pour faire quoi, je l'ignore.

Alors que nous passons devant un supermarché, je fais signe à Rayne.

— Tourne ici, ordonné-je.

Par miracle, elle obéit sans parlementer.

— Gare-toi.

Elle s'exécute.

J'ouvre la porte à la volée et bondis hors de la voiture.

— On y va, avorton.

Elle saute sur ses pieds avec souplesse et me suit à travers le parking et la porte d'entrée.

— Je ne sais vraiment pas quel est ton problème, Wilde.

— D'accord, répliqué-je. Et moi, je me demande quel est ton putain de problème, à toi aussi.

Elle a un mouvement de recul, comme si je l'avais frappée. Elle plisse le front, déroutée.

— Je ne vois pas de quoi tu parles, dit-elle en agitant les mains.

— Quand est-ce que tu vas t'affirmer un peu, avorton ?

Elle rougit.

— Ferme-la, Wilde. Tu es vraiment un...

Elle ravale ses insultes et tourne les talons pour s'éloigner de moi.

Je la rattrape par le coude, et elle me rentre dedans.

— Un quoi ? demandé-je à voix basse.

Je ne veux pas faire de scène. Et sa colère apaise la mienne, bizarrement. C'est ce que j'attendais d'elle. Une indignation légitime.

— Un sale connard.

Je souris.

Ce n'est sans doute pas la réaction appropriée, mais j'adore qu'elle sorte les crocs.

— Voilà, c'est mieux comme ça, dis-je.

Elle plisse les yeux et me dévisage.

— Qu'est-ce que tu attends de moi, bon sang ?

— J'attends que tu prennes un peu de place. Que tu arrêtes de marcher sur des œufs à la maison, comme si tu n'y avais pas ta place. Que tu dises quelque chose quand c'est ton putain d'anniversaire.

L'incrédulité traverse ses traits, et elle me regarde d'un air hébété. Nos yeux se rencontrent dans une sorte de lutte acharnée, même si j'ignore quel est son objet.

Apparemment, c'est moi qui gagne, car ses yeux bleu clair s'emplissent soudain de larmes.

Je n'avais jamais autant détesté gagner.

Mais je continue de soutenir son regard et je secoue lentement la tête.

— Pas de larmes, avorton. C'est ta journée.

L'une de ses larmes s'échappe et roule sur sa joue.

Je prends son visage à deux mains, d'un geste trop brusque.

Avec un halètement, elle vacille en avant et me tombe dessus. J'essuie sa larme avec mon pouce.

— J'ai dit pas de larmes, avorton, chuchoté-je.

Mes mots sont passionnés. Menaçants. Dangereux.

Elle bat rapidement des cils, comme si elle tentait de m'obéir, alors je la lâche et lui montre le rayon pâtisserie d'un signe de tête.

— Viens. On va te chercher un gâteau.

De nouvelles larmes coulent sur ses joues tandis que nous marchons, mais je les ignore, et Rayne les sèche bien vite. Devant le rayon pâtisserie, je place une main sur sa nuque, que je serre et relâche en rythme. Je masse le nœud de muscles au sommet de sa colonne vertébrale.

— Quel gâteau te fait envie ?

Elle renifle.

— Celui aux Oreos.

Je fais un signe de tête à l'employée, qui nous rejoint. Elle est membre de la meute. Pas haut gradée. J'ai oublié son nom.

— Wilde Woodward, dit-elle. Je te croyais à Duke.

Mais bien sûr. Comme si elle ne savait pas déjà tout.

— Pas en ce moment.

C'est la meilleure réponse que j'ai. Je sais qu'il faudra que j'en trouve une meilleure, car en ville et au sein de la meute, tout le monde va chercher à découvrir ce qui m'est arrivé. Je lui montre le gâteau aux Oreos dans la vitrine.

— Je voudrais ce gâteau. C'est l'anniversaire de Rayne.

L'employée regarde cette dernière comme si elle la voyait pour la première fois.

— Ah oui, c'est vrai. Ta nouvelle demi-sœur.

Elle dit ça comme si c'était une blague. Comme si elle

me plaignait. J'ai envie de ramasser tous ses gâteaux et de les balancer sur son visage arrogant.

Je n'ôte pas ma main de la nuque de Rayne. Je la masse à nouveau. Son odeur emplit mes narines. Je ressens une vague de soulagement, après le sel de ses larmes.

Je n'ai pas dû fréquenter assez de femmes en pleurs. Je sais que les métamorphes mâles sont fortement affectés par les larmes féminines, mais je croyais que c'était seulement le cas avec une compagne. Apparemment, ça doit marcher avec n'importe quelle femme.

C'est logique, du point de vue de l'évolution. Une sorte d'autoprotection pour les louves face à un mâle trop brutal. Cette odeur réveille son instinct protecteur pour qu'il résolve le problème, ou le calme pour faire chuter son taux d'agressivité.

La pâtissière sort le gâteau et commence à le mettre dans une boîte.

— Vous n'écrivez rien dessus ? demandé-je.

Cette garce jette un nouveau regard à Rayne, comme si elle ne méritait pas autant d'efforts.

— Oh. Je ne savais pas que c'était ce que vous vouliez.

— Ben si. C'est son anniversaire.

Je recommence à fulminer.

— Alors... *Joyeux Anniversaire, Rayne* ?

Elle plisse le nez comme si elle répugnait à écrire une chose pareille.

— Tout de suite, s'il vous plaît.

Je crois que j'ai accidentellement injecté un peu d'autorité alpha dans ma voix, car l'employée recule, les yeux écarquillés, avant de se dépêcher d'obéir.

Pendant tout ce temps, j'ai gardé ma main sur la nuque de Rayne.

Franchement. C'est ma petite sœur, désormais. Si qui que ce soit dans cette ville croit pouvoir se moquer d'elle ou l'emmerder, je ne me gênerai pas pour distribuer les coups de poing.

J'ignore le fait que mes sentiments n'ont rien de fraternel.

Ils ne l'étaient certainement pas, quand je lui ai donné la fessée cette après-midi.

Ni quand j'ai senti son centre chaud se contracter sous mes doigts.

Mais je ne sais pas quoi en penser. Et je n'ai pas l'intention d'y réfléchir, car ça n'a aucun sens.

Nous récupérons le gâteau, que j'achète avec les quelques billets qui restent dans mon portefeuille. Il fait déjà nuit lorsque nous regagnons ma Jeep.

— Tu peux conduire ? Je ne suis pas à l'aise à l'idée de conduire de nuit.

Je sais que je devrais l'y obliger. Si elle veut obtenir son permis demain, il faut qu'elle sache conduire de nuit.

Mais je dois me sentir coupable de l'avoir fait pleurer, car je lui prends les clés des mains, recule le siège passager, et me glisse derrière le volant. Son odeur est partout, et je la hume pendant qu'elle fait le tour de la voiture pour prendre sa place.

Mon membre pousse contre ma fermeture éclair. Par le Destin, d'où ça sort, ça ? Est-ce à cause de son odeur ?

À l'instant où j'ouvre la porte à cette idée, le souvenir de sa fessée me revient en tête. J'ai envie de recommencer.

Très envie.

Assez pour envisager de me donner pour mission de discipliner ma petite sœur.

Je la protégerai de cette ville pleine de cons, mais elle devra faire tout ce que je lui dis. M'obéir au doigt et à l'œil. Être un petit avorton bien sage.

Cette perspective me satisfait tellement que mon érection se contracte douloureusement. Je suis obligé de la remettre en place après avoir tendu le gâteau à Rayne.

Elle le pose sur ses genoux et le regarde, tête baissée, son visage caché par ses cheveux.

— Bon anniversaire, avorton.

Je suis le premier surpris de ce que je dis.

Rayne

Je suis un peu tremblante sur le chemin du retour. Tout est à vif : mon orgueil, mes émotions. Je suis dans tous mes états, en présence de Wilde. Mais pas comme avant.

Pas comme si je voulais lui échapper.

Plutôt comme si j'attendais quelque chose de lui. Qu'il me soulage. Il m'a excitée, en me caressant de façon complètement inappropriée ce matin, et à présent, j'en veux encore.

Ou peut-être que je veux juste qu'il remette sa main sur ma nuque. Sentir cette présence protectrice, rassurante et apaisante qu'il m'a octroyée dans le supermarché. Bien sûr, c'est lui qui m'a fait pleurer, alors je n'aurais pas dû vouloir qu'il me console ensuite.

Je ne comprends pas pourquoi il m'a acheté ce gâteau.

Après tout, il passe son temps à me maltraiter. Un coup il m'en veut d'être chez lui, un coup il me dit de prendre plus de place.

J'ai l'impression de perdre la boule.

Est-ce que je deviens folle ?

J'aurais dû préparer le dîner il y a bien longtemps, et la Tahoe de Logan se trouve déjà dans l'allée à notre retour.

Lui et ma mère sont assis à la table de la cuisine, en train de manger une pizza directement dans son carton.

— Qu'est-ce que vous fabriquiez, tous les deux ? demande Logan d'un ton impérieux.

Puis, en me regardant, il prend un ton un peu plus poli :

— Rayne, si tu ne peux pas t'occuper du dîner, préviens ta mère. Elle était affamée, quand la pizza est enfin arrivée.

— Ce n'est pas grave. Rayne, ma chérie, où étais-tu ? demande ma mère, s'arrêtant à peine d'engloutir d'énormes bouchées de pizza.

Puis elle voit la boîte dans mes mains. Je la vois écarquiller les yeux. Elle se fige, comme si elle réalisait la date du jour.

— Oh, par le Destin, Rayne ! C'est ton anniversaire ! Oh, ma chérie.

Elle quitte la table et se rue sur moi.

Elle est visiblement bouleversée. À tel point que je ressens le besoin de la consoler.

— Tout va bien, maman.

Elle me prend la boîte des mains et la fait glisser sur la table avant de me serrer dans ses bras. Son ventre rond me rentre dans les côtes. Elle fond en larme, et Logan bondit de sa chaise, comme pour la sauver de quelque chose.

— Ce n'est pas grave, maman, insisté-je en lui tapotant maladroitement le dos. Wilde m'a acheté un gâteau après m'avoir donné mon cours de conduite.

Je veux m'assurer de souligner qu'il a accompli la mission que son père lui a confiée.

Je ne peux plus supporter la tension qu'il y a entre eux.

— Oh. Merci, Wilde.

Ma mère se jette sur lui, à présent, et il se fige dans son étreinte larmoyante.

— Elle n'est pas toujours comme ça, dis-je. C'est la grossesse. Elle a la tête froide, d'habitude.

Je me sens obligée d'expliquer le drôle de comportement de ma mère. J'ignore si c'est à Wilde ou à son père que je m'adresse. Aux deux, peut-être.

Ma mère lâche Wilde et se tourne de nouveau vers moi.

— Rayne, ma chérie. Je suis vraiment désolée d'avoir oublié. Je savais que ton anniversaire arrivait, mais je n'ai pas fait attention à la date. J'ai ton cadeau. Il faut simplement que je l'enveloppe.

—Je n'ai pas besoin de paquet.

— Laisse-la l'emballer, grogne Wilde derrière moi.

Je hausse les épaules.

— Bon... si tu veux, tu peux le mettre dans un sachet, ou quelque chose comme ça.

Ma mère disparaît, et Logan et Wilde restent les bras ballants, mal à l'aise.

— Euh... je ne connaissais même pas ta date d'anniversaire, admet Logan.

Ça n'aide pas vraiment, mais *merci, Logan. Sincèrement.*

Wilde se dirige vers le carton de pizza. Il ne reste plus qu'une part. Il me la tend.

Mon ventre gargouille, mais l'odeur de chocolat et d'Oreos m'emplit les narines depuis que nous avons quitté le supermarché.

—Je crois... que je vais passer direct au dessert.

Je me sens un peu égoïste. Ma mère désapprouverait ; elle me tanne toujours pour que je mange plus de protéines. Mais Wilde vient de me dire de m'affirmer, et cela me met d'humeur rebelle et audacieuse.

Je suis tentée de m'asseoir et de manger mon gâteau toute seule. Sans même en proposer aux autres avant d'être calée.

— Vas-y, me dit Wilde.

Le roi des rebelles me regarde d'un air de défi en haussant un sourcil.

Je vais chercher une fourchette et un couteau et je me mets à table. J'ouvre la boîte pour révéler le gâteau.

Tandis que ma mère revient à toute vitesse dans la pièce avec un petit cadeau emballé, je me coupe une énorme part et la mange à même la boîte.

C'est délicieux. Et je ne parle pas que du gâteau.

Je parle de ce moment. Je suis le centre d'attention, et je me régale d'un gros morceau de mon gâteau préféré. Celui que m'a acheté mon vilain demi-frère après m'avoir hurlé de m'affirmer.

Ce n'est pas l'anniversaire que j'imaginais. J'ai vécu plusieurs moments pénibles, mais je n'ai pas détesté cette journée. Je ne déteste pas non plus l'Apple Watch que ma mère m'a offerte.

Ni la façon dont Wilde me regarde manger. Comme s'il avait des projets pour moi.

Des projets terriblement tordus. Que je détesterai, ceux-là.

CHAPITRE NEUF

Wilde

Après avoir contacté mes professeurs pour suivre mes cours à distance le temps d'avoir résolu mes ennuis judiciaires, je me rends au garage pour parler au grand-oncle de Bo. Il doit cruellement manquer d'employés, maintenant que son neveu et Cole ont déménagé, à moins qu'il ait simplement pitié de moi, car il accepte que je bosse pour lui quand je veux, selon l'emploi du temps qui m'arrange. Je travaille toute la journée, et le lendemain, je vais voir le coach Jamison après la fin des cours. En plus d'être entraîneur de football américain, il est également prof d'EPS, donc je le trouve dans son bureau.

— Wilde. Qu'est-ce que je peux faire pour toi ?

— Euh, vous m'avez demandé si m'entraîner avec l'équipe était ce que je voulais.

— En effet.

— C'est ce que je veux.

Le coach penche la tête sur le côté.

— Je ne suis pas sûr de te croire, Wilde.

Je sais pourquoi il dit ça. Parce que je n'en suis convaincu qu'à cinquante pour cent. Une part de moi estime qu'il serait humiliant de retourner m'entraîner avec une bande de lycéens. L'autre part a envie de retrouver ce qui m'est familier. Intégrer une équipe composée de mes frères de meute, pour qui je serais prêt à tuer et à mourir. Être entraîné par un loup alpha qui me soutiendra quoi qu'il arrive.

C'est ça qui me manquait, à Duke. J'avais des coéquipiers, mais ils étaient humains. J'étais un imposteur qui tentait de s'intégrer. Je cachais ma véritable nature. Ils m'aimaient bien. J'avais des potes. Mais je ne pouvais jamais être moi-même. J'étais constamment sur mes gardes pour ne pas révéler mon secret.

C'était un enfer.

Je fourre les mains dans les poches de mon jean.

— Je veux m'entraîner avec vous.

C'est la première chose honnête qui sort de ma bouche. L'expression de Jamison se radoucit.

— Je serai honoré de t'entraîner, Wilde.

La culpabilité me tord le plexus solaire en entendant ces mots. Je ne mérite vraiment pas ce genre de réaction. Pas après avoir tout gâché.

— C'est vrai ? demandé-je d'une voix étranglée.

— Je vais te dire. J'aurais bien besoin d'un assistant. Tu étais un bon meneur, quand tu étais capitaine de l'équipe. Une compétence que tu sembles avoir oubliée. J'aimerais que tu la retrouves.

— Putain, Coach, sérieux ?

Il me jette un regard dur.

— Pas de gros mots, Woodward.

— Pardon, Coach.

— Mais tu vas devoir te reprendre en mains.

— Oui, Monsieur.

— Je ne veux pas de toi sur le terrain si tu ne te donnes pas à fond. Si tu fais quoi que ce soit pour ternir la motivation ou le prestige de cette équipe, tu es viré. Compris ?

— Oui, Monsieur.

— Est-ce que tu te drogues, Wilde ?

Je serre les dents. Sa question est compréhensible, vu les circonstances. Je pourrais me droguer. Nous, les métamorphes, passons toujours les tests de dépistage sans nous faire prendre, à cause de notre métabolisme rapide.

— Non, Monsieur.

— Possèdes-tu de la drogue ? Pas forcément sur toi, mais où que ce soit à Wolf Ridge ?

— Non, Monsieur.

— Tu continueras comme ça.

— Oui, Monsieur.

— Bien. Tu as une tenue de sport ?

Je hoche la tête. Mon sac est dans la Jeep.

— Va te changer. On se retrouve sur le terrain.

— Merci, Coach.

— Ne me déçois pas, Woodward.

— Promis, Monsieur.

La cloche sonne alors que je ressors. Je trouve Rayne mollement adossée à ma Jeep, l'air mal à l'aise.

Ça m'emmerde. C'est peut-être pour ça que je me comporte comme un con avec elle. Je veux voir la jeune fille fougueuse, pas la fleur fragile.

— Je reste pour l'entraînement, dis-je. Je ne pourrai pas t'emmener à l'examen du permis avant samedi, finalement. Et tu vas devoir attendre pour rentrer, avorton.

Elle se redresse.

— J'en conclus que ça s'est bien passé avec le coach Jamison ?

Je devrais la remercier. C'est elle qui m'a aidé à

résoudre l'énigme. Mais comme je suis d'humeur à être désagréable, je me contente de froncer les sourcils.

— Ça a marché, réponds-je en ouvrant la portière. Reste assise dans la voiture et attends-moi.

— Pendant deux heures ? Non merci. Je vais trouver un autre moyen de rentrer.

Je ne peux pas m'empêcher de penser à ce sale humain, Lincoln. Je prends Rayne par le coude et la fais pivoter vers moi.

— Hors de question, grondé-je, penché pour planter mon regard dans le sien. Je t'ai dit de monter dans la Jeep et de m'attendre. Obéis.

Elle lève la main entre nous et déplie lentement son majeur.

— Et moi je te réponds : *va te faire foutre.*

— L'avorton est suicidaire, raille Abe Oakley en passant devant nous.

Je lâche le coude de Rayne comme s'il m'avait brûlé. La martyriser à la maison, c'est une chose. Au lycée, je dois montrer l'exemple. Je suis un mentor, désormais, comme vient de me le faire remarquer le coach.

— Bouge-toi le cul et va sur le terrain, Oakley, grogné-je.

Abe redresse brusquement la tête, surpris par mon ton. Il m'a connu toute sa vie. Son frère est l'un de mes meilleurs amis, alors il doit s'attendre à un traitement de faveur de ma part.

Il semble sur le point d'argumenter, puis il se ravise.

— D'accord.

Dans un haussement d'épaules, il s'éloigne en courant.

— Traite-la encore d'avorton, et je te casse la gueule, dis-je dans son dos.

Les métamorphes ont une ouïe à toute épreuve, et je suis sûr qu'il m'a entendu.

— Super, grommelle Rayne en levant les yeux au ciel.

— Toi, va dans la Jeep.

J'ignore pourquoi j'insiste comme ça. Mais l'idée qu'elle m'attende sagement pendant des heures me plaît. Tout comme le fait qu'elle me regarde sur le terrain. Ou qu'elle frotte ses cuisses appétissantes à mes sièges et emplisse la Jeep de son odeur fraîche et printanière.

Mais son insolence est de retour. Elle lève le menton, le regard noir.

— Tu ne m'as pas entendue ? Je t'ai dit d'aller te faire mettre.

Elle tourne les talons et s'éloigne. Cette fois, je la laisse partir, un demi-sourire aux lèvres.

— Non, tu m'as dit d'aller me faire *foutre*.

Elle me fait un nouveau doigt d'honneur sans même se retourner.

— Si tu rentres avec un humain, ce ne sera pas sans conséquence, dis-je à voix basse, au cas où l'un d'entre eux passerait dans les environs.

— Je prends le bus, connard ! me lance-t-elle par-dessus son épaule.

Les élèves présents sur le parking nous écoutent. Tous sans exception. Je crois que ça me plaît, malgré ma colère à l'idée d'être associé à elle, au début.

J'aime bien que tout le monde me voie la mettre en rogne.

Et ça ne me déplaît pas que l'on constate qu'elle ne se laisse pas faire.

Presque comme si j'étais fier qu'elle me tienne tête. Comme si je l'aidais à prouver à la Terre entière qu'elle n'est pas aussi faible qu'ils le croient.

On ne peut pas faire pire, niveau raisonnement insensé.

Enfin, renoncer à une carrière de footballeur américain sans raison valable n'est pas loin derrière.

~

Rayne

Je dis merci au Destin. Maintenant que Wilde vit ici, il est rare que j'aie la maison pour moi toute seule, ce qui m'empêche de tourner mes vidéos de pieds.

Je savoure ma solitude. Mais avant tout : le goûter. Je meurs de faim.

J'ai l'impression de devenir comme ma mère. Mais bon, du moment que mon ventre ne s'arrondit pas autant que le sien, je survivrai. J'engloutis une boîte entière de crackers avec du beurre de cacahuètes.

Puis je me rends dans ma chambre, me mets en culotte et enfile une paire de chaussures sexy. Je pose mon ordinateur sur l'étagère au-dessus du lit, son écran orienté en direction de mes jambes et de mes pieds. Comme je risque de manquer de temps, j'enregistre deux vidéos d'une demi-heure (en enfilant une autre culotte et d'autres chaussures pour la seconde vidéo).

Je les enregistre sur l'ordinateur, puis je vais lire mes messages sur OnlyFans et Patreon.

Je fais payer les sessions privées d'une demi-heure cinq cents dollars. En général, j'en ai deux par semaine. Le problème, c'est que si quelqu'un se trouve à la maison, je ne peux pas les honorer. L'ouïe métamorphe est l'ennemie de l'intimité.

Depuis le retour de Wilde, j'ai été obligée d'annuler deux rendez-vous. Maintenant qu'il s'entraîne avec l'équipe, je pourrai peut-être retrouver mon emploi du temps habituel.

J'envoie un message à certains de mes clients réguliers pour les informer que je suis de nouveau disponible.

L'un d'entre eux réserve immédiatement une session pour cette après-midi.

Ça me va. Je dois mettre à profit mon temps libre pour gagner de l'argent. Je lui envoie la facture et un lien à suivre. Dès que l'argent apparaît sur mon compte — celui que j'ai ouvert dans une banque en ligne en imitant la signature de ma mère —, je place l'ordinateur par terre, afin que seuls mes pieds soient visibles dans la vidéo en direct.

Le pseudo du type est AccroAuxPieds352. Pas très original, mais ce n'est pas lui qui est censé m'impressionner, après tout.

— Salut, AccroAuxPieds, roucoulé-je.

Assise au bord du lit, le lui offre une vue sur mes mollets et les hauts talons à lanières que j'ai enfilés pour ma seconde vidéo.

— Comment ça va, aujourd'hui ?

Je l'entends pousser un son guttural. Sa caméra est allumée, ce qui me permet de le voir. Il porte un coupe-vent sur un tee-shirt. Son visage est rond et gras, et il se dégarnit. Ce type est bizarre. Certains clients semblent tout à fait normaux, bien qu'un peu stressés. Mais celui-ci n'est pas un mec lambda avec un petit penchant pour les pieds. C'est un vrai marginal.

Mais je ne suis pas bien placée pour critiquer.

— Enlève tes chaussures, Reine des Neiges.

Je me penche avec lenteur, prenant le temps de caresser les lanières autour de ma cheville avant d'ouvrir la boucle. Je glisse le pied hors de la chaussure et écarte les orteils comme pour les exhiber devant la caméra.

— Plus près. Tu peux t'approcher, s'il te plaît ?

J'approche mon pied nu de l'écran et fais onduler mes orteils.

— Qu'est-ce que tu voudrais que je fasse avec mes pieds, si on se voyait en personne ? Que je te marche sur le visage ?

— Je les masserais avec de l'huile, dit-il. Le meilleur massage de ta vie.

— Ah oui ? Et comment tu les caresserais ?

— Je me glisserais entre tes orteils. Je les baiserais avec mes doigts et l'huile.

— Mmm. Quoi d'autre ?

— Je les mettrais dans ma bouche. Je les sucerais.

— Mmm, ça me plairait. Énormément. Moi, j'aimerais te caresser le visage avec mes orteils. Ça serait délicieux.

La session continue, et je l'interromps au bout de trente minutes, bien que le type me propose de payer pour une demi-heure supplémentaire.

Ce n'est pas un boulot difficile, mais cela m'épuise quand même.

— Combien pour les chaussures ? demande-t-il d'une voix suppliante alors que je suis sur le point de mettre fin à la diffusion.

— Je les vendrai aux enchères sur mon site.

— Non ! Je les veux. Je les achèterai. Il me les faut.

Son ton désespéré commence à me mettre mal à l'aise.

— Elles seront vendues aux enchères. À la prochaine !

Je coupe la diffusion et pousse un soupir.

C'est l'heure de faire le dîner. Je cache les talons aiguilles dans le placard et enfile un short, avant de mettre ma première vidéo en ligne. Mon ordinateur est tellement vieux que cela prend une éternité, alors je le laisse tourner pendant que je vais dans la cuisine.

Depuis que Wilde est rentré, je privilégie la viande toute simple. J'allume le barbecue. J'ai sorti un paquet de douze steaks hachés du congélateur avant d'aller au lycée ce matin. Je sors la viande du frigo et la mets dans une assiette. Je la saupoudre de sel et l'enduis de sauce Worcestershire avant de sortir les condiments et les petits pains. Je prépare une énorme salade, pleine de cheddar râpé pour la rendre plus grasse.

Dans cette maison, nous n'avons pas à craindre les artères bouchées.

Dès que j'entends une voiture se garer dans l'allée, je mets la viande sur le gril, comme une petite fille bien sage.

Quand les parents arrivent, ils n'ont qu'à mettre les pieds sous la table. Ma place ici se mérite.

Ma mère ne vient pas m'embrasser, ce qui m'attriste un petit peu, mais je termine le repas et porte la viande fumante à l'intérieur.

Sauf que ce n'est pas ma mère et Logan qui viennent de rentrer. C'est Wilde. Et il s'est rendu dans ma chambre.

D'ailleurs, il se tient dans la cuisine, mon ordinateur dans les mains.

— *Tu veux bien m'expliquer ?*

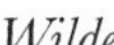

Wilde

Je n'arrive pas à croire ce que je viens de voir sur l'ordinateur de Rayne.

Du porno pour fétichistes des pieds ?

Je crois que c'est de ça qu'il s'agit. Une vidéo de Rayne en train de marcher et de frotter ses jambes l'une à l'autre. De caresser ses propres pieds.

J'ai entraperçu ses fesses en culottes, ce qui m'a provoqué une érection douloureuse et m'a donné envie de fracasser l'ordinateur sur-le-champ, pour que personne d'autre ne voie jamais cette vidéo.

L'avorton a pâli, ses yeux bleus écarquillés dans son visage en forme de cœur.

— Qu'est-ce que tu fabriques avec ça ? demande-t-elle d'un ton cassant.

Elle tente de me prendre l'ordinateur des mains, mais je le soulève, l'obligeant à sautiller.

Elle a beau jouer les insolentes, je sens qu'elle panique.

Je baisse l'ordinateur, le brandis, le cache derrière mon dos. Je suis plus rapide qu'elle, et je fais une tête de plus qu'elle. Elle n'arrivera jamais à attraper l'ordinateur. D'un ton nonchalant, je réponds :

— J'avais besoin de vêtements de rechange, et vu que c'est ma chambre, je suis entré.

— Tu n'as plus de vêtements dans cette pièce. Ils se trouvent dans des caisses, dans le garage.

Elle parle à toute vitesse, sans cesser de bondir à droite et à gauche pour récupérer l'ordinateur.

— Tu fais du porno pour fétichistes, Rayne ?

— Non. C'est, euh, une vidéo pour le lycée. Le cours d'art. Sur la perspective.

J'éclate de rire.

— Ton mensonge n'est pas crédible du tout.

— La vérité est souvent plus étrange que la fiction.

— Raconte-moi tout, sinon tu t'expliqueras avec mon père à son retour.

Elle arrête de sautiller et se fige. Elle est essoufflée, et son visage est couvert de taches rouges. Savoir quelle est la couleur de la culotte sous son short me pousse à la déshabiller du regard.

Je ne serais pas étonné qu'elle ait du succès, si elle fait bel et bien du porno. Elle a des jambes fuselées. Des petits pieds de geisha. Ils sont nus, et je les vois d'un œil nouveau.

Oui, ils sont jolis. Et elle était super sexy, en train de se dandiner dans ma chambre en talons hauts.

— Explique-toi, Rayne.

La voiture de mon père remonte l'allée. Le regard paniqué de Rayne se tourne vers le garage.

— Le temps est presque écoulé.

Un nouveau regard.

— Bon, d'accord, dit-elle à toute vitesse. C'est du porno pour fétichistes des pieds. Ça paye très bien, et j'économise pour aller à la fac. Sinon, je n'arriverai jamais à payer mes études, même si je garde ma bourse partielle. Maintenant, rends-moi l'ordinateur.

La porte du garage s'ouvre.

S'il te plaît, articule-t-elle, les yeux grands ouverts, implorants.

Je la fais mariner quelques secondes supplémentaires avant de lui rendre l'objet du délit. Elle me l'arrache des mains avec un soupir de soulagement, et elle se rue dans sa chambre.

— Coucou, ma chérie, dit Leslie, sa mère, d'un ton guilleret. Oh, salut, Wilde. Comment s'est passée ta journée ?

Mon père se contente de me fusiller du regard, comme d'habitude.

Je ne suis toujours pas en odeur de sainteté, avec lui. Et si je ne trouve pas un moyen de réintégrer l'équipe de Duke ou d'être sélectionné par la NFL, il me fera sans doute la tête toute ma vie.

— Bien, réponds-je. J'ai trouvé du boulot au garage, et j'assiste le coach Jamison avec l'équipe.

— C'est super ! s'exclame Leslie.

Je dois bien avouer qu'elle n'est pas si terrible. Elle dégage quelque chose de gentil, comme sa fille. Ça ne me dérange plus, qu'elle vive ici avec mon père. Il a besoin de quelqu'un comme elle qui arrondisse ses angles.

Rayne ressort de sa chambre et s'active dans la cuisine, sortant des assiettes du placard pour mettre la table.

On dirait une petite souris qui se déplace le plus discrètement possible par crainte de faire des vagues.

J'adore et je déteste ça à la fois. J'aimerais qu'elle soit comme ça avec moi. Ça ne me plaît pas qu'elle se fasse toute petite en présence de mon père. J'aimerais qu'elle soit aussi insolente avec lui qu'avec moi, bien que le respect des aînés soit très ancré dans notre culture. La hiérarchie est stricte, et les adultes sont tous considérés comme des alpha, à moins d'être défiés.

Je ne me souviens que trop bien ce qu'a traversé Cole, quand son père s'est mis à le maltraiter, et qu'il a décidé d'inverser la vapeur. Mais je suis bien content qu'il ait pris ce risque, car désormais, son père s'est repris en mains. Il a même retrouvé du travail à la brasserie. Pas le même poste qu'avant, mais quelque chose de suffisant pour payer les factures.

— Tu n'as pas besoin de l'assister, dit mon père. Tu dois garder la forme pour Duke.

— Papa, je suis un loup dans une équipe d'humains. Je n'ai pas besoin de garder la forme. Mais oui, je m'entraînerai avec l'équipe. Je fais ce que tu m'as demandé.

— Je trouve ça génial, intervient Leslie. Tu as beaucoup à apprendre à ces jeunes, maintenant que tu as joué à l'université.

Ah bon ? J'ai plutôt l'impression d'être un loseur venu tirer tout le monde vers le bas, mais ses paroles me font songer à ce que j'ai appris à Duke. Oui, je peux peut-être leur enseigner quelques stratégies nouvelles.

Mon père hoche froidement la tête et se met à table.

— Rayne, merci d'avoir préparé ces hamburgers. J'essayerai de ne pas tous les manger.

Il empile tout de même trois d'entre eux sur une assiette pour Leslie. Quand il la regarde, je jurerais voir ses yeux se radoucir.

Cela me surprend. Je croyais dur comme fer qu'il l'avait épousée par devoir, pas par affection. Mais Leslie rougit et lui adresse un petit sourire lorsqu'il lui tend l'assiette, et soudain, je ne suis plus certain de savoir ce qu'il y a entre eux.

Ce ne sont pas des compagnons destinés. Bien sûr. Dans le cas contraire, ils se seraient accouplés dès qu'ils se seraient sentis, à la puberté. Ils appartiennent tous les deux à la même meute. Mais seul un petit pourcentage de métamorphes trouvent un jour leur compagne ou compagnon destiné. Quinze pour cent, peut-être.

Cole a eu beaucoup de chance. Quoique Bailey est humaine, alors je devrais peut-être plutôt parler de poisse. Mais il est heureux, et j'imagine que c'est tout ce qui compte.

Non, il semblerait que mon père et Leslie aient trouvé une raison tout humaine de se marier : l'amour.

Mon père prend trois hamburgers, et moi quatre. Ça en laisse deux pour Rayne, une portion adéquate, vu que c'est un avorton. Elle engloutit les siens très vite, cependant. Du coin de l'œil, je la vois se lécher les doigts, et mon membre gonfle contre ma fermeture éclair.

— Ouah, tu as un sacré appétit, aujourd'hui, commence Leslie, comme si le fait qu'elle mange deux hamburgers était rare.

Quant à moi, je passe au quatrième, en soutenant le regard de l'avorton pour prouver ma supériorité. C'est la hiérarchie de la meute : je mange d'abord. Mais quand mes dents s'enfoncent dans la viande, elle semble prendre un goût rance.

— Oui, je crois que tes hormones m'affectent, moi aussi, répond Rayne.

— Je ne pense pas que ça marche comme ça, dit mon père.

Je repose mon hamburger. Merde.

Et si elle était minuscule à cause de carences passées ? Je sais que c'est irrationnel. Je suis sûr que sa mère la nourrissait correctement, quand elle était petite, mais un drôle d'instinct protecteur s'éveille en moi, et je me surprends à prendre un couteau pour couper mon hamburger en deux. Je ramasse la moitié intacte et la pose sur son assiette.

— Mange, avorton. Tu finiras peut-être par grandir, un jour.

— Et toi, tu finiras peut-être par avoir de la personnalité, réplique-t-elle en ramassant sa moitié.

Elle semble se souvenir qu'elle a peur de mon père, car elle baisse aussitôt la tête en rougissant.

Mon père et Leslie choisissent d'ignorer notre échange. C'est une bonne chose, car Rayne attend que le moment passe avant de se remettre à manger. Mon loup devient fou en voyant cette viande rester intouchée. Pas parce que je veux la manger à sa place.

Parce que je veux la nourrir avec.

Et ça n'a aucun sens.

Je n'arrive toujours pas à m'ôter de la tête l'image d'elle en talons. Un torrent d'idées cochonnes me traverse l'esprit. Je m'imagine l'obliger à enfiler ces chaussures pour moi, afin de me rejouer la scène.

C'est alors que je réalise une chose : je peux le faire.

L'avorton est sous ma coupe, désormais. Si elle ne veut pas que je dise à nos parents ce qu'elle trafique dans sa chambre, elle sera obligée de se plier à mes ordres.

Tous. Mes. Ordres.

CHAPITRE DIX

Rayne

Ma mère et Logan vont se coucher tôt. Et oui, malgré la musique qu'ils passent pour étouffer le bruit de leurs activités, on les entend.

Dégueu.

Je fais mes devoirs dans ma chambre et me brosse les dents tout habillée.

Je n'arrive pas à croire que Wilde ait vu ma vidéo.

Et je n'arrive pas à croire qu'il ne m'ait pas dénoncée. En plus, il m'a donné la moitié de son hamburger, ce qui ne lui ressemble pas du tout. Je ne sais pas quoi en penser. Est-il simplement reconnaissant que je l'aie aidé à trouver quoi dire au coach Jamison pour qu'il le prenne comme assistant ? Ça me tue que son père ne l'ait pas félicité.

Bon, je comprends qu'il ne lui ait pas pardonné cette histoire de trafic de drogue, et je pense toujours que Wilde est un gros con, mais il a fait tout ce que Logan lui demandait. Il m'emmène à l'école. Il m'a appris à conduire. Il s'entraîne de nouveau avec l'équipe du lycée.

Mon piercing au nez me dérange. Ces derniers temps, j'ai comme l'impression qu'il est coincé. Trop serré. Je suis constamment obligée de le faire tourner pour que le trou ne se referme pas.

Après m'être brossé les dents, je décide d'ôter le bijou. Ma mère m'a demandé de le faire il y a six semaines, quand Logan a compris qu'elle était enceinte de quatre mois et qu'il s'est mis à passer chez nous. À l'époque où elle me mettait la pression pour que je change de look afin de me rendre digne de Logan.

J'avais refusé. Changer de coiffure et abandonner l'eye-liner, passe encore. Mais le piercing au nez, ça faisait partie de mon identité emo.

Sauf que désormais, il me gratte et me pince, et ça me rend folle. Alors je l'enlève pour moi, pas pour Logan. Pas pour ma mère.

J'ai du mal à l'extraire, comme si ma chair ne voulait pas le laisser s'échapper. Il me faut cinq bonnes minutes pour y parvenir. Je le rapporte dans ma chambre où je trouve... *par le Destin.*

Wilde est étendu sur mon lit, jambes croisées, mains derrière la tête.

— Qu'est-ce que tu fous là ? demandé-je d'un ton impérieux, mais à voix basse pour que nos parents ne m'entendent pas.

Wilde a un petit sourire menaçant. Sauvage, même.

— À ton avis, avorton ?

— Moi, je crois que tu t'es trompé de chambre. C'est mon territoire, désormais, tu te souviens ?

Tu voulais que je m'affirme, connard ?

— Mon territoire, avorton. J'en ai ras le bol de dormir sur le canapé. Et vu ce que je sais de tes activités extrascolaires, tu es à mes ordres, désormais.

Il enlève l'un des oreillers sous sa tête.

— Cette nuit, tu dors par terre, Rayne-des-Neiges. Et si tu te plains, je raconterai à tout le monde – et je dis bien à *tout le monde* – ce que tu fais pour gagner du fric.

Mes épaules se voûtent, cédant sous la menace en même temps que ma détermination à me battre.

Si mon secret s'éventait, je n'y survivrais pas.

Les dents serrées, je plisse les yeux.

— Je te déteste, Wilde Woodward.

— Déteste-moi autant que tu veux, chérie. Tu es quand même à mes ordres.

Euh... *chérie* ? Je ne crois pas, non.

Je ne suis pas sa chérie.

Avec un grognement, je me dirige vers le placard, d'où je sors un pyjama. Je retourne dans la salle de bains pour me changer.

Lorsque je regagne la chambre, la lumière est éteinte. Je ferme la porte et reste plantée là un moment. Pas pour attendre que mes yeux s'acclimatent à l'obscurité. Je suis furieuse. J'essaye de trouver une alternative au sol rigide pour dormir.

Sans succès.

Wilde a raison. Je suis à sa merci, désormais. Il lui suffit de me rappeler mon secret pour que je lui obéisse au doigt et à l'œil.

Pour que ça cesse...

Ah. La meilleure idée que j'aie eue. Il faut que je trouve un moyen de le réexpédier en Caroline du Nord.

Je me rends dans la zone où il a jeté l'oreiller, et je tâtonne dans le noir pour le trouver. Je n'ai pas de couverture. Rien de moelleux.

Je pique la couette dont Wilde s'est enveloppé. Il la rattrape, et nous luttons un moment, jusqu'à ce que l'objet de notre convoitise se déchire et m'échappe. De toute évidence, ma force ne rivalisera jamais avec celle de ce type, alors je choisis de l'amadouer :

— S'il te plaît, Wilde. Le sol est dur, et je ne suis pas métamorphe.

Ça fonctionne. Il renonce à la couette. Je la plie en trois sur sa longueur et je m'allonge dessus. Heureusement que j'ai chaud, en ce moment, car je n'ai pas de drap pour me couvrir. Même mon short de pyjama me tiendra trop chaud. Mais je ne peux pas vraiment dormir en sous-vêtements comme je l'aurais fait s'il n'y avait pas un grand loup dans ma chambre.

Je me roule en boule sur le côté, face au lit, et tente de calmer mon pouls qui bat la chamade. De refroidir la chaleur fiévreuse qui s'est emparée de moi à peine entrée dans la chambre. Je serre les cuisses, tentant d'arrêter la pulsation lente et régulière entre mes jambes.

Je n'aime pas l'odeur de Wilde, bien sûr.

C'est juste que la présence d'un garçon d'à peu près mon âge dans la même pièce que moi produit un drôle d'effet sur mon esprit.

Non... pas mon esprit. C'est clairement mon corps qui réagit. Des vagues de chaleur me submergent. La chair entre mes jambes se contracte.

Bizarrement, je me mets à penser au sexe de Wilde.

Par le Destin, je jure que je n'ai jamais pensé au sexe de qui que ce soit, jusqu'à présent. Ni celui de Wilde ni celui d'aucun homme. Comme je l'ai dit, j'étais pratiquement asexuelle.

Mais soudain, je m'imagine à genoux, en train de lui donner du plaisir.

C'est de la folie. Je ne ferais jamais une chose pareille. Qu'est-ce qui me prend de penser à ça ? Pourquoi est-ce que je me vois le chevaucher pour me laisser glisser sur son érection ?

Oh, bon sang.

Des flammes me lèchent la peau. Brûlent mon centre.

Je serre les paupières et me mets à compter à l'envers à partir de 100.

99... 98... 97... 96... Wilde torse nu... 95... Wilde qui se masturbe sous la douche... 94... 93... Wilde qui me renverse sur ses genoux pour me donner une fessée... 92... Wilde qui m'observe dans le noir.

Une seconde... c'est réel, *ça* ?

CHAPITRE ONZE

Wilde

J'ai de nouveau été obligé de me branler sous la douche ce matin. À en juger par le son de sa respiration et la façon dont elle gigotait sur le sol, Rayne n'a pas beaucoup dormi cette nuit. Moi non plus. Son odeur printanière me troublait, et je jurerais avoir senti des vagues de chaleur émaner de son corps.

En dépit de cette torture, je suis très content de moi. De cette nouvelle situation. Dormir dans la même chambre que Rayne me donne une érection en béton armé.

Non que je veuille coucher avec elle. C'est ma *demi-sœur*. J'aime la dominer, c'est tout. L'obliger à dormir par terre. La savoir tout près, à mes pieds.

Le soir, dès que nos parents vont se coucher, je laisse tomber la dissertation que je dois faire pour Duke et je retourne dans la chambre.

Assise en tailleur sur le lit, Rayne fait ses devoirs en

débardeur et en short de pyjama. Elle a une queue de cheval, ce qui dégage sa nuque.

— Quoi de neuf, avorton ? murmuré-je.

Elle lève les yeux au ciel.

— Ce n'est pas l'heure d'aller se coucher, salopard.

— Ooh, attention aux gros mots, avorton. Ne m'oblige pas à fesser ton joli petit cul.

J'adore voir ses joues et son cou rougir. Lorsque je perçois l'odeur de son excitation, je suis obligé de me détourner pour cacher mon érection. Je me couvre en passant ses affaires en revue.

Sur la commode se trouve une pile de manuels et de papiers en tout genre. Je ramasse un flyer aux couleurs du lycée et le lis.

— Attends un peu. C'est quoi ce truc ?

Je me retourne en brandissant la feuille pour la lui montrer. Il s'agit de la liste des nommés pour l'élection du roi et de la reine du bal. Je suis stupéfait de constater que Rayne fait partie de la sélection.

Elle serre les mâchoires.

— C'est Abe Oakley qui se croit drôle.

J'étudie de nouveau la liste.

— Qui c'est, Lauren ?

— Une humaine. La jumelle de Lincoln.

— Ah. Et qu'est-ce que ça a de drôle ?

Rayne hausse les épaules.

— Je ne sais pas. J'imagine que toute l'école se marra un bon coup parce que notre présence sur la liste est ridicule ? Moi non plus, ça ne me fait pas rire.

Je perçois une vague de douleur chez elle, et ça me hérisse.

Je froisse le papier et le jette dans la corbeille.

— Ouais, c'est débile, dis-je.

J'ignore pourquoi je prends le parti de Rayne et pas d'Abe. Surtout à voix haute.

Je continue de fouiller dans ses affaires, allant jusqu'à ouvrir les tiroirs. Je passe ses culottes en revue. Je me fige en trouvant une plaquette de pilules.

Un courant électrique me brûle et me glace à la fois. Je regarde la plaquette de plus près.

Ouaip. Il s'agit bien d'une pilule contraceptive.

Une rage d'ampleur nucléaire s'empare de moi.

— Qui est-ce que tu te tapes ? grondé-je, oubliant presque de parler à voix basse pour que nos parents n'entendent rien.

Si c'est cet humain, je le réduirai en poussière. Je casserai chacune de ses côtes.

Rayne laisse tomber son stylo et me regarde fixement, mi-surprise, mi-outrée.

— *Je te demande pardon ?* dit-elle.

Son décolleté et son cou sont couverts de taches roses, et ses yeux bleus débordent de colère.

Je m'approche du lit à grands pas et agite la plaquette sous ses yeux, tout en veillant à ne pas la toucher, vu mon état.

— Qui. Est-ce que. Tu. Te. Tapes ?

Elle tente de me prendre la plaquette des mains, mais je la garde hors de portée.

— *Qui*, Rayne ?

Réalisant probablement qu'elle n'aura pas la force de m'arracher la plaquette des mains, elle choisit le sarcasme :

— Ton papounet, Wilde.

Je m'enflamme presque, même si je sais que ce n'est pas vrai. Mais cette idée me donne quand même envie de raser la maison tout entière.

— Qui ?

— Tu es vraiment un abruti, hein ?

Oui, un abruti prêt à tuer celui qui a touché Rayne.

— Dis-le-moi, et je ne dirai rien aux parents.

Son sourire en coin me déconcerte.

— Je t'en prie, va leur dire. Vu que ma mère sait déjà que je prends la pilule à cause de mes *crampes menstruelles*, ils seront ravis d'apprendre que tu t'es pointé ici pour fouiller dans mon tiroir à culottes.

Ce qu'elle vient de dire met quelques secondes à pénétrer le brouillard de rage qui flotte autour de moi. *À cause de ses crampes menstruelles.*

C'est pour ça qu'elle prend la pilule.

Oh, bon sang.

— Tu as des crampes, répété-je comme un parfait imbécile.

— Plus maintenant.

Elle croise les bras, ce qui soulève sa poitrine et la fait gonfler sous le décolleté de son débardeur. J'ai envie de glisser mon membre entre ses seins.

Comme je suis un con fini, je laisse tomber la plaquette sur le lit et saisis ses deux genoux. Elle les serre aussitôt.

— Personne ne s'est jamais glissé entre ces cuisses, Rayne-des-Neiges ?

Bordel, je ne sais pas pourquoi cela me tient autant à cœur. Je ne supporte pas d'imaginer un autre la toucher.

Et je ne suis pas aidé par l'odeur de son excitation, qui envahit soudain mes narines. Comme si mon geste irrespectueux l'avait fait mouiller.

Elle tente de chasser mes mains, sans succès.

— C'est pas tes oignons, Wilde.

J'approche mon visage du sien, humant son arôme de créosotes et de genévriers, ainsi que celui, plus doux, de son désir.

— Dis-le, avorton. Si quelqu'un t'a dépucelée, je veux le savoir.

Son excitation prend de l'ampleur dans mes narines. La pièce se met à tourner.

Ses mains se referment sur mes poignets, ses ongles enfoncés dans ma peau quand elle essaye de me forcer à lâcher ses genoux.

— Dis-moi la vérité, et je te laisserai dormir dans le lit cette nuit.

— Non ! Je suis...

Elle prend une couleur magenta.

Putain, je suis soulagé. Elle est toujours vierge. Je n'aurai à tuer personne ce soir.

— Qui voudrait coucher avec moi, dans cette ville, de toute façon ? ajoute-t-elle.

Je plisse les yeux.

— Plein de connards, Rayne. Mais ils ne le feront pas. Tu m'entends ? Pas s'ils tiennent à la vie.

Elle me regarde d'un air hébété, ses yeux bleus brillants de larmes non versées.

Je lâche ses genoux et porte les mains à ma ceinture.

Elle suit mon mouvement des yeux.

Je hausse les sourcils.

— Dis-le, avorton. Je veux être sûr que c'est bien clair.

CHAPITRE DOUZE

Wilde

Au lieu d'emmener Rayne passer son permis, ce samedi, je vais à Tempe pour voir Bo et Cole jouer pour l'Université de l'Arizona. De là, je compte me rendre à Tucson pour parler à Amber Green, l'épouse humaine de Garrett. Elle a accepté de me recevoir pour discuter de mon dossier.

J'ai dit à Rayne que je ne pouvais pas l'emmener, comme si c'était une punition pour elle de devoir attendre, alors qu'avant, c'était moi qui insistais pour qu'elle passe son permis.

Je crois que ça me plaît tellement qu'elle dépende de moi pour ses déplacements que je ne vois plus ça comme un fardeau. J'aime la taquiner sur le trajet du lycée, le matin, lui rappeler que c'est moi qui commande. Que je ne veux pas qu'elle parle aux humains. Que j'attends d'elle qu'elle m'attende dans ma Jeep pendant l'entraînement.

Elle ne le fait jamais, mais je continue de lui en donner l'ordre quand même.

J'adore son insolence. La façon dont elle m'a fusillé du regard lorsqu'elle a compris que si elle couchait avec un mec, je le tuerais.

Je suis à la fois soulagé et embêté de quitter Wolf Ridge. De quitter mon avorton de demi-sœur. Malgré l'idée brillante que j'ai eue pour reprendre mon lit, qui sent très fort l'odeur de Rayne, je n'ai pas dormi de la semaine.

J'ai passé toutes les nuits à l'écouter soupirer et se tourner dans tous les sens.

Si j'avais un tant soit peu d'honneur, je la laisserais récupérer le lit. Elle n'arrive visiblement pas à trouver le repos, par terre.

Mais chaque fois que j'envisage de la libérer de mon chantage, tout en moi résiste. Hors de question que je quitte cette chambre, et si je n'arrive plus jamais à dormir, tant pis.

Même si je suis obligé de me branler dans la salle de bains quatre fois par jour.

Je n'ai pas envie de coucher avec ma demi-sœur. Ce serait tordu. Et je n'ai surtout pas envie de coucher avec Rayne l'avorton. Qui pourrait être attiré par une fille aussi déficiente ?

Mais dormir aussi près d'une femme me met à cran. Dans tous mes états. Alors ouais, mes sessions dans la salle de bains sont devenues indispensables.

Je suis également obligé d'aller courir tous les matins. Sous forme humaine, bien sûr, puisque je veux montrer à mon père que je m'entraîne. Je dois me lever tôt, de toute façon, pour que nos parents ne se rendent pas compte que j'ai quitté le canapé.

J'arrive à Tempe en trois quarts d'heure, et je monte dans l'appartement que se partagent Bailey, Cole, Sloane, Bo et Austin pour aller chercher mon billet pour le match.

Les copines de Bo et Cole, toutes deux humaines, étudient à Barrett, une fac renommée, et l'année dernière, elles vivaient donc sur le campus avec Austin, un intello lui aussi. Je crois que le but était de rassurer leurs familles humaines. Cette année, elles ont trouvé le moyen de s'installer avec leurs petits amis.

Les mecs m'ont envoyé un message pour me dire qu'ils étaient déjà au stade, mais que Bailey et Sloane m'attendraient pour me donner mon billet. J'envoie un SMS à Bailey, qui sort dans la rue. Ses cheveux bruns sont relevés en queue de cheval haute, et son visage est encadré par un bandeau rose. Elle ne sourit pas.

Elle me tend mon billet par la fenêtre, mais elle s'appuie à ma vitre ouverte, m'empêchant de redémarrer. Il y a quelqu'un derrière moi, même si je me fiche qu'il soit obligé de me contourner.

— Il paraît que tu traites Rayne comme un chien.

Étonnamment, son accusation me contrarie. Si n'importe qui d'autre m'avait dit ça, je me serais rengorgé de fierté. Bien sûr que je mène la vie dure à l'avorton. C'est mon rôle de demi-frère. Mais Bailey est la meilleure amie de Rayne.

Sa *seule* amie, à dire vrai, sauf si je compte ce connard d'humain qui lui donne des cours, et je ne le compte pas du tout.

Alors ce qu'a entendu Bailey doit sortir directement de la bouche de Rayne. Ce qui signifie que j'ai réellement blessé l'avorton. Je n'aime pas la pointe de malaise qui me tord l'estomac à cette idée.

— Qu'est-ce que tu as entendu ?

Pas terrible, comme réplique, mais j'ai vraiment envie de le savoir. Rayne lui a-t-elle dit que je l'oblige à dormir par terre ? Que je lui ai donné une fessée ? Que je l'ai fait jouir avec mes doigts ?

Bailey secoue la tête, ce qui me fait penser qu'elle ne connaît pas les détails.

Un mélange de soulagement et de triomphe me court dans les veines. Du soulagement, car Bailey ne sait pas à quel point je suis odieux. Du triomphe, car ce qu'il y a entre Rayne est moi reste entre nous.

Je n'ai évidemment parlé à personne de nos interactions, moi non plus. Et je n'ai pas l'intention de le faire. C'est trop privé. Ça nous regarde. Comme si nous partagions quelque chose. Pas un secret. Un secret impliquerait que nous sachions de quoi il retourne.

Et ce n'est pas le cas.

C'est en développement. Ça évolue. Il y a une sorte d'attirance entre nous, des liens qui se tissent. C'est là que je réalise à quel point je suis devenu possessif avec elle.

Comme si elle m'appartenait, que personne n'avait le droit de savoir ce qu'il y a entre nous.

J'imagine que c'est vrai, quelque part.

C'est ma demi-sœur, après tout. Un membre de ma famille. Elle m'appartient. C'est ce que je lui ai fait comprendre depuis le début. Mais les droits que je revendique sur elle ont quelque chose de féroce. Comme si j'étais prêt à déchiqueter quiconque se dresserait entre nous.

Mmm. Étrange.

— Rayne ne risque rien avec moi, dis-je à Bailey, à ma plus grande surprise.

Je ne sais pas si c'est la vérité. Elle n'est pas physiquement en sécurité, en tout cas. Je ne me gêne pas pour la brutaliser dès que je le juge nécessaire. Je ne suis même pas sûr qu'elle soit en sécurité psychologiquement, bien que ses larmes me donnent envie de remuer ciel et terre pour elle.

Quoi qu'il en soit, je crois à ce que je dis.

Je ne laisserai personne s'en prendre à Rayne en ma

présence, y compris nos parents. Et j'ai beau vouloir qu'elle me croie dangereux, je ne lui ferais jamais de mal.

Bailey ne me fait pas confiance, cependant. Elle lâche un grognement amusé.

— Dans cette ville, tu es un dieu. Tu pourrais changer la façon dont les gens la traitent. Mais tu ne veux pas risquer d'entacher ta précieuse réputation, hein ?

— Ciao, Bailey.

Je desserre le frein à main et laisse la Jeep rouler doucement en avant. Elle recule et m'adresse un doigt d'honneur tandis que je démarre.

Sur le chemin du stade, je tente de ne pas laisser ses mots me transpercer le crâne.

Tu pourrais changer la façon dont les gens la traitent.

Mais en ai-je envie ?

Ou la préféré-je affaiblie, sans défense et *toute à moi* ?

Tout ce que je sais, c'est que quand mon père m'envoie un message pour me dire qu'il emmène Leslie en petit week-end en amoureux et que je dois rentrer ce soir au cas où Rayne aurait besoin de quelque chose, je me mets à bander comme un fou.

Tant pis pour Tucson et mes problèmes à régler.

L'avorton et moi avons la maison pour nous tout seuls.

À moi de jouer.

Rayne

J'ai mal au dos après avoir dormi par terre toute la semaine. Je hais mon demi-frère.

Lorsque Logan décide d'emmener ma mère en week-end pour un petit voyage de noces en retard, je suis ravie. Je n'avais pas réalisé que s'il ne l'avait pas fait plus tôt, c'était à cause de moi, mais quand il m'a dit qu'il avait demandé à son fils de rentrer ce soir pour que je ne reste pas seule à la maison, j'ai envoyé un message à Wilde à mon tour.

Ne reviens pas pour moi. Je n'ai pas besoin de baby-sitter.

Il répond aussitôt :

Oh, mais si.

J'ignore s'il compte vraiment revenir ou s'il cherche seulement à m'insulter. Ses motivations sont difficiles à décrypter.

Sans doute parce qu'il ne sait pas lui-même où il en est.

À mon avis, il ne sait même pas pourquoi il est rentré à Wolf Ridge, au fond. Comme si tout lui était simplement tombé dessus. Il n'a pas l'air d'éprouver des remords ou de se sentir responsable. Même la menace d'un exil ne semble pas le motiver à régler ses problèmes.

Pourtant, il fait tout ce que lui a ordonné son père, comme un gentil petit loup bien sage.

Je n'y comprends rien.

Vraiment rien.

Et surtout, je ne comprends pas son comportement avec moi. Est-ce qu'il me déteste ? Est-ce que je l'attire ? S'agit-il juste d'un jeu de domination ? Une manie de loup alpha dénué de pouvoir, qui s'amuse à martyriser les membres les plus faibles de la meute pour compenser ?

Je savoure cette après-midi seule à la maison, et j'en profite pour me faire les ongles de pieds et tourner d'autres vidéos. Quand j'ai fini, je les télécharge sur mes comptes OnlyFans et Patreon et prévois leurs heures et leurs dates de publication. Puis j'annonce que je suis disponible pour une session privée.

Cette fois encore, AccroAuxPieds352 en réserve une.

Ces sessions ne me font pas plaisir. Il s'agit d'une corvée, rien de plus. Ça paye bien, et j'ai besoin de cet argent. J'ai déjà mis 8500 dollars de côté. Si je continue comme ça, j'aurai largement de quoi me payer le gîte et le couvert ainsi que le reste de mes frais de scolarité, l'année prochaine.

J'ai l'intention de poursuivre mon activité pendant mes études. Après tout, beaucoup de femmes travaillent dans des clubs de strip-tease pour financer leurs études. Eh bien, celles qui ont des jolis pieds se tournent vers le porno pour fétichistes. C'est un boulot honnête, même si certains se permettent de porter des jugements.

Après le dîner – j'étais à nouveau morte de faim –, je démarre ma session avec AccroAuxPieds352. Je porte les Manolo qu'il m'a achetées. J'ai une liste d'envies qui ne révèle pas mon adresse, pour que mes fans puissent me faire des cadeaux. Les chaussures arrivent directement à la maison, puisque je suis la seule à être présente pour les réceptionner.

Je me pavane dans la pièce et échange des paroles cochonnes avec AccroAuxPieds352. Je lui consacre trente minutes, pas une de plus.

— Bon, le temps est écoulé.

— Pas encore, répond-il aussitôt. Je te paye pour une deuxième session.

Argh. Je devrais accepter cet argent. J'en ai vraiment besoin. Je tergiverse quelques instants, avant d'accepter. Qui sait quand j'aurai à nouveau du temps pour moi ? Autant en profiter au maximum.

— D'accord. Je lance le minuteur pour une demi-heure supplémentaire.

— Je te paye cinq cents dollars de plus si tu m'envoies ces chaussures.

Je ris.

— Mais alors, je serai privée d'une paire de chaussures

qui vaut cinq cents dollars. Ce n'est pas une très bonne affaire, si ?

— Mille dollars, renchérit-il aussitôt. Je te paye mille dollars. D'avance. Je te les transfère tout de suite. Je veux les chaussures. Ces chaussures-là. Celles que tu portes pour *moi*.

Difficile de dire non à mille dollars, hein ?

— Fais le transfert.

J'attends le ding de confirmation de mon téléphone, puis je reprends la session.

Comme d'habitude, je me balade dans la chambre et agite les pieds et les mollets devant la caméra. Je fais une sorte de mouvement de tango, un pied glissé sur le côté, puis je déambule à nouveau.

— Plus près, Rayne, dit-il.

Je suis en train de me rapprocher, quand quelque chose me frappe.

— Comment tu m'as appelée ?

— Rayne-des-Neiges. C'est bien ton pseudo, non ? Pourquoi ? Comment tu veux que je t'appelle ?

Il lâche un rire nerveux. Quel ringard.

— Rayne-des-Neiges, confirmé-je.

J'ai dû mal entendre.

— Approche. Enlève les chaussures.

J'obéis. J'expose mes pieds nus un moment.

— Écarte les pieds, dos à l'écran. Maintenant, penche-toi en avant en faisant glisser tes mains sur tes mollets.

Argh. Il devient exigeant. Je vais devoir faire attention à ne pas dévoiler mon visage sans faire exprès.

Quand j'ai commencé à tourner des vidéos et à proposer des sessions en privé, je portais un masque, au cas où mon visage apparaîtrait à l'écran, mais je ne prends plus cette peine. Je me dis que je connais les angles par cœur, et qu'il n'y a aucun risque.

Mais à présent que je fais glisser les mains derrière mes cuisses, je regrette de ne pas en porter un, par sécurité.

Lorsque je me baisse davantage et que je parviens à voir entre mes jambes, je jette un coup d'œil à l'ordinateur.

Merde !

Il a vu une partie de mon visage, c'est sûr. Et il a bien vu mes cheveux.

OK, j'arrête les frais.

— Le temps est écoulé, dis-je bien qu'il reste encore cinq minutes.

— Pas encore, proteste-t-il d'une voix plaintive.

— Désolée, mon pote. Je t'arnaque un peu aujourd'hui. Tu deviens trop pressant.

— Mais... tu...

Je coupe le direct avant d'entendre ce qu'il s'apprêtait à dire.

Mon cœur bat plus vite que celui d'un oiseau-mouche, et je me sens étrangement touchée dans mon intimité, même si c'est moi qui ai décidé de me vendre.

Je referme l'ordinateur d'un geste brusque et me rends dans la cuisine en culotte. Oui, j'ai encore faim. Assez pour manger près d'un kilo de glace tout en regardant la télé dans le salon, chose que je ne peux jamais faire, quand il y a des gens à la maison.

Il est tard, et je suis roulée en boule, en train de regarder Emily in Paris sur Netflix, quand j'entends la Jeep de Wilde se garer.

Merde !

Je me rue dans ma chambre et plonge sous la couette. Quoi que dise Wilde, il est hors de question que je dorme par terre ce soir. J'espérais qu'il resterait à Tempe avec ses potes alpha-brutis.

Il n'a qu'à dormir dans le lit de Logan, cette nuit. Ou ailleurs, peu importe. J'étais impatiente d'avoir ma chambre pour moi toute seule, et je n'ai pas l'intention d'y renoncer.

J'entends les grands pieds de Wilde résonner dans le couloir.

J'ai fermé la porte de la chambre à clé, mais il parvient à l'ouvrir avec l'ongle de son pouce.

— Ne t'imagines pas que je ne t'ai pas vue t'enfuir en culotte, avorton. Tu fais semblant de dormir, maintenant ?

— Va-t'en, Wilde. Je dors dans mon lit, cette nuit.

Il lâche un petit rire dédaigneux, mais pour mon plus grand soulagement, il s'en va.

Je l'entends se préparer quelque chose à grignoter dans la cuisine, puis se brosser les dents ; chose que je regrette de ne pas avoir pris le temps de faire.

J'envisage de me lever pour enfiler un short de pyjama, mais je tiens trop à garder mon lit.

Hélas, Wilde revient dans la chambre, ôte ses chaussures, enlève son jean et grimpe sous la couette avec moi.

— Par terre, avorton.

Il me soulève par la taille et me fait rouler sur son corps jusqu'à l'autre côté du lit. Il me maintient au-dessus du bord, menaçant de me laisser tomber s'il me lâche.

Je lève les bras pour amortir ma chute, mais il continue de me porter.

— Je ne dormirai pas par terre, insisté-je.

— Tu as oublié tout ce que je sais sur toi, avorton ?

Je choisis la franchise :

— J'ai mal au dos. Je ne suis pas métamorphe. Mon corps ne peut pas subir tout ça et récupérer aussitôt. Dormir par terre, ça craint.

Wilde garde le silence, comme s'il réfléchissait réellement à mon argument.

— Dans ce cas, dit-il enfin, va dormir sur le canapé.

— Non. J'étais là avant. Je dors dans le lit.

Oui, je me comporte comme une gamine de cinq ans. Et alors ?

— Je vais dormir dans mon lit, Rayne.

— Eh bien moi aussi. Alors décale-toi.

J'ignore ce qui m'a pris de dire ça. Je dois avoir perdu la boule. Je ne veux absolument pas passer la nuit dans le même lit que lui.

C'est déjà bien assez pénible de dormir dans la même chambre que lui. J'ai à peine dormi de la semaine !

— Ah ouais ? Et qu'est-ce qui se passera, à ton avis, si je suis obligé de dormir à côté de toi ?

Sa voix contient une note menaçante que je ne comprends pas.

Sous-entend-il que ce serait répugnant ? Ou alors...

L'instant suivant, il me fait de nouveau rouler sur le lit et me coince sur le ventre. Son corps imposant est allongé sur le mien, et...

Oh.

Mmm, ouah.

Il n'est pas répugné du tout.

Non... Wilde a une érection de la taille d'une torpille, et elle est *pile entre mes jambes*.

Il me gronde à l'oreille :

— Tu crois qu'un petit bout de femme comme toi est en sécurité avec le grand méchant loup ?

Je ne bouge pas. Ma respiration est haletante. J'écarte les jambes. Pas pour l'y inviter, absolument pas. Seulement pour faire de la place à son membre énorme. Pour ne pas qu'il me touche.

Mais bien sûr, ça n'a pas l'effet escompté. Car à travers son boxer et ma culotte, je sens son érection pressée contre mon centre.

— Tu crois que tu peux te glisser dans mon lit dans cette tenue sans que je fasse ça ?

Sa main se glisse sous mon bassin pour se plaquer audacieusement à mon pubis.

Un frisson me secoue, et je me mets aussitôt à mouiller. Je sais qu'il peut le sentir. J'ai désespérément envie qu'il me caresse, et cela me met en colère. Je ne veux pas tomber sous son charme.

Il fait bouger ses doigts tout en se frottant contre mes fesses.

— Je risquerais de te dépuceler dans mon sommeil, l'avorton. Mais non...

Il lève les hanches de quelques centimètres et presse son sexe entre mes fesses, sans cesser de faire onduler ses doigts entre mes cuisses.

—Je pense que je préserverais ta virginité et que je me contenterais de prendre ton joli petit cul. Parce que c'est par là que se font prendre les avortons, pas vrai Rayne-des-Neiges ? Dans le cul ?

Je devrais lutter. Je devrais crier et piquer une crise. Le griffer, le mordre et faire tout mon possible pour me dégager.

Pourtant, mon corps se laisse faire. Je veux qu'il continue ses caresses obscènes. Ses mots cochons. Même sa cruauté. Je veux tout.

Je pousse un petit gémissement.

Wilde

L'odeur de l'excitation de Rayne me monte dans les narines, et soudain, mon loup devient fou.

Je n'ai jamais perdu le contrôle avec une femme –

louve ou humaine –, mais la sentir coincée sous mon corps tout en sachant que ça l'excite me met dans tous mes états.

Je la retourne sur le dos et soulève son débardeur pour révéler la plus belle paire de seins que j'aie jamais vue. Elle est menue, mais sa poitrine ne l'est pas. Elle est pleine et ronde. Spectaculaire, tout en restant bien proportionnée.

Ce que je n'ai pas remarqué, tout à mon excitation, c'est que Rayne est terrorisée.

Elle se débat, me donne une gifle et libère l'une de ses jambes pour m'asséner un coup de pied.

Sa claque remet mon loup à sa place, mais comme je reste un salaud, je lui coince les poignets au-dessus de la tête.

C'est alors qu'une chose étrange se produit : les iris de Rayne deviennent argentés.

Ce n'est pas une lueur. Pas un jeu de lumière.

Ses yeux sont passés du bleu à l'argent.

Rayne n'est pas déficiente.

Une louve sommeille en elle.

Je me fige.

Elle continue de lutter sous mon corps, sa louve ne demandant qu'à sortir pour la sauver.

Je suis tellement captivé par ses yeux que je ne la lâche pas tout de suite.

Puis je jubile.

— Viens là.

Je bondis hors du lit et la prends par la taille, hissée dans les airs.

— Il faut que tu voies ça.

Je porte une Rayne déchaînée jusqu'au miroir en pied fixé derrière la porte. Quand je tente de la poser sur ses pieds, elle est trop occupée à se débattre pour tenir debout.

— Regarde, Rayne.

Je la place devant moi, une main autour de sa gorge pour l'obliger à faire face au miroir.

Mais ses iris ne sont plus argentés.

Je referme les doigts sur son cou pour l'effrayer, et de ma main libre, je soulève son débardeur pour la mettre en rogne.

Ses yeux se transforment de nouveau.

— Regarde-moi ça, dis-je en la secouant jusqu'à ce qu'elle obéisse.

Elle écarquille les yeux de surprise, le souffle coupé.

CHAPITRE TREIZE

Rayne

— Regarde-toi, Rayne. Une louve se cachait là depuis tout ce temps.

Je laisse échapper un sanglot en voyant mon reflet dans le miroir.

Une louve. *Je suis une louve.* Une louve sommeille en moi.

Je n'en crois pas mes yeux.

J'ai passé toute mon enfance à espérer devenir un jour une véritable métamorphe, sans succès.

Je n'avais pas les mêmes capacités de guérison que les autres louveteaux. Je ne voyais pas dans le noir. J'entendais moins bien que les autres. Mon odorat ne valait pas grand-chose.

Cela ne m'a pas empêchée, quand j'ai eu mes règles et que ma poitrine a commencé à se développer, de supplier le Destin de me laisser me transformer comme les autres filles de la meute.

Hélas, cela ne semblait pas être fait pour moi. J'ai fini

par accepter ce que tout le monde soupçonnait depuis le début : j'étais déficiente.

Mais à présent, coincée contre mon demi-frère, la brute qui refuse de me laisser tranquille, ma louve émerge enfin.

Et elle est sublime. Ses yeux le sont, en tout cas. Argentés, comme la lune que nous idolâtrons.

Je deviens toute molle, et un sanglot m'échappe. Si Wilde ne me tenait pas, je tomberais à genoux et je pleurerais comme un bébé.

— Des iris argentés, me dit-il à l'oreille.

Sa voix contient une note émerveillée, comme si lui aussi trouvait ma louve très belle.

Comme s'il reconnaissait la magie et le pouvoir qui flottent dans la pièce. La lueur scintillante qui m'entoure.

— Hé, dit-il. Tout va bien.

Il remet mon débardeur en place pour couvrir mes seins nus, et il laisse retomber sa main pour me prendre par la taille.

— Je sais bien ! sangloté-je. Je suis une louve.

Wilde me lâche enfin et m'adresse un grand sourire. Nos regards se croisent dans la glace.

— Oui, et pas qu'un peu.

Je me tourne vers lui et lui donne un grand coup de coude, qui ne le fait même pas broncher.

— Qu'est-ce que tu étais en train de me faire ? demandé-je, la voix étranglée par les larmes.

Je suis troublée par toutes les émotions contradictoires qui luttent en moi. La chaleur qui pulse entre mes jambes. Le fait que mon demi-frère ait peut-être voulu me violer.

Le fait que j'aie eu envie de lui.

Pour une fois, Wilde semble prêt à me donner une réponse sincère. Il lève les mains.

— Je ne sais pas. Je crois... que mon loup l'a sentie là-dedans. J'ai senti ton odeur, et ça m'a rendu fou. Je ne voulais pas essayer de te déshabiller. Désolé pour ça. Mais ensuite, j'ai vu tes yeux...

Il sourit.

— Du coup, j'ai recommencé devant le miroir pour te montrer ce que j'avais vu.

Je pousse un soupir tremblant.

— Peut-être... peut-être que c'est pour ça que j'avais aussi chaud la nuit. Et tout le temps faim.

Wilde déglutit. Je réalise que je vois parfaitement dans la pénombre.

— C'est peut-être pour ça que je n'arrive pas à te laisser tranquille, dit-il.

Je suis surprise qu'il admette une telle chose.

Et je suis excitée. *Très* excitée. Mais je suis beaucoup trop à cran et déroutée pour en faire quelque chose. Pour l'instant, j'ai l'avantage. Une fois n'est pas coutume, Wilde se montre à peu près respectueux. Je lève le menton et le pointe vers la porte.

— Wilde. Dehors.

Je tremble comme une feuille. Je tombe à genoux face au miroir et observe mon reflet, encourageant la louve aux yeux d'argent à revenir.

Apparemment, seul Wilde est capable de la faire apparaître.

CHAPITRE QUATORZE

Wilde

Il faut que je me transforme et que je coure pour ne pas me ruer de nouveau dans la chambre de Rayne. Mon loup n'aime pas qu'on lui refuse quoi que ce soit, et visiblement, il s'attendait à s'envoyer en l'air. Après avoir tenté, sans succès, de m'endormir sur le canapé, je me lève et prépare deux grosses assiettes de pancakes. C'est la recette que me faisait mon père les jours de match : avec de la poudre protéinée et des noix dans la pâte, et une pile de bacon sur le côté.

Rayne va avoir besoin de prendre des forces, si elle veut se transformer. Je me souviens de ma puberté ; je passais mon temps à manger. J'étais constamment à cran et excité.

Comme à dix heures, Rayne n'a toujours pas émergé, j'entre dans sa chambre.

Non, je ne prends pas la peine de frapper. Elle est toujours à ma merci, même si je l'ai laissée dormir dans le lit cette nuit.

Elle est réveillée, adossée à ses oreillers, penchée sur son vieil ordinateur. Je vois ses pieds apparaître à l'écran.

Elle tente de couvrir l'ordinateur, mais je le lui prends des mains. C'est la même chose que la dernière fois. Son compte Patreon, sur lequel elle poste des photos et des vidéos. Apparemment, elle possède également un compte OnlyFans. C'est une vraie femme d'affaires.

Je lis les commentaires.

Bon sang, ces types sont vraiment à fond sur elle.

— Ce n'est pas dangereux, avorton ?

— Bien sûr que non.

— Personne ne connaît ton vrai nom ou ton adresse ?

— Je ne suis pas débile, Wilde.

— Et tu ne montres que tes pieds, hein ?

C'est la seule chose que j'ai vue, la dernière fois. C'est d'ailleurs pour ça que je n'ai pas pété les plombs en découvrant la vérité. Les pieds, ce n'est pas pornographique, pour moi. Je sais que pour ses clients, c'est différent, mais le fait qu'ils aient vu cette partie d'elle ne me donne pas d'envies de meurtre. Si c'étaient ses fesses qu'ils mataient, je les traquerais tous jusqu'au dernier.

Même moi, je dois bien admettre que ses pieds sont super jolis. Sur certaines des photos, elle porte d'adorables bagues d'orteils, et du vernis aux couleurs éclatantes.

— Oui, que mes pieds. Non que ça te regarde.

— Tu te trompes. Tout ce qui te concerne me regarde.

— Wilde, tu ne devrais pas plutôt te préoccuper de tes soucis avec la justice ? Et de trouver un moyen pour que les poursuites soient abandonnées, de façon à reprendre la fac ?

Il y a de la gentillesse dans sa voix – ainsi qu'une curiosité sincère –, et c'est la seule chose qui m'empêche de l'envoyer balader immédiatement.

— Je n'ai pas envie d'y retourner.

Voilà. Je lui ai avoué la vérité. Ce que j'avais du mal à m'admettre à moi-même.

Je suis légèrement surpris de voir de la compassion dans son regard. Elle s'agenouille sur le lit, ce qui me rend dur comme du bois.

— D'accord, mais si tu ne règles pas ça, tu seras banni de la meute. Tu perdrais sur tous les tableaux.

Je laisse retomber son ordinateur sur le lit, et je me passe les mains dans les cheveux.

— Tu as remarqué, toi aussi, hein ?

— Quand tu étais au poste, tu as avoué quelque chose ?

Je secoue la tête.

— Je n'ai pas dit un mot.

— C'était ta drogue, au moins ?

Je la regarde, étonné que parmi tout mon entourage, elle seule en doute.

— Pourquoi cette question ?

— Pourquoi tu ne réponds pas ?

Elle est maligne.

Soudain, j'ai une envie irrépressible de la toucher. Je la serre dans mes bras et la soulève dans les airs un instant, avant de la reposer doucement sur ses pieds. Je lui donne une tape sur les fesses.

— Mêle-toi de tes oignons, Rayne. J'ai fait des pancakes.

Elle se retourne pour me regarder par-dessus son épaule. Elle semble surprise.

— Pour moi ?

Je ris.

— Quoi, tu croyais que je me serais tout enfilé tout seul ?

— Eh bien... oui.

Je lui donne une autre petite tape. Je crois que je deviens un peu obsédé par l'idée de lui donner la fessée.

De la dominer. De lui donner une autre leçon.

De l'aider à traverser sa transition.

Elle se rue vers la porte et fonce dans la cuisine, ce qui ravit mon loup.

— Tu dois faire le plein de protéines, là. La métamorphose brûle énormément de calories, surtout au début.

Je tire une chaise autour de la table et pose l'une des grosses assiettes chargées de nourriture devant elle, ainsi qu'une fourchette.

— Euh... merci.

Ses grands yeux bleus me suivent tandis que je vais chercher la deuxième assiette et m'attable à ses côtés.

Elle mange en silence durant quelques minutes, engloutissant la nourriture comme si elle mourait de faim.

— Tu crois vraiment que je peux me transformer ?

— Oh, tu vas le faire, affirmé-je, même si je ne peux pas en être certain.

À présent qu'elle a émis ses doutes à voix haute, je réalise qu'elle a peut-être raison de s'inquiéter. Ce n'est pas parce qu'il y a une louve en elle qu'elle apprendra un jour à la faire sortir.

Je devrais sans doute la mener à l'alpha Green, pour qu'il se serve de son autorité pour la pousser à se transformer, mais je me sens étonnamment possessif de sa première métamorphose. Personne d'autre que moi n'a le droit d'être au courant. Du moins, pas avant que je l'aie aidée. Je veux que ce soit moi qui lui apprenne à se transformer.

Et non, ce n'est clairement pas par dévotion fraternelle.

Mon loup a envie de Rayne. Je ne sais pas ce que ça signifie. S'il s'agit d'une simple réaction à la présence d'une femme en pleine transition, ou de quelque chose d'autre.

Tout ce que je sais, c'est que j'ai l'impression qu'elle est mienne.

Et le seul moyen pour que ça se finisse bien, c'est que nous poussions sa louve à sortir.

Car je refuse d'être connu comme un loseur qui se tape sa demi-sœur déficiente.

— Et si je n'y arrive pas ? demande-t-elle.

— Tu en es capable. J'ai vu ta louve. Elle est là-dedans, et elle veut sortir. Alors oublie tes cours de conduite. Aujourd'hui, je vais te donner une leçon de transformation. Et on s'y appliquera jusqu'à ce que cette bête aux yeux d'argent montre son museau.

Rayne se cache le visage derrière ses cheveux, la tête baissée sur ses pancakes. Après en avoir dévoré plusieurs, elle s'enquiert :

— Tu crois qu'elle est grise ?

— Peut-être. Ou blanche. Ça serait quelque chose, hein ?

Surtout que mon loup est noir. Nous serions le yin et le yang. Grand et petite. Noir et blanche.

J'ignore pourquoi je nous imagine comme un *nous*. C'est bizarre.

Rayne ne parvient pas à finir ne serait-ce que la moitié de l'assiette que je lui ai composée, mais comme il y avait une vraie pile de nourriture, je suis satisfait. Je débarrasse et couvre son assiette de film plastique avant de la mettre au frigo pour plus tard.

— Très bien. Retrouve-moi sur la terrasse de derrière dans cinq minutes.

— Euh...

Rayne semble sur le point de protester, avant de se raviser.

— D'accord, dit-elle.

Elle me retrouve sur la terrasse, vêtue d'un jean et d'un tee-shirt.

Je hausse un sourcil.

— Déshabille-toi, avorton, sinon tu vas tout déchirer.

— Je ne me mettrai pas à poil pour toi, Wilde.

Tout ce qu'entend mon membre, c'est *à poil pour toi, Wilde.*

Avec un sourire, je me mets torse nu.

— Tiens, lui dis-je en lui tendant mon tee-shirt. Enfile ça. Il est assez ample pour que tu ne le déchires pas en te transformant. Sauf si ta louve est gigantesque, ce qui serait très drôle.

Elle pose les yeux sur mon torse nu, et se met à rougir.

— Bon, d'accord.

Elle prend le vêtement.

— Et pas de culotte ! lui lancé-je lorsqu'elle disparaît dans la maison.

J'éclate de rire en l'entendant marmonner : *que le Destin me vienne en aide.*

J'ôte mon jean et m'étire sous le soleil de fin de matinée. Je suis un peu trop content de moi lorsque je vois Rayne revenir, seulement vêtue de mon tee-shirt. Je meurs d'envie de le soulever pour voir ce qui se cache en dessous.

Au lieu de cela, je prends sur moi et m'assois au bord de la terrasse. Je tapote le bois à côté de moi.

— Viens là, avorton.

Elle pose ses fesses nues à mes côtés.

— Ferme les yeux. Imagine un loup. Enfin, non. Vois-toi en louve. Sens ton corps prendre cette forme.

Rayne entrouvre une paupière.

— Pas évident, quand on n'a jamais été une louve.

— Tais-toi et essaye.

Elle referme les yeux.

Je l'imite, et avec toute l'autorité d'alpha dont je suis capable, je lui ordonne :

— Transforme-toi.

Il ne se passe rien.

Rayne entrouvre de nouveau les paupières et secoue la tête.

— Wilde, je ne sais pas si ça va mar...

— Transforme-toi.

Rien.

— Imagine que tu es sous forme de louve.

— Je ne sais pas comment c'est ! proteste-t-elle.

— Fais semblant.

Je tente de lui donner le même ordre à plusieurs reprises, mais à chaque fois, cela semble lui faire un peu moins d'effet. Comme si elle baissait les bras.

Je me lève et ôte mon boxer.

Rayne se couvre les yeux.

— Tu aurais pu prévenir, grommelle-t-elle.

Je me transforme en loup et donne un coup de tête dans ses genoux.

Elle tend la main vers moi et enfonce les doigts dans mon épaisse fourrure. Je la laisse me caresser. J'ignore pourquoi. C'est agréable, j'imagine.

Je ne sais même pas ce que j'espère accomplir en lui montrant mon loup. J'aimerais sans doute qu'il appelle sa louve.

Mais elle se lève.

— Écoute, je crois que ça ne va pas fonctionner, Wilde.

Je tente alors l'intimidation. Si sa louve la croit en danger, elle pourrait sortir. Je lui grogne dessus et bondis pour lui barrer le chemin vers la porte. Je montre les dents et gronde en m'avançant à grands pas.

Rayne ne se laisse pas impressionner.

— Je sais ce que tu es en train de faire, Wilde. Je n'ai pas peur. Mais bien essayé.

Je lui saute dessus. Elle m'esquive, plus rapide qu'une humaine. Ses réflexes s'améliorent. Je me demande si elle guérit mieux qu'avant.

J'aurais sans doute mieux fait de réfléchir avant de passer à l'acte, mais je me contente de bondir pour lui mordre le mollet.

Elle pousse un cri. Là, elle a vraiment peur. Je le devine à son odeur. À la lueur argentée dans ses yeux. J'entends ses articulations craquer, comme si elle s'apprêtait à se transformer, mais il ne se passe rien.

J'ouvre les mâchoires et tente de lécher sa plaie pour l'aider à se refermer, mais Rayne regagne déjà la maison en boitillant.

— Tu m'as mordue ! s'exclame-t-elle, scandalisée.

Merde.

Si elle ne guérit pas à vitesse grand V, mon père me jettera dehors pour de bon.

Après l'avoir empêchée de me claquer la porte au nez, je la suis à l'intérieur.

— Ne t'approche pas de moi ! Je n'arrive pas à croire que tu aies fait ça. Je saigne !

Je tente de nouveau de lécher sa plaie, mais elle me donne un coup de pied en pleine tête.

— Je t'ai dit de t'en aller ! Tu es cinglé, putain !

Elle se précipite vers la porte d'entrée, ramassant les clés de ma Jeep au passage.

Je reprends forme humaine et perds de précieuses secondes en allant chercher mon boxer sur la terrasse.

C'est là que j'entends un bruit de métal froissé.

— Rayne ! hurlé-je en sortant à toute allure.

Rayne

Parledestinparledestinparledestin.

Qu'est-ce que j'ai fait ?

Je viens de bousiller la Jeep de Wilde. Je ne sais même pas dans quoi ou qui je suis rentrée, car mon visage a percuté le volant sous l'impact.

J'ai détruit la voiture de Wilde. Et je n'ai même pas mon permis. Je l'ai prise sans sa permission.

Je suis morte.

Un instant plus tard, la portière s'ouvre à la volée, et après s'être débattu avec ma ceinture, Wilde me sort du véhicule.

— Je suis désolée ! dis-je d'une voix suraiguë, persuadée qu'il est furieux. Vraiment désolée. Je n'aurais pas dû prendre ta Jeep. Pitié, ne me tue pas.

— Rayne. *Bon sang.* Est-ce que ça va ? Regarde-moi.

Wilde m'a posée sur mes pieds et adossée à la Jeep, et ses mains parcourent tout mon corps à la recherche d'éventuelles blessures.

Je tords le cou pour regarder derrière moi et voir ce que j'ai percuté.

Oh, non. La boîte aux lettres. J'ai fait reculer la voiture à toute vitesse dans une jardinière en béton et dans la boîte aux lettres. Son pied métallique est complètement enfoncé dans le pare-chocs arrière de la Jeep.

Je frotte mon front, qui a cogné contre le volant. Sur le moment, ça m'a fait un mal de chien, mais la douleur s'est déjà dissipée, ce qui me semble bizarre.

Mais ce qui m'inquiète, pour l'instant, c'est ce que fera

Wilde quand il verra l'ampleur des dégâts. Ou pire, ce que dira ou fera Logan.

Je suis foutue.

Complètement foutue.

Tremblante, je prends une bouffée d'air, et j'éclate en sanglots.

— Pardon. Je suis désolée d'avoir détruit ta Jeep. Je payerai les réparations. Je te donnerai mon argent pour la fac. Pitié, ne dis rien à ton père.

À travers mes larmes, je tente de me concentrer sur le visage de Wilde.

— S'il te plaît. On peut s'arranger ?

Wilde semble avoir retrouvé son calme.

— D'accord, Rayne. Retourne à l'intérieur. Laisse-moi sortir la Jeep de la jardinière avant que quelqu'un voie ce qui s'est passé ici.

Soulagée que Wilde sache quoi faire, j'obéis, et les jambes flageolantes, je regagne la maison et me laisse tomber dans le canapé. Je crois que je suis sous le choc, car mon esprit est complètement vide. Je ne vois pas le temps passer.

Je ne suis consciente de rien, jusqu'à ce que Wilde rentre et ferme la porte derrière lui.

Alors, mes larmes se remettent automatiquement à couler.

— Je suis désolée. Je vais payer. S'il te plaît, ne dis rien à ton père. Pitié...

Il lève une main, et je m'interromps en plein plaidoyer.

— Tu peux garder l'argent pour ta fac, Rayne.

Je le regarde, surprise. Depuis quand est-il magnanime ?

— Je réussirai sans doute à la réparer au garage. Et oui, ça reste entre nous.

Il lève le menton et m'adresse un sourire suffisant.

— Mais d'abord, je vais te donner une fessée.

Il s'assoit à côté de moi au moment même où je bondis sur mes pieds. Wilde me rattrape par la taille.

— Tu peux affronter la colère de Logan, si tu préfères. Mais tu as dû remarquer que ce n'était pas un tendre.

Je me fige et réfléchis à sa proposition.

Sa main droite glisse de ma taille à ma cuisse, avant d'agripper mon mollet.

— Regarde, Rayne, dit-il à voix basse.

Je baisse les yeux et pousse une exclamation. Sa morsure s'est déjà refermée. J'ai toujours un peu mal. Je vois des traces de dents, mais elles semblent avoir une semaine, au lieu d'être bien fraîches. J'ai des superpouvoirs de guérison, désormais !

Quand je croise son regard, j'y lis quelque chose d'inédit. De l'admiration ? De l'émerveillement ? Presque de la révérence. Pas envers moi, envers la louve qui sommeille en moi.

— Viens là, dit-il en me tirant doucement vers lui. Ton cul est beaucoup trop tentant pour qu'on fasse les choses autrement.

Argh. Ça me tue d'être aussi excitée à l'idée qu'il m'humilie. Ça me tue de ne pas avoir de culotte et...

Il m'allonge sur ses jambes solides. Le tee-shirt que je porte glisse sur mon dos. Je serre les fesses.

— Ouais, commente-t-il d'un ton satisfait. C'est comme ça que je veux gérer les choses.

Je frémis et lève un talon en l'air. Wilde commence. Il frappe avec force et régularité, une fesse, puis l'autre, faisant chauffer ma peau. Il s'attaque un moment au haut de mes cuisses, avant de remonter sur mes fesses, pile sur la zone d'assise.

Ça ne fait pas mal. Enfin, si, mais je ne perçois pas cette sensation comme de la douleur. Je ne sens que de la chaleur. Un fourmillement. Une légère brûlure. De l'excitation. Un désir fiévreux, une énergie qui monte dans mon pelvis. Qui pulse entre mes jambes.

Wilde s'interrompt et me masse. Comme lors de la première fessée qu'il m'a donnée, ses doigts s'égarent entre mes cuisses. Sauf que cette fois, je n'ai pas de culotte. Il peut sentir mon désir mouillé. Ma chair gonflée.

— Arrête, dis-je.

Je serre les jambes, et il ôte ses doigts.

— Tu en veux plus, Rayne-des-Neiges ?

J'émets un son inintelligible.

— Tu veux que ce soit encore mieux ?

— Non, réponds-je d'un ton boudeur.

Je crois que je me maudis de ne pas le laisser me faire jouir. Parce que j'en ai désespérément besoin. Mais je ne veux pas lui donner ce pouvoir sur moi.

Wilde me caresse plusieurs fois les fesses dans un geste circulaire, avant de se remettre à frapper. Je suis soulagée, car j'avais besoin de quelque chose... qu'il me touche plus, qu'il me stimule plus. Mais ce n'est pas tout à fait suffisant. C'étaient ses doigts entre mes jambes que je voulais, pas ça.

Wilde me redresse brusquement.

— Quoi ?

— Je veux que tu te mettes là.

Il me soulève, ses deux mains autour de ma taille, et il me porte jusqu'au bout du canapé. Puis il m'enlève mon tee-shirt.

Je me couvre la poitrine avec un avant-bras.

— Qu'est-ce que tu fais ?

Il me retourne, mon buste couché sur l'accoudoir du canapé.

— Je veux que tu sois toute nue pour ta fessée, Rayne-des-Neiges.

Oh, par le Destin.

Ooooooh, par le Destin.

Que m'arrive-t-il ?

Wilde m'écarte les jambes avec son pied et se remet à me donner la fessée. C'est dix fois plus érotique, dans cette position. J'ignore pourquoi ; sans doute parce qu'il pourrait aisément me prendre par-derrière. Ou peut-être parce que le fait que mes jambes soient écartées lui permet de voir mon sexe. Ou pour une raison évidente : je suis complètement nue, désormais.

Quoi qu'il en soit, une chaleur insupportable commence à submerger mon corps. Je gémis. Je pousse des plaintes, des petits cris. J'ai le tournis.

Wilde me frappe entre les jambes. Des petites tapes qui me font perdre la tête. Il glisse les doigts dans mes cheveux et me soulève la tête. Son visage s'approche du mien, et il m'observe.

— Je vois ta louve, murmure-t-il.

Je cligne des yeux. Ses iris ont une lueur verte.

— Et je vois ton loup, susurré-je en retour.

— J'ai besoin de te goûter.

Il me retourne, me porte et m'assoit sur l'accoudoir du canapé. Quand il soulève l'un de mes genoux, je tombe à la renverse, mais il glisse un bras derrière mes épaules pour me rattraper. Il pose doucement le haut de mon dos sur l'assise du canapé, et je me retrouve cambrée, un genou levé pour exposer mon centre.

— Laisse-moi te faire du bien, Rayne-des-Neiges, dit-il en soutenant mon regard.

Oh.

Il attend une réponse. Ma permission.

— Oui, murmuré-je.

Dès que je lui donne le feu vert, il devient sauvage. Il plonge la tête entre mes jambes et me donne un coup de langue.

C'est follement intense. Je crie et tente de le repousser. Pas parce que ça ne me plaît pas. J'aime ça. Beaucoup trop.

— Savoure ce moment, Rayne-des-Neiges.

Il suçote mes petites lèvres, sa bouche collée à mon sexe tout entier. Sa langue est partout. Entre mes replis, en moi, tournoyant lorsqu'il me mordille.

L'intérieur de mes cuisses frémit.

— Tu veux jouir ?

— O... oui, réponds-je d'une voix chevrotante.

— Putain, jure Wilde, comme s'il avait du mal à se contenir.

Entendre sa voix rauque de désir me rend encore plus folle d'excitation.

— *Maintenant*, Wilde !

Je deviens autoritaire.

Il colle de nouveau sa bouche à mon centre tout en enfonçant un doigt en moi.

Je pousse une plainte. Il ne passe pas. Ce n'est pas agréable. Pas autant que sa langue, en tout cas.

— Non, dis-je.

Il ressort le bout de son doigt.

— Tu es très serrée, Rayne-des-Neiges. Tu as vraiment préservé ta virginité pour moi, hein ?

Euh, quoi ? Je suis perdue. Est-ce pour cela qu'il était furieux de découvrir ma plaquette de pilules ? Tenait-il à être mon premier amant ?

C'est... insensé.

Complètement insensé.

Mais quelque part, ça me rassure. Comme si les actes déchaînés et contradictoires de Wilde prenaient enfin tout leur sens. Sa méchanceté. Son agressivité.

Elles trouvaient leur origine dans son désir.

Il était peut-être en colère d'avoir envie de moi, surtout que je devrais être hors limite, en tant que demi-sœur.

— Je vais plutôt me servir de mon petit doigt, annonce-t-il.

Les larmes me montent aux yeux. Parce que je comprends, désormais. Parce que Wilde a envie de me satisfaire. Il prend soin de moi. Je réalise qu'il n'était pas en colère, quand il m'a sortie de sa Jeep ; il avait peur. Il a cru que j'étais blessée.

Il doit sentir mes larmes, car il relève la tête, paniqué.

— Tu as mal ?

Je bats des cils et secoue la tête en essayant de ravaler la boule dans ma gorge.

— Non, murmuré-je. Continue.

Il se remet à me lécher, provoquant presque des secousses de plaisir autour de mon bouton frémissant tandis qu'il glisse un doigt en moi. Ce doit être son auriculaire, effectivement, car il passe un peu mieux, même si je ressens une légère brûlure.

— Tout va bien ?

— Mmm.

— Viens là, bébé.

Il ôte son doigt, et je ressens profondément cette absence. Je me contracte sur le vide.

Mais Wilde a eu une autre idée. Il me tire par les poignets pour que je m'assoie, puis il me soulève par la taille.

— Mets tes jambes sur mes épaules.

Quoi ? Oh. Ouah.

Je glisse mes jambes sur ses épaules, ce qui place mon sexe à hauteur de son visage. Les paumes sur mes fesses, il me maintient en place tandis que sa langue plonge de nouveau entre mes replis.

Je m'agrippe à sa tête, criant et riant pendant qu'il

marche en direction de la chambre, sans cesser de me lécher et de me suçoter.

— Tu vas tomber, dis-je, hilare. Tu ne vois rien.

— Je n'ai pas besoin de voir.

Il me pose sur le lit et se glisse entre mes jambes. Puis il se remet à l'œuvre, lapant mes fluides tout en me pénétrant avec son doigt.

Je me hisse sur les coudes pour le regarder faire. Il se sert de son index, cette fois. Il lève la tête et m'adresse un grand sourire, les lèvres luisantes de mon nectar.

— Je m'occupe de ton hymen, Rayne-des-Neiges, dit-il avec fierté, comme s'il venait de gagner un match important.

Si l'on m'avait demandé avec qui je voulais perdre ma virginité, et dans quelles circonstances, je n'aurais jamais envisagé un tel scénario. Et pourtant...

C'est beaucoup mieux que tout ce que j'aurais pu imaginer.

Wilde Woodward se prosterne entre mes jambes. Il est doux. Il découvre mes secrets. Des secrets que j'ignorais moi-même à propos de mon corps.

Il se met à aller et venir lentement en moi. Puis tourne. Il étire mon entrée étroite, la lubrifie. Il s'enfonce profondément et me caresse de l'intérieur.

Mes jambes tressautent en réponse, comme si j'étais un pantin dont il tirait les ficelles.

— Ouais ? Ça te plaît, Rayne-des-Neiges ? J'ai trouvé le fameux point G ?

Oh, par le Destin.

Ce doit être le cas, car dès qu'il touche cette zone, j'ai l'impression que je vais m'enflammer.

— Jouis pour moi, sucre d'orge.

Sucre d'orge. C'est beaucoup mieux qu'avorton, comme surnom. C'est affectueux. Mignon.

Il me caresse une nouvelle fois de l'intérieur, et je lâche prise. J'explose dans un million de directions différentes. Une boule d'énergie détonne dans mon corps. Dans la chambre. Dans l'atmosphère au-dessus de Wolf Ridge.

Sanglotante et frémissante, je me contracte et agite les jambes, mes muscles crispés sur son doigt.

Wilde pousse un juron à voix basse. Il ôte doucement son doigt et embrasse mon sexe avec délicatesse. Tendresse. Une pluie de baisers de bas en haut qui me donne l'impression d'être chérie.

Aimée, même.

Dès que mon orgasme prend fin, je roule sur le ventre et me cache la tête dans l'oreiller.

CHAPITRE QUINZE

Wilde

Dès que Rayne a joui, elle dissimule son visage.

L'espace d'un instant, je suis horrifié. Ai-je fait quelque chose qu'elle ne voulait pas ? Pris quelque chose qu'elle ne me donnait pas ?

Mais non. C'est elle qui m'a demandé de le faire. Elle m'a dit de continuer.

Elle doit être gênée, tout simplement. Ou bien elle se sent vulnérable. Bon, ce n'est pas surprenant, vu que la confiance ne règne pas du tout entre nous.

Je ne la laisse pas seule, de peur qu'elle me mette à l'écart pour de bon. Je passe doucement la paume sur ses fesses rougies. Je pétris sa chair sans ménagements. Je lui grimpe dessus.

— Tu es tellement jolie après ta fessée, lui susurré-je à l'oreille.

Elle me donne une énorme érection, mais je ne tenterai rien de plus. Rayne est vierge. Je l'ai déjà poussée assez loin.

Elle reste cachée.

Je lui mordille l'épaule. Lui suçote le lobe de l'oreille. Caresse son dos fin de bas en haut. Comme elle ne se retourne toujours pas, je lui masse l'arrière du crâne.

— Tu as mal ?

Elle secoue la tête, le visage toujours enfoui dans l'oreiller.

— Non, ton pouvoir de guérison tourne à plein régime, hein ? Fais-moi voir la bosse sur ton front.

Je la fais rouler avec douceur.

Il y a tant d'incertitude dans son expression que j'ai envie de me gifler. Je trace doucement les contours de l'ecchymose qu'elle s'est faite dans l'accident de voiture.

— Ça va déjà mieux, dis-je en y collant mes lèvres.

Je ne l'ai encore jamais embrassée sur la bouche. Elle vient de jouir sur mes doigts, mais je n'ai pas goûté à ses baisers.

Je la prends par le menton.

—Je peux t'embrasser, Rayne ?

Voilà. Enfin, le respect que le coach Jamison m'a dit que je devais témoigner aux femmes refait surface.

Elle déglutit, ses yeux bleus braqués sur moi, le front plissé comme si c'était un piège.

Je suis infiniment soulagé lorsqu'elle hoche la tête, un mouvement presque imperceptible. Je baisse lentement la tête vers elle, en appui sur mes bras pour qu'elle ne sente pas mon érection. Au début, elle ne bouge pas. Elle reçoit mon baiser, mais ne m'embrasse pas en retour. Je tourne les lèvres dans une direction, puis dans l'autre. J'insère ma langue dans sa bouche et la pénètre doucement avec. Ce n'est pas un baiser chaste, loin de là, mais ce n'est pas non plus sauvage. C'est une exploration audacieuse.

Après quelques instants, elle se met à m'embrasser en

retour. Sa langue se mêle à la mienne, ses lèvres bougent. Elle gémit.

Elle est complètement nue sous mon corps, ses tétons dressés, et ses hanches se mettent à onduler. L'odeur de son excitation flotte toujours dans la pièce. Elle enduit mes doigts. Cela rend mon loup complètement fou. Si je ne m'éloigne pas bientôt, je risque de perdre toute retenue.

Je prends sur moi.

— Tu as faim, Rayne-des-Neiges ?

Elle laisse échapper un rire.

— Oui.

Je me lève à regret.

— Tu as besoin de tonnes de protéines, en ce moment. Je vais préparer le déjeuner.

Elle tire sur les draps pour se couvrir. Ça me tue de la voir se cacher de moi. J'ai envie de faire demi-tour, de lui arracher les draps et de lui dire qu'elle n'a pas le droit de couvrir ce qui est à moi.

Mais c'est absurde.

Elle n'est pas mienne. Impossible.

Sauf que cette idée a fait son petit bonhomme de chemin dans ma tête. Et si...

Et si c'était *Rayne* qui m'avait poussé à revenir à Wolf Ridge ? Bon, je sais que ça n'a aucun sens. Mon choix de rentrer n'avait rien de logique, mais je me sentais *obligé* de le faire. Vivre à Durham allait m'achever.

Et si... *bon sang* ! Et si c'était ma compagne destinée, et que mon loup m'avait ramené ici juste à temps pour sa transition ?

Rayne l'avorton, *ma compagne* !

Je n'ai pas ressenti le besoin de la marquer, mais elle ne s'est encore jamais transformée. Sa nouvelle odeur n'a pas atteint sa pleine puissance.

Il faut que j'en aie le cœur net. Que je trouve un moyen de la pousser à se métamorphoser.

Et non, je n'ai toujours pas l'intention de demander de l'aide à une personne extérieure. Rayne est mon projet personnel, je la garde pour moi tout seul. Personne d'autre n'a le droit de connaître les changements qu'elle traverse.

Je me rends dans la cuisine et sors un paquet de bacon, de la dinde en tranches, du pain, des avocats, de la moutarde et de la mayonnaise. Je nous fais un énorme sandwich chacun.

Rayne sort de la chambre vêtue... d'une robe. C'est une robe décontractée, faite de la même matière qu'un tee-shirt noir, avec une jupe évasée et de longues manches amples qui se resserrent au niveau des poignets.

Un souvenir de sa période gothique, sans doute, mais c'est une tenue sympa et sexy. Je suis captivé.

— C'est pour moi que tu as mis ça, Rayne-des-Neiges ?

Elle ignore ma question et prend son assiette, qu'elle emporte devant la fenêtre pour regarder dehors.

— C'est grave à quel point ?

Elle s'en fait toujours à cause de l'accident.

— Je m'occuperai de la Jeep, réponds-je d'un ton ferme. Mange ton sandwich, et ensuite, on ira faire un tour en voiture.

Elle grogne.

— Je ne conduis plus.

— Justement, c'est pour ça qu'on sort. Je ne veux pas que tu restes traumatisée par l'accident. Ce qui s'est passé n'est pas ta faute. Je t'ai mordue, et tu as paniqué. Tu ne faisais pas attention à ce que tu faisais. Ça ne se reproduira plus.

— C'est ta façon de t'excuser ?

Je souris, mais je secoue la tête.

— Je ne suis pas désolé du tout, avorton.

Comme je réalise – beaucoup trop tard, je sais – que ce surnom est cruel, je me promets de ne plus l'appeler ainsi.

Elle prend appui sur un pied, une hanche levée. Elle a toujours son assiette dans les mains. Elle n'a pas touché à son sandwich, ce qui préoccupe mon loup. Il a envie de la nourrir.

— Tu n'es pas désolé ?

— Pas le moins du monde. Déjà, j'ai presque réussi à provoquer ta transformation, donc c'est une victoire. En plus, ça a déclenché tes réflexes de guérison. Et puis surtout, j'ai pu te donner la fessée et te faire jouir sur mes doigts et mon visage.

L'odeur de son excitation embaume la pièce.

Je secoue lentement la tête.

— Il faut que tu arrêtes de mouiller comme ça, sinon je serai obligé de te porter dans la chambre pour le deuxième round.

Un bruit étouffé s'échappe de sa bouche, et ses genoux flageolent, la faisant vaciller comme si la terre venait de trembler.

— Maintenant, assieds-toi et mange ton sandwich.

Comme elle ne bouge pas et se contente de me regarder avec ses yeux bleus gigantesques, j'injecte un peu d'autorité alpha dans ma voix :

— Tout de suite, sucre d'orge.

— D'accord, d'accord.

Elle se laisse tomber dans le canapé et mange son assiette. Satisfait, je vais m'asseoir à côté d'elle.

— Tu n'as pas d'ordres à me donner, Wilde Woodward, affirme-t-elle en mâchant son sandwich.

— Continue de te bercer d'illusions, Rayne-des-Neiges. On verra qui te fait crier ce soir.

Rayne serre les genoux, et un frisson traverse son corps.

Je me penche sur elle et lui mords le cou.

— J'adore te faire mouiller, murmuré-je dans ses cheveux.

Elle recule.

— Je ne suis pas ton jouet, Wilde.

Les paupières mi-closes, je réplique :

— Au contraire, Rayne-des-Neiges. Et plus vite tu baisseras les armes, plus vite on pourra s'amuser.

~

Rayne

Je n'ai jamais été aussi déroutée de toute ma vie.

Je ne sais pas quoi en penser.

Wilde me témoigne de la gentillesse. Et − à ma plus grande surprise ! −, je l'attire.

Mais bien sûr, sa personnalité d'alpha-bruti est profondément ancrée en lui, alors tout ce qui sort de sa bouche dégouline d'arrogance. Hélas, cela ne le rend que plus séduisant à mes yeux.

J'aimerais bien être capable de lui faire un doigt d'honneur et de lui dire : *va te faire foutre. Tu t'es toujours comporté comme un con avec moi, et je ne passerai pas l'éponge après un malheureux orgasme.*

Mais je ne suis pas cette fille forte et pleine d'assurance.

Je suis Rayne l'avorton. Une paria que la meute a toujours rejetée.

Et l'un des membres les plus populaires de cette meute s'intéresse soudain à moi. Si Wilde m'accepte, cela pourrait changer mon existence tout entière.

Une part de moi continue de craindre qu'il s'agisse d'un piège.

Comme quand Abe m'a nommée à l'élection des roi et reine du bal de promo, je me dis que Wilde me manipule peut-être. Qu'il cherche à me pousser à tomber amoureuse de lui pour que tout le lycée se moque de moi.

Ou pour punir son père d'avoir épousé ma mère.

Coucher avec sa demi-sœur pour se venger. Ou parce que ça représente un fantasme, un tabou.

Pourtant, malgré ce terrible danger qui plane au-dessus de ma tête, je n'ai pas la force de lui dire non.

J'ai autant besoin de ses attentions que de ma prochaine bouffée d'oxygène. Avec lui, j'ai l'impression d'être hors du commun. D'être à la hauteur, pour la première fois de ma vie.

Des émotions risquées, à n'en pas douter.

Capables de me dévaster, sans doute. Mais le jeu en vaut la chandelle. Je ne peux pas refuser.

Wilde qui prend soin de moi. Qui me fait à manger. Qui m'achète un gâteau d'anniversaire. Qui m'embrasse. Qui me fait jouir. Qui revendique mon corps.

J'aime beaucoup trop ça.

Je termine mon sandwich et me lèche les doigts. Wilde a déjà englouti tout le contenu de son assiette, et il me dévisage, avant de me prendre les poignets. Il porte mes doigts à sa bouche et les suce un par un.

À chaque fois, mon pelvis se contracte.

Je suis démunie, face à ce mec. Mon corps réagit, quoi qu'il fasse.

Il me prend mon assiette des mains.

— C'est l'heure de conduire, sucre d'orge. Et si on allait rendre visite à ton amie ?

— Qui ça, Lincoln ?

Son air renfrogné me donne un mouvement de recul.

— Amie au féminin, gronde-t-il. Je parlais de Bailey. Je croyais que Lincoln était seulement ton tuteur ?

Oh.

Oh.

Pendant tout ce temps, je croyais que Wilde ne voulait pas que je le voie parce que le fait que je fréquente un humain entachait sa réputation. Soudain, une autre interprétation me vient à l'esprit.

Il est jaloux.

C'est aussi pour ça qu'il a pété les plombs en trouvant ma plaquette de pilules. Il ne supporte pas de m'imaginer avec un autre homme.

Cette idée me coupe le souffle.

— Lincoln ne m'intéresse pas, lui assuré-je. On est *amis.* Et je ne l'intéresse pas non plus.

— Qu'est-ce qui te fait croire ça ?

Je hausse les épaules.

— Ça se sent, c'est tout. Il n'y a rien d'ambigu entre nous. Rien.

— Si ce gamin te touche, je le tuerai.

Je serais tentée de rire face à cette démonstration ridicule de possessivité, mais je sais qu'il ne s'agit pas d'une blague. Les loups sont vachement territoriaux.

Alors je me penche en avant et lui jette un regard de défi.

— Tu seras gentil avec lui, parce que Lincoln et Lauren sont mes seuls amis au lycée.

Étonnamment, ça fonctionne.

Wilde s'enfonce dans le canapé. Il cligne des yeux plusieurs fois. Il semble réfléchir à la requête.

Enfin, il se lève.

— Bon, d'accord. Du moment qu'il ne te touche pas. Maintenant, enfile tes chaussures. On va faire un tour.

Je mets mes baskets et sors. Je suis dévastée par les

dégâts que j'ai causés au parechoc arrière de la Jeep, mais Wilde ne me laisse pas l'examiner.

— C'est moi qui m'en charge, dit-il avec fermeté en me prenant par le coude pour me guider jusqu'au siège conducteur.

Il me soulève pour m'asseoir, puis boucle ma ceinture et ferme la portière.

Je lâche un rire dédaigneux. Sauf que son comportement autoritaire ne m'offense pas. J'y prends même du plaisir, cette fois. Maintenant que je le comprends mieux, je commence à adorer l'obsession que Wilde a pour moi.

Cela ne m'empêche pas d'être traumatisée par l'accident, toutefois. Je tourne la clé d'une main, le bruit de métal froissé toujours frais dans mes oreilles.

— Tu vas y arriver, Rayne. Démarre.

Je recule dans l'allée et prends la route.

— On va à Tempe ? demandé-je.

Je suis nerveuse. Conduire sur l'autoroute me fait peur.

— Non. Je vais passer un coup de fil.

Il sort son téléphone et compose un numéro.

— Garrett ? C'est Wilde Woodward. Oui, je suis désolé de ne pas avoir pu venir hier. Il fallait que je rentre m'occuper de ma demi-sœur.

Il me jette un regard plus coquin que mauvais qui fait battre mon cœur à toute vitesse.

— Enfin bref, je me demandais si je pouvais venir aujourd'hui ? Oui ? Super. D'accord, à tout à l'heure. Merci.

Wilde raccroche et se tourne vers moi.

— On va à Tucson.

— Euh...

Je ne veux pas dire non, car je sais que cette rencontre est importante. S'il ne résout pas ses problèmes judiciaires, il sera banni de la meute. Mais Tucson se trouve à deux heures et demie de route, et nous rentrerions de nuit.

Wilde semble lire dans mes pensées.

— Tu gères, avor... sucre d'orge. Je prendrai le volant au retour.

Je prends une lente inspiration profonde.

— D'accord, mais je ne connais pas le chemin.

— Je t'indiquerai la route. Toi, contente-toi de te détendre et de conduire. Ça te fera un bon entraînement.

Je hoche la tête, mais j'ai les épaules crispées. Même si je n'ai pas d'accident, je mettrai mes nerfs à rude épreuve, moi qui suis déjà à cran à cause des hormones.

Mais Wilde laisse tomber une grosse patte sur ma nuque et la masse.

— Rayne, murmure-t-il. Tu en es capable.

~

Wilde

L'avorton (je ne devrais plus l'appeler comme ça) ne conduit pas trop mal. Elle est stressée, et changer de voie au milieu de la circulation dense la met dans tous ses états, mais elle finit par reprendre ses marques.

Nous retrouvons Garrett et Amber à l'Éclipse, la boîte de nuit que possède Garrett sur Congress Street, dans le centre de Tucson. Je n'y étais encore jamais allé.

Je serre la main de Garrett.

— Bonjour. Tu connais Rayne ?

— Non.

Il lui tend la main et la regarde attentivement. Il semble la voir réellement. Sans le mépris que lui témoigne la meute de Wolf Ridge. Il dilate les narines pour humer son odeur.

— Tu fais partie de la meute de mon père ? lui demande-t-il.

— Euh, oui. Si on veut.

Elle hausse les épaules et détourne les yeux.

Garrett émet un petit bruit évasif, qui laisse entendre qu'il comprend et qu'il n'approuve pas beaucoup. Bien sûr, lui et son père ont des visions différentes sur plein de sujets. La façon de mener une meute en fait sans doute partie.

— Je vous présente ma compagne, Amber.

Nous serrons la main de l'humaine. Amber est très fine. Elle n'est pas aussi minuscule que Rayne, mais elle me paraît très fragile. Je ne sais pas comment Garrett peut vivre en sachant que sa compagne est humaine et risque de mourir d'un moment à l'autre dans tout un tas de circonstances terribles.

Rayne a beau être menue, elle a du sang de métamorphe. Une louve sommeille en elle et la rend plus puissante. D'ailleurs, j'ai bien l'intention de faire sortir cette louve de sa tanière.

Parce que je tiens à découvrir si elle est mienne.

Nous nous installons au bar et Amber me demande des détails sur mon arrestation. Je lui donne des documents et lui fais la version courte :

— Il y avait une fête dans ma chambre d'hôtel, et il y avait de la drogue posée en évidence. Mon colocataire pour la nuit est sorti acheter de la bière. Mon loup s'est hérissé, alors j'ai regardé par la fenêtre, et j'ai vu deux voitures de police en bas. J'ai dit à tout le monde de partir. Les flics sont arrivés quand les dernières personnes s'en allaient. Ils ont vu la drogue et m'ont passé les menottes. Je n'ai rien dit sur le coup, et le lendemain, j'ai plaidé non coupable. C'est tout.

— Cette drogue, c'était de la cocaïne, c'est ça ?

— Oui, Madame.

— Tu peux m'appeler Amber. En quelles quantités ?

— Je ne sais pas. Plus de dix grammes, à mon avis. C'est pour ça qu'ils m'accusent d'avoir eu l'intention de la vendre.

— Ils l'ont trouvée sur toi, ou dans la chambre ?

— Dans la chambre.

— Ils t'ont dépisté ?

— Oui. J'étais clean.

— D'accord. Ils n'ont que des présomptions. Je pense qu'il est possible d'obtenir l'abandon des poursuites. Ça va dépendre des autres preuves éventuelles. Je peux appeler ton avocat commis d'office et demander à être ta conseillère juridique *pro hac vice*.

Je la regarde d'un air hébété.

—Je ne suis pas habilitée à exercer en Caroline du Sud, mais j'ai le droit de faire partie de ton équipe de défense. Ton avocat commis d'office pourra sans doute s'en occuper. Il doit connaître les juges et ceux qui t'ont mis en examen.

J'incline la tête.

— Merci. Euh, je n'ai pas d'argent pour vous payer tout de suite, mais...

Amber agite la main.

— Ne t'en fais pas. Ça me fait plaisir de t'aider.

Je jette un regard à Garrett.

— Tu pourrais me laisser participer au prochain combat de métamorphes ?

Garrett a laissé Bo se battre il y a quelques années, pour qu'il puisse gagner de l'argent, quand sa copine et lui avaient des ennuis.

— Non, répond-il. Ce n'est pas nécessaire. Tâchons de te faire réintégrer à Duke.

Bien sûr.

Retour à la fac.

La sensation de malaise qui me pèse sur l'estomac depuis un an et demi revient de plus belle.

— Ouais. Euh... je ne suis pas pressé d'y retourner.

Je sens les grands yeux bleus de Rayne se poser sur moi, et j'ai l'impression qu'ils me chatouillent la peau.

— Mais il sera banni de la meute s'il n'obtient pas l'abandon des poursuites, intervient-elle.

L'intérêt qu'elle porte à l'affaire me fait chaud au cœur. Je ne savais même pas qu'elle y avait fait attention.

Garrett plisse les yeux.

— Alors tu seras banni si tu ne règles pas tes problèmes, mais tu n'as pas vraiment envie de retourner à Duke ?

Je ne réponds pas. Mon père a tiré les mêmes conclusions, et ça l'a sérieusement mis en rogne.

— Dans ce cas, qu'est-ce que tu veux, Wilde ? Parce que je ne veux pas qu'Amber perde son temps à t'aider si tu as l'intention de tout saboter.

L'espace d'un instant, je n'arrive plus à respirer.

— Tu ne t'y sentais pas à ta place, devine Rayne.

Garrett attend une réponse de ma part.

Je ne sais pas vraiment quoi dire.

Rayne a raison, bien sûr. Je détestais vivre parmi les humains. Faire semblant d'être l'un des leurs. J'avais le mal du pays en permanence, là-bas. Je ne pouvais pas courir sous forme de loup. Je ne me suis pas transformé une seule fois, pendant cette période. J'avais même peur d'avoir oublié comment faire.

Je m'éclaircis la gorge.

— Je ne saboterai rien. Je ne veux pas être banni.

Ça au moins, c'est la vérité.

— Si cela arrivait, tu peux venir ici. J'espère que tu le sais.

La poitrine serrée, je hoche la tête.

— Oui. Merci, Garrett.

Il se tourne vers Rayne.

— Toi aussi. On a toutes sortes de gens, ici.

Je me souviens que la meute de Tucson n'est pas composée exclusivement de loups. Elle compte des ours, des renards et même quelques marginaux. Déficients, mais pas comme Rayne. Des créatures créées en labo, d'après ce que j'ai entendu.

Elle pâlit.

— Oh. Euh... merci.

Je pose une main sur sa nuque.

— Rayne s'épanouit sur le tard, c'est tout. Une louve aux yeux d'argent s'apprête à faire son apparition.

Rayne me jette un regard indéchiffrable.

— Quoi qu'il en soit, dit Garrett d'un ton ferme, vous êtes tous les deux les bienvenus au sein de ma meute.

— Merci, Alpha, répond Rayne d'une petite voix.

— Je ne suis pas ton alpha. Mais cette porte t'est ouverte.

Garrett se lève de son tabouret, marquant la fin de l'entretien.

— Vous rentrez ce soir ?

— Oui. Rayne a école demain.

— Je t'appellerai, Wilde, dit Amber tandis que nous nous serrons tous la main.

— Merci beaucoup. C'est gentil de m'aider.

— Ça me fait plaisir.

Nous regagnons la Jeep, et au lieu de déverrouiller la portière passager pour Rayne, je la plaque à la carrosserie et chasse les cheveux qui lui tombent dans les yeux.

— Ça t'a offensée ? demandé-je.

Elle rougit.

— Non. Enfin...

Elle secoue la tête.

— Non. Je... me demande comment est cette meute. Ils ont l'air cool.

— Je trouve aussi.

Son ventre se met à gargouiller, et je la lâche.

— Allons te trouver de la viande. Ta louve a besoin qu'on la nourrisse.

Alors que je la soulève pour l'asseoir dans la voiture, elle détourne le visage. J'ignore ce qui la tracasse, mais je compte bien le découvrir.

Sans traîner.

CHAPITRE SEIZE

Rayne

En rentrant à la maison, je prends une douche. J'ai l'estomac noué, même si je n'arrive pas à mettre le doigt sur ce qui m'angoisse. C'est en rapport avec Wilde et ma louve.

Si je lui plais, désormais, est-ce uniquement parce qu'il sait que j'ai une louve ? Me retirera-t-il son affection si je n'arrive pas à me transformer ?

Parce que je pense qu'il est tout à fait possible que je ne parvienne jamais à me métamorphoser. Mes yeux ont eu beau changer de couleur, cela ne garantit pas une transformation. Et honnêtement, vu la faiblesse de mes gènes de métamorphe, je suis terrorisée à l'idée de me transformer. Et si la métamorphose était seulement partielle ? Et si je n'arrivais plus à reprendre forme humaine ? Dans les deux cas, je serais abattue d'une balle d'argent.

Je suis peut-être une poule mouillée, mais je me dis presque qu'il vaudrait mieux ne pas essayer. J'ai passé toute mon existence en tant que membre déficient de la meute.

Pourquoi ne pas continuer ainsi ? Ce n'est pas comme si je risquais de perdre des amis.

Sauf que Wilde attend de moi que je sois plus présentable, en tant que demi-sœur.

Ou en tant que compagne.

Cette phrase est un murmure à mon oreille. Une idée à laquelle je n'ose même pas songer.

Wilde ne veut pas s'accoupler à moi, évidemment. Ce serait insensé.

Il est seulement attiré par moi, pour une raison ou pour une autre. Sans doute parce que nous vivons sous le même toit, ou quelque chose dans le genre.

Je crois que si j'ai le trac, c'est aussi parce que je me demande ce qui va se passer ce soir. Nos parents ne sont toujours pas revenus. Wilde sera-t-il dans ma chambre quand je sortirai de la salle de bains ?

J'en suis certaine.

Je coupe l'eau et me sèche. J'ai veillé à prendre mon pyjama avec moi, cette fois, comme ça je n'aurai pas à me changer dans le placard.

Même si Wilde m'a déjà vue toute nue. Mais bon... toute cette confusion me met sur les nerfs.

Oh, par le Destin.

Il m'a vue *complètement nue*. Il y a moins de douze heures.

J'entre dans la chambre, et sans surprise, je le trouve allongé sur mon lit avec mon ordinateur ouvert. Il regarde mes vidéos de pieds.

— Wilde ! Arrête un peu.

— Quoi ?

Il m'adresse un sourire de bad boy. Un sourire beau et arrogant qui me met dans tous mes états.

— J'aime bien te regarder en train de te pavaner en

talons. Je ne suis pas branché pieds, mais tes jambes sont super sexy.

Je le regarde, bouche bée.

Il trouve mes jambes sexy ? Euh... ouah.

Il ferme l'ordinateur et s'assoit sur le lit.

— Viens là, Rayne-des-Neiges, dit-il en me faisant un signe du doigt.

Je reste figée un moment. Est-ce ce dont j'ai envie ? Recommencer ce... truc, quel qu'il soit, avec Wilde mettra mon cœur en péril.

Vivre dans un état de tension permanente avec mon demi-frère, c'est une chose. Me glisser au lit avec lui, le laisser tout diriger et commencer à aimer ça, c'en est une autre. Il pourrait décider que je ne l'intéresse plus, finalement.

Et même dans le cas contraire, il faudra qu'il retourne à Duke, un jour ou l'autre.

Ouais, mais il n'en a pas envie.

Ça, c'est le petit diable sur mon épaule, qui en veut plus. Qui veut explorer tout ça avec Wilde.

— Tu avais raison, dit-il, soudain sérieux.

— À quel propos ?

— Je déteste Duke parce que je ne m'y sens pas à ma place. Je fais semblant. Ma fraternité et mon équipe me prennent pour un mec super, mais personne ne sait qui je suis vraiment. Je ne peux pas me transformer, là-bas. Je ne peux pas courir. Je dois veiller à ne pas être trop en colère ou excité, car je risquerais de montrer mon loup. Je n'aime pas vivre parmi les humains.

Je me surprends à m'approcher de lui, oubliant mes doutes. Je pose doucement une main sur son bras.

— Ça craint, dis-je.

Il entrelace ses doigts aux miens.

— Viens là, Rayne-des-Neiges.

Il me fait pivoter, nos mains jointes désormais enroulées autour de ma taille, et m'assoit sur ses genoux.

— Je préfère rester ici pour te torturer, me souffle-t-il à l'oreille.

— Et... et si je n'ai pas envie d'être torturée ? dis-je d'une voix chevrotante.

— Oh, mais je pense que c'est ce que tu veux.

Il me mordille l'épaule, et je suis parcourue d'un violent frisson.

Les loups marquent leurs compagnes d'une morsure au cou, alors son geste est particulièrement intime. Très personnel.

— Tu... tu pourrais peut-être demander ton transfert à l'Université de l'Arizona. Tu serais dans la même équipe que Bo et Cole.

— Ouais, répond-il à voix basse. Je payerais cher pour ça.

Je me retourne dans ses bras, surprise d'entendre une note décidée dans sa voix.

— Alors fais en sorte que ça arrive.

Son visage se ferme, et il jette un regard en direction de la chambre de son père.

Bien sûr. Il vit le rêve de Logan. Il n'a sans doute même pas choisi d'aller à Duke.

Il ne répond pas. Au lieu de cela, il déclare :

— Je dormirai dans ton lit ce soir, sucre d'orge. Tu comptes rester par terre, ou tu prends le risque de m'approcher ?

Mon cœur bat à tout rompre. Wilde me demande mon avis, au lieu de s'imposer.

— Je ne dormirai pas par terre, dis-je d'un air de défi.

Je n'ai même pas pris le temps de réfléchir. De permettre à ma raison de me refréner.

Je ne suis pas prête à dormir aux côtés de Wilde Woodward. Surtout après ce qui s'est passé hier soir.

Mais je dois me mentir à moi-même, car à l'idée de me
coucher à ses côtés, un frisson d'excitation me parcourt
l'échine et les membres.

Wilde me lâche et me remet doucement sur mes pieds,
avant d'aller dans la salle de bains. Je profite de ce moment
de solitude pour éteindre la lumière et plonger sous les
draps. Aussitôt, mon corps devient enfiévré. Mes jambes
remuent. Je meurs de chaud. Au sens propre. Ça me tue.

Je repousse les draps pour que l'air frais caresse ma
peau. J'ai envie d'enlever mon pyjama, mais bien sûr, ce ne
serait pas un bon message à envoyer à Wilde.

À moins que je lui aie déjà envoyé ce genre de message
en acceptant de me mettre au lit avec lui ?

Qu'est-ce qui m'a pris de faire une chose pareille ? Je
cherche à reproduire ce qui s'est passé hier soir, ou quoi ?

Il faut que j'arrête de me bercer d'illusions. Bien sûr
que c'est ce que je cherche. Je crois que notre lien familial
me fait de l'effet, tout comme l'idée que l'alpha-bruti
intouchable me fasse des choses inavouables dans mon
propre lit.

Wilde revient dans la chambre et se déshabille, ne
gardant qu'un boxer. J'arrive à le voir dans le noir – ma
vision doit s'améliorer –, et son corps est parfait.

Il dégage quelque chose de complètement différent, en
cet instant. Il n'y a plus trace d'arrogance chez lui.

Il est simplement... Wilde.

Oh, par le Destin. *Il se met au lit avec moi !*

Je tire les draps jusqu'à mon menton. Ses jambes
frôlent les miennes.

— Bon sang, tu es brûlante.

Il rejette les draps à nos pieds.

— C'est ta transition, ajoute-t-il en jetant un regard par la fenêtre. Et la lune est croissante.

— Ah. C'est logique, j'imagine. Moi, je croyais que je réagissais à la grossesse de ma mère.

Wilde a un petit rire.

— Non. La chaleur, ça fait partie de la transition. Comme la faim. Et l'excitation.

Soudain, il est sur moi, et il me coince les poignets au-dessus de la tête comme hier soir.

— Tu comptes me remontrer ta louve, sucre d'orge ?

Cette fois, je ne lutte pas. Je plie plutôt les genoux, comme pour lui faire de la place.

Il comprend le message et fait onduler son bassin contre moi, avant de le relever.

— Mmm. J'ai l'impression que tu n'as plus peur de moi. Ça risque de poser problème.

— Un problème pour qui ?

Il soutient mon regard et l'une de ses mains me lâche les poignets pour me saisir la gorge.

— Où est-elle ? murmure-t-il juste avant de se mettre à serrer.

Il a raison.

Je n'ai pas peur. Je ne suis toujours pas sûre de ce que cherche Wilde, mais j'en sais plus qu'avant. Je sais qu'il me trouve désirable. Et que sa haine pour moi est tempérée par le fait qu'il a vu la louve qui sommeille en moi. Vu que je suis sans doute moins déficiente que ce que les gens imaginaient.

Et ne plus devoir subir sa rancœur a beau me soulager, le fait que son approbation soit conditionnelle ne me plaît pas. Il ne se prend pas d'affection pour la vraie moi. Celle que j'ai toujours été. Il s'intéresse seulement à la louve que je pourrais devenir.

Il me coupe la respiration en me regardant intensément. Je soutiens son regard avec insolence. Je refuse d'entrer dans son jeu. Il ne réussira pas à me faire peur, à me pousser à lutter.

Mes bonnes résolutions tiennent jusqu'à ce que le brouillard envahisse mon cerveau et que tout devienne noir. Puis, je ne peux plus me contenir. Je commence à me débattre sous son corps, les pieds glissés sous son bassin pour le repousser.

— La voilà, susurre Wilde.

Il me lâche la gorge, et je reprends mon souffle.

Je prends plusieurs inspirations profondes, et dès que je suis en mesure de parler, je lui lance :

— Va te faire foutre, Wilde !

Il rit.

— Par toi ?

Je lui donne un coup de pied, le plus fort possible, mon talon enfoncé dans ses abdos en béton.

— Ce n'est pas drôle.

Mes yeux s'embuent, et mes larmes débordent.

Il m'attrape la cheville et la retient prisonnière.

— Chut, dit-il en me caressant le mollet. Tu as raison. Je suis désolé. J'ai dépassé les bornes.

Il continue de passer la main sur ma jambe pour m'apaiser.

— Tout va bien, bébé.

Je suis surprise qu'il s'excuse. Et ébahie qu'il m'appelle *bébé.*

— Tout va bien, répète-t-il dans un souffle.

Il me lâche la cheville pour me masser la plante du pied.

— Tu m'as donné un sacré coup, Rayne-des-Neiges, dit-il d'un air sincèrement admiratif. Tu y as mis une sacrée force. Une force de métamorphe.

— Va te faire foutre, grommelé-je à nouveau.

Je refuse que l'on m'admire pour quelque chose qui touche à la métamorphose.

Il se sert de ses deux pouces pour me masser le pied, à présent, et je finis par me radoucir, malgré ma colère.

— Tu es fétichiste des pieds, Rayne ?

Je laisse échapper un rire surpris.

— Non. C'est simplement un moyen de gagner de l'argent.

— Moi, je crois que je commence à comprendre. Tu as les plus jolis pieds du monde.

Il en porte un à sa bouche et suce mon gros orteil.

Je tente de me dégager, étonnée par la chaleur de sa langue, par la sensualité inattendue de son geste, mais bien évidemment, il tient bon.

Je gémis lorsque sa langue se glisse entre mes orteils et qu'il en prend un deuxième en bouche.

Je ne devrais pas trouver ça érotique. Enfin, je sais que ça l'est pour mes clients, mais je n'imaginais pas que ce serait aussi bon. Je sens l'odeur de mon excitation et vois les narines de Wilde se dilater pour me humer.

Ses yeux prennent une lueur verte dans l'obscurité alors qu'il suçote un troisième orteil. Sa main monte le long de ma jambe. Plus il s'approche de mon centre, plus mes cuisses tremblent. Mon ventre frémit. Je suis tellement impatiente qu'il me caresse que toutes mes terminaisons nerveuses prennent vie.

Il commence par un simple effleurement, du dos de ses doigts sur mon short de pyjama.

Je soulève les hanches sans le vouloir. Il prend mon quatrième orteil en bouche. Sa caresse suivante est plus ferme, et je me colle à sa main.

Il passe à mon petit doigt de pied et en fait le tour avec sa langue.

— Il est minuscule, bébé. C'est trop mignon.

Enfin.

Son pouce se presse sur mon clitoris, et je gémis tout fort. Il reprend mon orteil en bouche tout en me caressant avec force, pile au bon endroit.

— Alors, dis-moi, lance-t-il d'une voix grave et rauque qui m'indique qu'il est aussi excité que moi. Tu préfères avoir ma langue entre les orteils ou entre les jambes ?

Je pousse une plainte qui signifie que je rends les armes, qu'il obtiendra tout ce qu'il désire de moi. Tout ce qu'il me demandera. Ses caresses sont trop enivrantes pour lui refuser quoi que ce soit.

— Alors, bébé ?

— Entre... entre mes jambes... s'il te plaît.

En un instant, Wilde me lâche le pied et m'enlève mon short et ma culotte, qu'il jette par-dessus son épaule. Ses yeux brillent d'un vert étincelant, désormais, beaux et effrayants. Il glisse une main sous mes fesses et porte mon pelvis à sa bouche au lieu de se pencher sur moi.

— Wilde.

J'ai une note paniquée dans la voix, bien que j'ignore ce qui m'effraye. L'intensité du plaisir qu'il s'apprête à m'octroyer ?

— Mmm. C'est ça, bébé. Je veux que tu dises mon nom quand ma langue sera en toi.

Il me lèche, pas avec délicatesse, mais avec passion. Agressivité et sauvagerie. Il me suçote les lèvres et prend mon sexe tout entier dans sa bouche. Il durcit sa langue et me pénètre avec.

— S'il... s'il te plaît.

Je halète. Implore. Supplie.

Wilde repose mes fesses sur le lit.

— Tu es prête à prendre mes doigts en toi comme une fille bien sage, Rayne-des-Neiges ?

J'ignore ce qu'il entend par là. Je ne suis même pas sûre

d'avoir compris ses mots ; tout ce que je sais, c'est que je soulève le bassin en rythme, impatiente qu'il me touche.

Il glisse un doigt dans mon entrée étroite.

— Tu es toujours super serrée, bébé. Ça te fait mal ?

Je gémis et secoue la tête alors qu'il s'enfonce.

— Non ? Tout va bien ?

— Oui, réponds-je d'une voix essoufflée. Tout va bien.

— C'est ce que je voulais entendre. Il enfonce un deuxième doigt en moi. Je me tortille et gémis un peu, car ça fait beaucoup.

— Laisse-les entrer, Rayne. Bien sagement.

Ses mots m'excitent. Ses doigts m'étirent, puis je sens une brûlure, et il semble bloqué.

Il se couche sur moi et s'empare de ma bouche dans un baiser brûlant. Sa langue se glisse entre mes lèvres dans une lente et longue caresse, et en même temps, ses doigts franchissent la barrière.

Je sursaute et pousse une exclamation.

Wilde sourit contre ma bouche.

— C'était ton hymen, Rayne, dit-il d'un ton fier. Tu te sentiras mieux dans une minute. C'est promis.

Il se met à aller et venir avec ses doigts dans un geste lent, et il a dit vrai. C'est incroyable. Surtout quand il se met à caresser mes parois internes.

Un son m'échappe. Un cri de plaisir. Ou de désir.

— Oui.

— Là, bébé ? Juste là ?

Il continue ses mouvements, et ses doigts atteignent des zones qui me donnent envie de me trémousser, de gémir et de m'agripper à la tête de lit.

— Wilde, oui. S'il te plaît ! Oh, par le Destin... oh, Wilde... oh, *oh* !

Mes parois se contractent. Je tends les pointes de pieds

comme une danseuse. Mon cerveau a un court-circuit. J'ignore si le temps s'accélère ou s'arrête.

Wilde ôte ses doigts et me caresse le clitoris, et le plaisir me submerge à nouveau. Un spasme s'empare de moi, et je me referme sur le vide.

Je pousse un soupir comblé.

— Ça va mieux, bébé ? demande-t-il en me caressant avec douceur.

Je ne sais pas très bien ce qu'il me demande. Mon cerveau est toujours aux abonnés absents.

Wilde me fait rouler sur le flanc et se glisse derrière moi, mon corps enveloppé par le sien, beaucoup plus grand.

— Tu vois ? Ta fièvre s'est envolée, dit-il en nous enveloppant dans les draps. Je te baiserai jusqu'à ce que tu trouves le sommeil tous les soirs où tu en auras besoin.

Sa promesse trouve un écho dans mon centre, qui se contracte et fourmille.

— Et peut-être même les soirs où tu n'en auras pas besoin.

Nouveau spasme.

Il me mordille le cou.

— Avoir une demi-sœur n'est peut-être pas si terrible, finalement.

Je lui donne un coup de coude dans les côtes.

— Je t'emmerde, Woodward.

Ses dents s'enfoncent tellement fort dans mon épaule qu'elles me déchirent presque la peau, mais je remarque à peine la douleur. C'est son membre pressé contre mes fesses qui me pousse à me figer.

Et maintenant... ?

CHAPITRE DIX-SEPT

Wilde

Je donne un coup de sifflet et fais un signe de la main. Les lycéens se placent comme je le leur ai demandé. C'est étrange, mais intéressant de regarder l'équipe au lieu de jouer avec elle.

Le soleil automnal est chaud, mais pas brûlant. La plupart de ses rayons sont bloqués par la montagne, à cette heure-ci. Je jette un regard au parking, et avec une bouffée de plaisir, je repère Rayne, assise dans ma Jeep.

Elle m'a envoyé un message après ses cours pour me dire qu'elle allait réviser à la bibliothèque avec Lincoln, et qu'elle m'attendrait ensuite dans ma voiture.

S'il te touche, il est mort, lui ai-je répondu.

Elle m'a envoyé une émoticône qui lève les yeux au ciel, et cela m'a fait sourire.

Ce matin, j'ai veillé à ce qu'elle mange les pancakes et le bacon qu'elle n'avait pas finis la veille, puis j'ai ouvert la fenêtre de sa chambre et changé les draps. Nos parents reviennent aujourd'hui, et ils sentiraient tout de suite qu'il s'est passé quelque chose entre moi et l'avorton... je veux dire Rayne.

J'ai lancé une machine avec les draps sales avant de la conduire au lycée, puis j'ai emmené ma Jeep abîmée au garage pour demander l'avis de Greg. Comme je m'en doutais, il pourra m'aider à la réparer pour une somme modique. Il me suffit d'aller acheter un pare-choc à la casse, et il m'aidera à le remplacer.

Je donne trois brefs coups de sifflet, et les membres de l'équipe changent de position.

J'adore jouer les assistants pour le coach Jamison. C'est peut-être bête, mais j'ai l'impression d'être à ma place, sur le terrain du lycée. C'est là que je suis devenu un loup. Un homme. Là que j'ai découvert la fraternité de la meute et les plaisirs de la jeunesse.

Le coach m'a demandé d'apprendre à l'équipe quelque chose que j'ai découvert à Duke, et je leur ai donc enseigné quelques stratégies, d'abord au tableau, puis sur le terrain.

Il ne leur a fallu qu'une heure pour perfectionner ces nouvelles techniques, alors que mon équipe humaine avait mis des mois à les apprendre.

— Qu'est-ce que tu en penses ? me demande Jamison.

— Ils sont en super forme.

— Je trouve aussi. Donne-leur un peu de muscu à faire, et après l'étirement, ils pourront y aller.

Il s'éloigne, me laissant seul à la tête de l'équipe.

Ça me fait bizarre d'avoir sa confiance. De savoir qu'il me pense capable d'entraîner une équipe que j'ai quittée il y a seulement un peu plus d'un an.

Il disparaît, prouvant à l'équipe qu'il me porte une foi aveugle, et il ne revient qu'à la fin de l'entraînement.

— Bien sûr, tu ne verras sans doute pas toutes ces nouvelles stratégies lors du match de ce week-end, m'avertit le coach. Mais ces compétences te seront utiles quand tu seras assez âgé pour participer aux jeux des métamorphes.

Il parle des compétitions qui servent de lieu de rencontre en vue d'accouplements. Une occasion pour les métamorphes de la région de se renifler de plus près. De voir s'ils trouvent leur compagne ou compagnon destiné.

— Ce week-end, je veux que vous perdiez magistralement jusqu'au dernier quart temps. C'est le jeu. Mais merdez en beauté. Donnez l'impression que ce n'est qu'un manque de bol. Et à la fin, raflez tout. Compris ?

C'est comme ça qu'on joue, à Wolf Ridge. On ne peut pas être trop bons, alors on se rate et on se reprend. On fait semblant d'être humains.

— Oui, Coach, scande l'équipe.

— Très bien, filez sous la douche. L'entraînement est terminé.

Je vais me laver en vitesse, moi aussi, puis je vais voir Abe. J'ai beaucoup réfléchi à ce que m'a dit Bailey, sur ma capacité à changer le statut de Rayne. J'ai décidé qu'elle avait raison.

— Oakley, qu'est-ce que c'est que ce truc ? demandé-je en agitant la liste des nommés pour le bal de promo.

Il m'adresse un sourire suffisant.

— Quoi ?

— Tu as nommé Rayne. Pourquoi ?

Il sourit de plus belle.

— J'en sais rien. Je me suis dit que ce serait drôle qu'il y ait un humain et l'avor...

Il s'interrompt face à mon rictus et mon grognement.

— Désolé, mec, dit-il en levant les mains comme pour se rendre.

Je le saisis par le tee-shirt et le plaque aux casiers du vestiaire. Tous les gars nous écoutaient déjà, mais à présent, le silence règne.

— Puisque tu l'as nommée, tu as intérêt à t'assurer qu'elle gagne.

Abe hausse les sourcils avec surprise.

— Quoi ?

— Fais. D'elle. La. Reine.

Il lâche un rire étonné.

— Pourquoi ?

Il a un mouvement de recul en voyant mon visage. Mes yeux ont peut-être changé de couleur.

— D'accord, d'accord, mec. Ça marche.

Il tord le cou pour regarder ses coéquipiers, geste difficile, vu que je le plaque toujours aux portes métalliques.

— Vous avez entendu, tout le monde ? lance-t-il à la ronde. Rayne l'avor... Rayne comme reine du bal.

Je le lâche lentement et hoche la tête.

— Bien. Si tu l'emmerdes à nouveau, *je te massacre.*

—Je suis désolé, Wilde, dit aussitôt Abe.

Il a beau être un alpha au lycée, il est conscient que je suis son supérieur. Son loup se soumet au mien.

— Parfait, dis-je. Je m'attends à ce qu'elle soit traitée avec respect.

Sur ces entrefaites, je quitte le vestiaire, mon loup déjà tout excité à l'idée de monter dans la Jeep chauffée par le soleil. L'odeur de Rayne y sera entêtante.

Et oui, son odeur semble contenir de nouvelles notes chaque jour. Des notes qui font battre mon cœur à tout rompre et me donnent une érection.

Je suis impatient qu'elle apprenne à se transformer.

Je bondis dans la Jeep et prends un air menaçant.

— Il t'a touchée ?

Rayne m'ignore, le visage tourné vers l'avant. Elle secoue la tête d'un air exaspéré.

— Ne dis pas de bêtises.

Avec un sourire, je démarre.

— J'espère bien.

— Wilde. Je te l'ai déjà dit. Ça ne risque pas d'arriver. OK ? Calme-toi.

J'ignore pourquoi, mais ses paroles rassurantes me font un bien fou. Ça me plaît qu'elle estime que je les mérite. Bien sûr, nous savons tous les deux que je n'ai aucun droit sur elle. Rien ne m'autorise à m'approprier Rayne, mais bien sûr, je le fais quand même. Et à présent, elle semble accepter mes revendications. Alors je savoure cette victoire.

Nous rentrons et voyons le SUV de mon père dans le garage.

— Oh, dit Rayne.

Elle semble aussi déçue que moi qu'ils soient rentrés.

— Ouais, dis-je alors que nous pénétrons dans la maison par la porte latérale. Il faut mettre les draps dans le sèche-linge.

Si je m'occupais de son linge, ça éveillerait les soupçons.

— D'accord, murmure-t-elle.

Je lui touche doucement le dos alors que nous nous séparons. Un dernier message secret en rapport avec ce que nous avons partagé. Avec notre lien clandestin et inattendu. C'est quelque chose que nous sommes les seuls à partager. Rien que tous les deux.

Mais bien sûr, nous ne savourons pas ce plaisir très longtemps.

— Qu'est-ce que tu as fait à ta Jeep, bordel ? aboie mon père dans le salon.

Rayne me jette un regard horrifié.

Je secoue la tête et lui fais signe d'aller dans sa chambre. Je lui ai promis d'endosser la responsabilité de l'accident, et je compte m'y tenir.

— Je m'en occupe, dis-je d'un ton d'ennui en allant

saluer mon père. Greg va m'aider à la réparer sans me faire payer la main d'œuvre.

— *Qu'est-ce que tu as fait ?*

— J'envoyais un texto en conduisant. J'ai percuté la boîte aux lettres. Ça aussi, je réparerai. Ce soir.

Je me maudis de ne pas l'avoir fait hier. C'était une erreur de ma part, sans aucun doute.

Mon père semble sur le point d'exploser. Il plisse les yeux et agite les mains en l'air.

— Tu... tu as percuté la boîte aux lettres ? À quelle vitesse tu allais, pour faire autant de dégâts ?

— Sans doute trop vite.

— Oh, tu crois ?

Je lui présente ma gorge en signe de soumission.

— Tu avais bu ou pris de la drogue ?

— Non, papa.

— Dans ce cas, qu'est-ce qui t'a pris de reculer si vite ?

Mentir à un métamorphe, c'est délicat. Si notre odeur change, si nous semblons apeurés, notre interlocuteur le détectera. Alors je choisis de coller au plus près à la vérité. La raison pour laquelle Rayne reculait à toute vitesse.

— J'étais en colère.

— Tu étais en colère, répète-t-il d'un ton désapprobateur. Pourquoi ?

— Parce que tu m'avais obligé à rentrer pour m'occuper de Rayne.

Une seconde. Merde. Grave erreur.

Les yeux de mon père prennent une lueur dorée, et il pousse un grondement, les lèvres retroussées.

— J'en ai ras le bol de tes conneries. *Prends tes affaires et quitte cette maison.*

～

Rayne

Non.

Par le Destin, non. Qu'est-ce que j'ai fait ? Ma lâcheté risque de lui faire tout perdre.

Je me rue hors de ma chambre pile quand ma mère émerge de la sienne. Vive l'ouïe de métamorphe.

— Logan, dit-elle.

— Non.

Il agite les mains en l'air, ses yeux teintés d'ambre.

— Si Wilde n'est pas capable de respecter sa nouvelle famille, il ne mérite pas de vivre sous mon toit.

— C'est complètement débile ! m'exclamé-je.

J'ai oublié ma peur envers cet homme. Oublié de me montrer respectueuse.

Wilde secoue la tête dans un geste d'avertissement.

— Rayne.

— Non. C'est *moi* qui ai cassé la Jeep. D'accord ?

— Je m'en occupe, m'interrompt Wilde d'un ton ferme.

— La ferme !

Je suis au bord des larmes. Je me tourne brusquement vers Logan, les poings serrés.

— Wilde endosse la responsabilité pour moi. Comme il l'a fait pour son coéquipier qui vendait de la drogue.

La surprise se lit sur les traits de Wilde.

— Comment est-ce que tu as...

Je fais un geste exaspéré.

— Je te connais !

Je me tourne de nouveau vers Logan et ajoute :

— Vous aussi, toi aussi, tu devrais le connaître mieux que ça. Si tu es aveugle au point de ne pas réaliser que ton fils est un héros, ou qu'il souffrait le martyre, à l'autre bout du pays, complètement coupé de sa culture, tu ne mérites pas de tirer des bénéfices de ses succès.

— Ça suffit, Rayne.

— Non, c'est la vérité. C'est ce qu'il est en train de faire. Il se fiche de ce que veut Wilde. Ou de son bonheur.

— C'est la vérité ? demande Logan d'un ton plus calme, avec des yeux qui ont repris leur couleur normale.

— Bien sûr que c'est vrai ! m'exclamé-je.

— Rayne, dit ma mère.

Elle commence à se diriger vers moi, mais Wilde lui barre la route. Elle hausse les sourcils, mais pas avec colère. Avec surprise, plutôt.

— Mmm, dit-elle, songeuse, avant de me dévisager.

Je suis toujours bien décidée à réparer mes bêtises :

— C'est moi qui conduisais la Jeep. J'étais en colère contre Wilde parce que je le trouvais trop autoritaire, et j'ai démarré trop vite. J'ai percuté la boîte aux lettres. Wilde s'est précipité pour me porter secours. Il était... plus inquiet pour moi que pour sa Jeep.

Mes joues sont baignées de larmes.

Wilde laisse échapper un petit grondement, les narines dilatées comme s'il les sentait. Il tend un bras vers moi. Apparemment, nous avons fini de prétendre qu'il y a une distance entre nous. Je le laisse me serrer contre lui dans un geste protecteur.

Ma mère et Logan nous regardent comme s'ils nous voyaient pour la première fois. Comme s'ils réécrivaient le scénario de notre relation dans leurs têtes.

— On peut oublier la Jeep ? suggère Wilde d'un ton las. C'était un accident, et je vais m'en occuper.

Logan se passe une main sur le visage.

— D'accord.

Il tourne le regard vers moi, et je lui montre ma gorge en signe de soumission.

— Bien sûr, j'aurais préféré que vous me disiez la vérité tout de suite, poursuit-il, mais je crois que je comprends mieux ce qui s'est passé.

Il marque une pause, puis conclut :

— Merci, Wilde, d'en assumer la responsabilité.

Ce dernier déglutit et hoche la tête.

— Maintenant, tu veux que je te dise ce qui s'est vraiment passé en Caroline du Sud ?

— Rayne, intervient ma mère. Viens. Laissons-leur un peu d'intimité.

Wilde me presse l'épaule avant de me lâcher, et je suis ma mère hors de la maison, jusque dans sa voiture.

— On va où ?

— Dîner au fast food. Je meurs trop de faim pour attendre qu'ils aient fini.

Tout me paraît surréaliste. Comme si nos vies venaient de changer. Comme si je réalisais tout juste qu'il s'agit de notre nouvelle existence. Ma mère et moi, sous le même toit que Logan et Wilde. Une famille un peu bizarre et tordue, mais fonctionnelle.

Enfin, jusqu'à ce qu'ils découvrent ce que Wilde et moi faisons dans notre chambre.

— Alors, ce week-end de lune de miel ? demandé-je, m'arrachant enfin à la scène que nous venons de quitter.

Ma mère sourit. La grossesse lui va bien. Elle est aussi plus coquette, désormais. Avant, elle semblait toujours lasse et fatiguée. Elle était trop mince et fumait comme un pompier, car le tabac n'est pas néfaste pour les métamorphes. Mais dès qu'elle est tombée enceinte de Logan, elle a arrêté de fumer. Elle s'est mise à se soucier de son apparence. Sa personnalité est devenue plus douce, en même temps que les angles de son corps.

— C'était fantastique.

— Vous êtes allés où ?

Elle sourit.

— Dans un resort à Scottsdale. On n'a pas quitté la chambre de tout le...

— Beurk, maman. Pitié. Je ne veux pas en savoir plus.

Nous rions toutes les deux.

Je réalise que nous n'avons pas passé de moment en tête à tête depuis l'arrivée de Wilde. Elle m'a manqué. Et j'aime cette nouvelle version d'elle.

Je croyais qu'elle changeait son apparence et son comportement pour faire plaisir à Logan, pour se rendre digne de lui, mais soudain, une autre explication me vient en tête. Ces changements sont peut-être simplement le résultat de l'affection qu'il lui porte. De son amour.

Je détestais Logan, au début, mais je dois bien admettre qu'il est adorable avec ma mère. Avec lui, je la vois s'épanouir.

Je me sens mise à l'écart, et je suis parfois jalouse, mais au moins, elle semble heureuse. Je ne peux pas lui en vouloir pour ça, si ?

Ma mère était peut-être simplement en manque d'affection et de gentillesse, au sein de la meute. Il lui suffisait d'un peu d'attention pour qu'elle rayonne.

— Rayne, me dit-elle avec douceur. Je sais que tous ces changements n'ont pas été faciles.

— Tout va bien, maman.

Je ne veux pas aborder le sujet.

— Laisse-moi finir, ma chérie. C'est un grand bouleversement pour toi. Pour nous tous. Et tu as été géniale. Je t'en suis reconnaissante, et je suis désolée de ne pas avoir été là pour...

— *Maman.* Tout va bien.

Ses yeux s'emplissent de larmes.

— Je n'en reviens toujours pas d'avoir oublié ton anniversaire, dit-elle d'une voix étranglée.

À présent, mes yeux aussi s'embuent. Eh mince. Je baisse la tête et ravale un sanglot.

— Ma chérie.

Ma mère gare sa Subaru sur le bord de la route et me prend dans ses bras. Nous pleurons ensemble pendant quelques instants.

— Tout va bien, maman, insisté-je. Je t'aime.

— Je t'aime très fort, mon bébé. Et ce louveteau ne prendra jamais ta pla...

— Maman. J'ai dix-huit ans. Je quitte le nid l'année prochaine. Enfin, j'espère. Je ne suis pas jalouse du louveteau.

— Ma chérie, je ne suis pas sûre qu'on ait les moyens de t'envoyer à la fac.

Je recule et déglutis.

— Je sais. Mais je décrocherai des bourses. Je vais me débrouiller.

— Tu n'es pas obligée de partir. Après tout, j'aurai besoin d'aide, avec le bébé. Tu pourrais rester et...

— Non, l'interromps-je avant de réaliser à quel point mon ton est dur.

J'ai eu beau assurer à ma mère que je n'étais pas jalouse du louveteau et le penser sincèrement, je n'ai pas la force de rester dans une ville où j'ai toujours été rejetée pour aider à élever l'enfant normal et parfait de ma mère. Parce que je suis certaine qu'il sera métamorphe, oui. Les gènes de Logan sont purement alpha.

Non, merci bien.

— Je voulais juste dire...

— Ne t'inquiète pas, répond ma mère, dont la déception me fait l'effet d'un coup de poing. Je comprends. Mais ça aurait été sympa que le louveteau soit gardé par un membre de sa famille, tu sais ? Mais ce n'est pas grave. On trouvera une baby-sitter, ou quelque chose comme ça.

— Tu ne pourrais pas rester à la maison avec le bébé ? Logan gagne assez d'argent, non ?

Ma mère se mordille la lèvre.

— Je ne sais pas. On n'en a pas encore discuté. Enfin, on a parlé du fait que tu pourrais rester...

Argh. Je me laisse tomber contre l'appui-tête. Des larmes toutes fraîches me montent aux yeux.

— Oublie ça, ma chérie. On trouvera une autre solution. On se disait juste que ce serait pratique.

Évidemment que Logan s'attendait à ce que je reste à la maison pour m'occuper de son louveteau. Un avorton n'est bon qu'à ça, non ? Pas de bourse prestigieuse pour moi.

Bien sûr, la bourse que Wilde a obtenue à Duke n'a pas été une bénédiction, mais une malédiction...

Comme si ma mère lisait dans mes pensées, elle change de sujet :

— Que se passe-t-il entre Wilde et toi ?

Je retiens mon souffle.

Je ne peux pas lui dire la vérité. Impossible. Wilde est mon *demi-frère*.

Ce que nous avons fait est inapproprié, au minimum.

— Euh, il y a un mélange d'amour-haine, admets-je. Il se comporte comme un con, puis il est gentil, et je ne sais plus sur quel pied danser.

— Mmm, dit ma mère pour la deuxième fois de la soirée. Bon, il vit des moments difficiles, là. Je me demande presque si cette histoire d'arrestation n'était pas une façon de se venger du fait que Logan m'ait épousée.

Mal à l'aise, je réalise que cela sonne juste. Quand il est rentré, Wilde semblait décidé à faire la guerre.

À me faire la guerre.

Je sais que le fait qu'il déteste Duke et qu'il ait voulu protéger son équipe a grandement motivé son retour à

Wolf Ridge, mais je pense que ma mère a peut-être raison.

Une nouvelle fois, mon existence hérisse les autres.

— À cause de moi, dis-je.

— *Pas* à cause de toi, répond-elle fermement. À cause du divorce récent de ses parents. Il doit en vouloir à son père d'être passé à autre chose.

Mon ventre gargouille, et ma mère m'adresse un sourire plein de compassion.

— Je meurs de faim, moi aussi. Allons chercher à manger.

J'acquiesce, soulagée que nous ne parlions plus de Wilde. Ou de Logan. Ou de mon éventuel rôle de nourrice.

Nous commandons une douzaine de hamburgers et des frites et retournons à la maison.

— On arrive avec le dîner ! lance ma mère, mais les deux hommes sont introuvables.

— Maman.

Je lui montre deux piles de vêtements près de la porte de derrière.

— Par le Destin, dit-elle, les sourcils froncés. Espérons que ce soit le signe d'une réconciliation.

— Qu'est-ce que ça pourrait être d'autre ?

— Le signe que Wilde a décidé de défier son père pour prendre sa place au sein de la meute.

Je pousse une exclamation et me plaque une main sur la bouche.

— Oh, non. Tu ne crois quand même pas... ?

~

Wilde

J'attends dix heures du soir, quand j'entends de la musique dans la chambre des parents, pour me glisser dans celle de Rayne.

Je n'arrive toujours pas à croire qu'elle m'ait défendu. *Contre mon père.* Qui lui fait peur, j'en suis certain. Je sais que les alpha-brutis me soutiennent quoi qu'il arrive, mais c'était différent, de la part de Rayne.

La demi-portion que j'ai toujours traitée avec méchanceté.

La fille qui ne me doit absolument rien, à part quelques bons coups de genoux dans les couilles.

L'adorable petite louve avec qui je suis impatient de passer la nuit.

L'une de ses jambes sort de sous les draps, comme si elle était de nouveau prise de fièvre.

— Hé, Rayne-des-Neiges.

Je me glisse à ses côtés, et elle se décale vers le mur. Je l'attrape et la colle à mon torse.

— Où est-ce que tu allais comme ça ?

— Nulle part, répond-elle à voix basse.

— Merci de m'avoir défendu, sucre d'orge.

— Je suis désolée, Wilde.

Elle se tourne vers moi. Grâce à ma vision nocturne, je vois que son front est plissé d'inquiétude.

— Je ne voulais pas te causer d'ennuis.

— Arrête, grommelé-je. Tu n'as rien causé du tout. Mon père jouait les cons, c'est tout.

— Quand on est rentrées, ma mère et moi, et qu'on a vu vos vêtements près de la porte de derrière, on a eu peur que tu l'aies mis au défi pour prendre sa place.

Rayne se hisse sur un coude. Ses seins bougent sous son débardeur, et mon membre pousse contre mon boxer.

Je laisse échapper un petit rire moqueur.

— C'est sans doute moi qui gagnerais.

Je passe le dos des doigts sur ses tétons. Ils se dressent sous le tissu.

— Mais tu es toujours le fils idéal, dit Rayne.

— Loin de là.

— Mais si. Qu'est-ce qui s'est passé avec ton père ?

— Pff. Je lui ai dit que je détestais Duke. Il m'a répété qu'y retourner était dans mon intérêt. La discussion n'a pas résolu grand-chose. Il veut que j'appelle le coach Granview demain pour clamer mon innocence.

— Et tu vas le faire ?

— Aucune idée.

— Alors, comment est-ce que vous avez fini à quatre pattes ?

— Mon père m'a proposé d'aller courir. C'est sa façon de créer du lien avec moi.

— Il s'est excusé ?

Je ris.

— Bien sûr que non. Il ne s'excuse jamais. C'est en grande partie pour ça que ma mère l'a quitté dès que je suis parti à la fac.

Je guette la pointe de douleur que je ressens habituellement en pensant à leur séparation, mais elle ne vient pas.

— Ils sont tous les deux plus heureux, maintenant. C'est tout ce qui compte. Je regrette juste qu'ils soient restés ensemble aussi longtemps pour moi.

— Oh. Je me posais la question, justement.

— Ouais. Il a dû se passer trop de choses impardonnables entre eux. Qui sait ? Mon père peut être un vrai con, parfois.

— Mmm, confirme Rayne.

— Mais les chiens ne font pas des chats, hein, sucre d'orge ?

Je lui pince le téton.

Elle se tortille, et l'odeur de son excitation embaume la pièce.

Je pousse un grognement rauque.

— Arrête, avec ce doux nectar. Je ne pense pas pouvoir te lécher sans que tu fasses plein de bruit.

Rayne lâche une exclamation étranglée et roule hors de mes bras, me tournant le dos.

Je ris.

— Tout bien réfléchi, je pourrais trouver un moyen.

Je la tire vers moi et glisse un bras sous sa tête pour lui plaquer une main sur la bouche. Je colle mon autre main à son pubis.

— Ça devrait fonctionner. Pas vrai, Rayne-des-Neiges ?

Elle gémit contre ma paume.

— Chut.

Je passe la main dans son short de pyjama pour atteindre son sexe nu. Mes doigts glissent sur ses replis trempés, et dans la vallée plus bas. Je prends le temps de l'explorer délicatement, de découvrir les pleins et les déliés de sa chatte délicieuse.

— J'aime bien te toucher, Rayne, murmuré-je contre l'arrière de son crâne.

Bien aimer, c'est un euphémisme. Une bombe d'énergie explose en mon centre, et des vagues de désir et de plaisir me parcourent, simplement parce que je sens son corps menu contre moi, parce que ses orgasmes m'appartiennent.

Je la caresse jusqu'à ce qu'elle dégouline, puis je la pénètre avec mon majeur.

Elle croise les cuisses sur ma main, et ses gémissements étouffés deviennent plus insistants.

— Ça te plaît, Rayne-des-Neiges ?

Elle hoche la tête.

— Mmm mmm.

J'adore plaquer la main sur sa bouche. Contenir ses halètements et ses gémissements tout comme je contiens son petit corps.

Je vais et viens avec mon doigt, avec lenteur, laissant l'excitation grandir en elle jusqu'à ce qu'elle perde la tête. Quand ses hanches se balancent d'avant en arrière et qu'elle agrippe mon poignet entre ses jambes, je me mets à aller plus vite, plus fort. Elle se frotte à ma paume pour stimuler son clitoris.

— C'est bien, sucre d'orge.

Je continue de la caresser. Elle se tortille et pousse des plaintes.

— Jouis pour moi.

Encore quelques ondulations du bassin, et elle pousse un cri étouffé, crispée sur mon doigt dans une pulsation serrée et délicieuse.

Mon membre est prêt à exploser, mais je l'éloigne de ses fesses pulpeuses, craignant de tenter quelque chose.

Je veux être certain que Rayne est prête avant de songer à mon propre plaisir. Pour l'instant, je veux seulement la soulager. L'aider pendant sa transition.

C'est ce que je me dis, en tout cas.

C'est l'argument que j'ai trouvé pour justifier mes actes, qui, je le sais au fond, sont très critiquables. Comme tout ce que j'ai toujours fait à Rayne.

Sans que je sache pourquoi, chaque moment passé avec elle me donne envie de plus.

Elle finira par tout m'offrir, son corps, son esprit, et son âme. Bientôt.

CHAPITRE DIX-HUIT

Rayne

J.J., le délégué de notre classe, se tient devant nous pendant le cours d'anglais.

— Je vais distribuer les bulletins de vote pour l'élection du roi et de la reine du bal. Faites votre choix et rendez-les-moi.

Super. Le bulletin avec mon nom dessus. Une humiliation de plus au lycée de Wolf Ridge.

Pour ne rien arranger, Casey Muchmore est dans mon cours d'anglais. Elle me laisse miraculeusement tranquille depuis que je l'ai surprise en plein baiser. Si seulement j'avais des infos compromettantes sur tous les alpha-brutis de l'école ! Je me ratatine sur ma chaise. Malgré sa discrétion, j'ai peur qu'elle se remette à s'en prendre à moi pour me punir d'avoir mon nom sur la même liste que le sien.

Ouaip. Tout le monde nous jette des regards. Comme si les autres élèves se demandaient à quel moment elle me bottera le cul.

Pleine d'audace, je vote pour Lauren, et je ne choisis

pas de roi. Abe n'a vraiment pas besoin de votes supplémentaires. Ces types se croient tellement drôles. Je serais morte de rire, si Lauren était élue reine, obligeant Abe à ouvrir le bal avec une humaine.

Rien ne l'agacerait plus profondément.

Tout ça est absurde, de toute façon. Quel intérêt de voter pour prouver ce que tout le monde sait déjà au sein de la meute ?

Le but est-il simplement d'obtenir une couronne ? Ça m'étonnerait que Casey tienne à sa parure de princesse. Elle sait déjà qu'elle est alpha.

Je souris en pensant à Bailey, qui disait qu'elle volerait la couronne de reine et qu'elle me la donnerait, quand Cole et son ex flippante ont été élus, lors de leur dernière année de lycée. Je devais déjà être amère à l'époque.

Casey me regarde en rendant son bulletin, et elle agite les sourcils.

Mon estomac se noue. J'ignore ce que signifie cette expression. Sans doute quelque chose comme *Tu peux toujours rêver, connasse.* Ou alors *Je vais te faire la peau, avorton.*

Après les cours, Lincoln me retrouve à mon casier pour m'aider à réviser. Nous nous sommes vus à la bibliothèque presque tous les jours, cette semaine. Je ne suis même pas sûre d'avoir toujours besoin d'aide en maths. Nous effectuons des problèmes et faisons nos devoirs ensemble, mais dans l'ensemble, il s'agit plutôt d'un rendez-vous entre amis, désormais. Moi, ça me convient, puisque Wilde aime bien que je l'attende dans sa Jeep quand il finit l'entraînement, alors ça m'occupe entre temps.

Wilde... mon demi-frère sexy et retors. Le mec qui me fait jouir sous ses doigts tous les soirs.

Et je ne me contente pas de me laisser faire, je participe volontiers.

Je dois dire que je suis une personne changée. Ces

orgasmes quotidiens m'ont transformée. Rien n'a beau avoir changé au lycée, je suis plus détendue. Sûre de moi. Je me sens plus jolie. Je ne me préoccupe plus autant de ce que les autres pensent de moi.

Adossé au casier voisin, Lincoln me demande :

— Hé, ça te dirait d'aller au bal avec moi ? En tant qu'amis ?

J'hésite.

Merde.

Wilde le tuerait. Sérieusement... je m'inquiéterais pour son intégrité physique.

Mais ce n'est pas comme si Wilde pouvait m'y emmener. Ou *voulait* m'y emmener. En plus, je ne suis jamais allée à un bal. Pas un seul. Personne ne m'a jamais invitée. Et je n'avais même pas de groupe d'amis avec qui m'y rendre.

Face à mon silence, Lincoln sourit.

— Non ? Ce n'est pas grave. Je comprends. Je suis tout en bas de l'échelle sociale, dans ce lycée.

— Ce n'est pas ça.

Je le rattrape par le tee-shirt quand il commence à s'éloigner. Il se retourne, et reprend sa posture habituelle, détendue et un peu avachie. Ce garçon a de l'assurance à revendre. J'adore sa nonchalance face à ce qu'il vient de prendre pour un refus.

— Alors ? demande-t-il, alors que je n'arrive toujours pas à trouver mes mots. Comme je l'ai dit, on irait juste en tant qu'amis. Je ne cherche pas de copine, si c'est ce qui t'inquiète.

— Ça me ferait très plaisir, réponds-je à brûle-pourpoint, aussi surprise que lui.

Hein ? Je compte vraiment faire ça ? Aller au bal de promo avec un mec ? Un *humain* ? Un type qui n'est pas *Wilde* ?

Argh. C'est bien ma chance. Abe, J.J. et Markley passent devant nous pile quand je donne ma réponse à Lincoln.

Abe s'arrête.

— Qu'est-ce que je viens d'entendre ? L'avorton et le petit nouveau vont au bal ensemble ?

J.J. le prend par l'épaule.

— *Abe*, dit-il d'un ton d'avertissement, ce que je ne comprends pas.

Ce dernier se tourne vers mon ami.

— C'est un double rencard ?

Lincoln et moi nous regardons, déroutés.

— Qui est le cavalier de ta sœur ? insiste-t-il.

Lincoln laisse son dégoût pour Abe apparaître sur ses traits.

— Son petit ami, répond-il.

Ma propre surprise passe au second plan lorsque je vois la réaction d'Abe.

Une colère noire. Son cou rougit, et il serre les poings.

— Ah ouais ? Et qui c'est ?

— Ça ne te regarde pas, Abe, interviens-je.

Je claque la porte de mon casier et tire Lincoln par le bras.

— Fais gaffe, avor... Rayne, grommelle Abe derrière moi.

Je me demande bien pourquoi il s'est corrigé. Tout ce que je sais, c'est que je viens sans doute de sauter à pieds joints dans des sables mouvants. J'ignore comment je vais pouvoir aller au bal avec Lincoln sans que Wilde mette le feu au lycée.

Mais cela devrait me prouver à quel point ma relation avec Wilde est malsaine. Pourquoi perdrais-je mon temps à m'en faire pour quelqu'un qui refuserait tout net d'admettre son attirance pour moi en public ? Sauf si je parviens à faire sortir ma louve et à prouver à toute la ville que je ne suis pas déficiente, en fin de compte.

Eh bien, je l'emmerde.

Je passe une heure avec Lincoln, puis je vais sur le parking pour attendre dans la Jeep de Wilde.

Peut-être que les garçons ne lui ont pas parlé de mon non-rencard au bal avec Lincoln. Pourquoi l'auraient-ils fait, d'ailleurs ? Si Abe posait la question, c'était seulement parce qu'il semble faire une fixette sur Lauren.

Mais lorsque je vois Wilde avancer à grands pas vers la voiture, je sais qu'il est au courant.

Ses yeux ont une lueur verte lorsqu'il se glisse derrière le volant. Il ne me dit rien.

Pas un mot. Ça ne lui ressemble pas. Il bouillonne. C'est mauvais signe.

Il ne nous ramène pas à la maison. Il prend le chemin des montagnes, au-delà de la mesa, où les jeunes boivent et traînent ensemble le week-end.

— On va où ? osé-je enfin demander.

Il ne répond pas.

Il finit par se garer devant un chalet. Je connais cet endroit. Ou plutôt, j'en ai entendu parler. C'est le repaire d'Abe et d'Austin. Il appartient à leur père. Ils s'en servent pendant les courses de la pleine lune. Et c'est là qu'ils s'envoient en l'air avec des filles.

Mon cœur s'emballe.

— Qu'est-ce qu'on fait là ?

Wilde bondit hors de la Jeep et s'éloigne à grandes enjambées en direction du chalet. Je le suis. Il récupère une clé cachée sur le cadre de la porte et ouvre la serrure.

— Wilde ?

Il se retourne et me regarde avec ses yeux de loup, avant de me faire signe d'entrer par la porte qu'il tient pour moi.

— On va à l'intérieur. Je vais te fesser jusqu'à ce que tu sois toute rose pendant que tu m'expliques pourquoi Lincoln croit qu'il t'emmène au bal.

~

Wilde

Je vais le tuer, ce gamin. Oui, je vais lui arracher la gorge pour avoir invité Rayne au bal.

Mais je prie pour qu'il y ait une explication à tout ça. Une évidence à côté de laquelle je passe à cause du brouillard verdâtre de la jalousie de mon loup.

Pourquoi Rayne accepterait-elle d'y aller avec lui ?

Je n'attends même pas qu'elle entre. Je passe un bras autour de sa taille et la porte dans le chalet, jusqu'au canapé. Je la couche sur l'accoudoir, le ventre collé aux coussins, les fesses en l'air. Je me mets à frapper sans même réfléchir.

— Aïe ! Wilde !

Elle tend une main en arrière pour se couvrir. Je lui coince le poignet dans le dos et je reprends.

Je ne suis pas sûr que beaucoup d'informations transitent entre mon cerveau et ma main. Tout ce que je sais, c'est que ça me fait du bien de sentir ces impacts. De passer du temps seul ici avec elle. De l'avoir complètement à ma merci. Mon membre pousse contre ma fermeture éclair.

J'en veux plus. Sentir sa peau nue sous ma paume. Voir l'empreinte de ma main s'épanouir sur ses fesses.

Je m'interromps et la lâche.

— Enlève-les.

Elle se retourne, le visage rouge, la respiration haletante.

— Quoi ?

— Tes vêtements. *Enlève-les.* Tu sais comment ça se passe, quand je te punis.

Je hausse les sourcils.

— À poil.

Au lieu de lutter ou d'argumenter, Rayne se colle à moi pour apaiser mon loup. Ses mains parcourent mon torse. Je la serre contre moi.

— Calme-toi, dit-elle.

Elle soutient mon regard, me montre qu'elle est là, avec moi. Que nous sommes rien que tous les deux.

Personne ne se dresse entre nous.

— Je peux t'expliquer ? S'il te plaît ?

Je hoche la tête d'un geste brusque. Je ne suis même pas sûr d'être en mesure de parler, là, seulement de pousser des grognements ou d'aboyer des ordres. C'est sans doute à cause de la pleine lune qui approche et de ma frustration sexuelle après toutes ces nuits passées auprès de Rayne sans pouvoir jouir.

Dès qu'Abe m'a dit que Lincoln avait invité Rayne au bal, et qu'elle avait accepté, je suis devenu fou. Je ne sais même pas comment j'ai fait pour tenir jusqu'à la fin de l'entraînement. J'ai été obligé de prendre une douche glacée, une fois dans les vestiaires.

Rayne me grimpe dessus comme un koala, ses jambes sexy enroulées autour de ma taille, son visage enfoui dans mon cou. Elle a eu beau me proposer de tout m'expliquer, elle garde le silence un moment.

Ça ne me dérange pas. Sentir son corps blotti contre le mien apaise mon loup. Mes muscles commencent à se détendre tandis que je hume son odeur de pluie printanière.

— Je n'ai jamais assisté à un bal, dit-elle. Jamais.

Ses mots mettent quelques instants à traverser le brouillard de mon cerveau pour que je les comprenne. Rayne n'est jamais allée... Elle veut assister à un bal.

Bon sang.

Évidemment, qu'elle en a envie. C'est sa dernière année de lycée. Il est normal qu'elle connaisse cette expérience. Surtout qu'elle y sera élue reine.

— Lincoln m'a proposé qu'on y aille en amis. Il a été très clair sur ce point. *Deux fois.*

Mes mains se crispent sur elle quand elle prononce son nom. Mes lèvres se tordent dans un rictus.

— Du calme, me murmure-t-elle à l'oreille. En amis. C'est tout. J'ai envie d'aller au bal. Et bien entendu, tu ne m'y emmèneras pas.

Cette phrase me percute en pleine poitrine.

J'ignore pourquoi elle dit *bien entendu*. Parce que c'est ma demi-sœur, ou parce que c'est Rayne l'avorton, une fille avec laquelle je ne me serais jamais montré en public si nos parents ne s'étaient pas mariés ? Une culpabilité perturbante s'empare de mes tripes à cette idée.

Quoi qu'il en soit, elle a raison. Je ne l'emmènerai pas au bal. Et elle mérite d'y aller.

Mais... merde !

Je ne veux pas qu'un autre mec l'approche.

Mon cerveau ne doit toujours pas être remis, car je me rue dans l'une des chambres à grands pas.

— Où est-ce que tu m'emmènes ?

Je devrais entendre la note nerveuse dans sa voix, mais je ne remarque rien. Je la jette au milieu du lit et déchire mon tee-shirt.

— Qu'est-ce que tu fais ?

— Je vais te baiser, Rayne, déclaré-je.

Comme si elle n'avait pas son mot à dire. Comme si j'étais prêt à abuser d'elle.

Bien sûr, si elle semblait ne pas en avoir envie, j'arrêterais immédiatement, mais mon besoin de la revendiquer prend le pas sur ma délicatesse.

J'enlève mes chaussures et celles de Rayne.

— Je vais te baiser, et tu vas me laisser faire. Ensuite, on pourra parler de ce foutu bal.

Elle se met debout sur le matelas à toute vitesse. Les réflexes de sa louve se développent à grands pas. Au lieu de s'enfuir, cependant, Rayne se colle à moi. J'ignore comment elle devine que se donner à moi est la meilleure chose à faire, mais elle le sait.

Son instinct de louve, sans doute.

Elle se jette sur moi, de nouveau pendue à mon cou.

— Wilde, j'ai peur.

C'est suffisant.

Mon loup fait aussitôt machine arrière. Comme si ces mots contenaient la même essence que ses larmes ; un philtre puissant, capable de calmer un loup déchaîné et possessif.

Mes mains la parcourent immédiatement, caressant son dos, palpant ses fesses.

— Tout va bien, bébé. Tu es en sécurité. Je ne te ferai pas de mal.

Je soulève son tee-shirt et embrasse son ventre plat.

— Je suis désolé de t'avoir fait peur.

Ma langue plonge dans son nombril.

— Je ne voulais pas me comporter comme un con.

Je déboutonne son jean et le fais glisser le long de ses jambes. J'ouvre la bouche et m'empare de son sexe à travers sa culotte, mes dents râpant contre le tissu, mon souffle brûlant contre son centre.

— Mais j'ai besoin de plonger dans cette petite chatte, bébé. *Tout de suite.* Tu me laisses faire ?

Le désir de la dominer pleinement, de sentir son corps menu sous le mien, de la faire crier de plaisir, me pousse à lui arracher son jean pour de bon. Mes bourses sont lourdes, et mon membre me lance douloureusement.

Je lui mordille l'intérieur de la cuisse, puis je la couche sur le dos. Je rampe sur elle, en luttant pour calmer ma respiration.

— Tu as toujours peur ?

Elle secoue la tête.

Par le Destin, elle est sublime. Ses cheveux blond cendré tombent sur son visage en forme de cœur. Je les repousse en arrière.

Je me jette sur sa bouche dans un baiser sonore et insistant. Le genre de baiser qui lui montre qu'elle m'appartient. Que ses lèvres sont à moi. J'y enfonce la langue. Ses hanches ondulent contre moi.

Putain, merci. Son premier feu vert.

Je suis impatient de me glisser entre ses cuisses.

— Tu vas prendre ma queue comme une gentille fille, Rayne-des-Neiges ?

Je mets la main dans son soutien-gorge et pince l'un de ses tétons.

Elle gémit doucement.

— Alors ?

Il faut qu'elle me donne clairement la permission. J'ai beau être à moitié fou, là, je ne prendrai pas quelque chose qu'elle ne me donne pas volontiers.

L'odeur enivrante de son excitation enveloppe mon esprit et me plonge dans un brouillard encore plus épais.

— Vas-y lentement, chuchote-t-elle.

J'ai à la fois envie de brandir un poing victorieux et de me mettre à genoux pour remercier le Destin.

— Promis.

J'espère que je dis vrai. J'espère que je saurai me contenir.

J'ai l'intention de prendre mon temps. Mais sans savoir comment, sa culotte se retrouve déchirée entre mes mains, et je me mets à la lécher comme si j'avais un incendie à éteindre avec ma langue.

C'est peut-être le cas. Sa chair est brûlante contre mes lèvres. Mais je n'ai pas l'intention d'étouffer ces flammes. Oh, que non. Je compte les attiser.

Il me faut moins de soixante secondes pour la faire jouir une première fois. Rien qu'avec ma langue. Soixante secondes de plus, et je lui arrache un deuxième orgasme, deux doigts plongés en elle.

— Tu es prête, bébé ?

Elle gémit et saisit ses propres seins, me faisant perdre la tête.

Je finis par déchirer son soutien-gorge. Son tee-shirt pend autour de son cou. Je suce un téton, puis l'autre.

— J'ai besoin d'être en toi, dis-je d'une voix grave et rocailleuse. J'enlève mon jean et mon boxer.

Le regard de Rayne est braqué sur mon sexe, ses grands yeux bleus brillants de plaisir, ses pupilles dilatées à l'extrême.

Je rampe sur son corps et frotte mon gland à sa fente tout en l'écartant.

— Prends-moi en toi, bébé.

Je me colle contre elle, rien qu'un peu. Ses hanches ondulent pour m'encourager.

— C'est ça que tu veux ? Plus profondément ?

Elle hoche discrètement la tête, les yeux tournés vers l'endroit où nos corps se joignent.

Je m'enfonce, centimètre par centimètre. Elle est super serrée. Délicieuse. Je sais que mes yeux ont changé de couleur, car mon champ de vision se réduit, ma vue devient plus acérée. L'animal en moi ne tient plus en place. L'atmosphère est électrique. Comme le moment entre une inhalation et une expiration. Zéro. L'instant où une vie se termine et où la suivante commence.

Sans savoir comment, je sais que tout est sur le point de changer.

— Je... ne... peux... plus... me contenir, dis-je, les dents serrées.

— *Wilde.*

Rayne semble paniquée, mais il est trop tard. Je lui donne un coup de reins.

Profond.

Merde. Elle est tellement minuscule que je risque de la casser en deux.

Elle pousse un cri et me prend par les épaules. Elle enroule les jambes autour de ma taille, ce qui m'empêche d'aller et venir. Je la laisse bouger les hanches contre moi. J'adore ça. Je sens sa chaleur mouillée me serrer comme un étau et me prendre un peu plus profondément à chaque mouvement.

— Wilde.

J'aime qu'elle dise mon nom de sa petite voix essouf-flée. J'aime beaucoup trop ça.

— À qui tu appartiens ?

— Wilde...

— C'est ça. Dis mon nom.

— Wilde, s'il te plaît.

Je m'efforce de refréner mes mouvements.

— Ça va, bébé ?

— Oui, halète-t-elle. J'ai besoin de...

— Besoin de quoi ?

Une partie du brouillard de mon cerveau se dissipe.

Ma femelle a besoin d'être satisfaite, et c'est mon boulot de le faire. Je ralentis.

— Non, gémit-elle.

Je pose le pouce sur son clitoris et le caresse.

— Oh !

Son bassin quitte le matelas pour glisser le long de mon membre, ce qui bien sûr, me fait de nouveau perdre toute retenue.

En appui sur un bras à côté de sa tête, j'enchaîne les coups de reins, sans cesser de caresser son joli visage de ma main libre.

Ses yeux roulent dans leurs orbites. Elle se cambre.

— Wilde... Wilde... s'il te plaît.

— Prends-moi en toi, bébé. Prends-moi entièrement.

— Oui... oui... oh !

Ses muscles internes se contractent autour de mon sexe – comme si elle n'était pas assez serrée comme ça ! – et un grondement inhumain quitte ma gorge.

Les derniers vestiges de ma maîtrise de moi-même disparaissent. Je vais et viens brutalement en elle alors que la pièce se met à tourner. Mes bourses remontent. Je suis aussi enfiévré qu'elle, à présent, et je suis impatient de jouir.

— Bon sang, Rayne !

Je m'enfonce profondément et éjacule en elle, l'emplissant de jet après jet de semence chaude.

La gratitude m'envahit, et je me blottis contre elle, une main derrière sa nuque pour lui embrasser la tempe, le front, le nez, et enfin, les lèvres. Ma bouche danse paresseusement sur la sienne pendant que je continue d'aller et venir tout doucement.

— C'est douloureux, bébé ?

— Mmm.

Je relève la tête pour la dévisager.

— Mmm ?

Elle a les paupières lourdes.

— J'aime que ça fasse mal, susurre-t-elle.

Je m'enfonce un peu plus.

— Ah bon ? demandé-je.

Ses yeux deviennent argentés.

— Je vois ta louve, chuchoté-je.

Tout le corps de Rayne se raidit.

Rayne

— Qu'est-ce qu'il y a ? me demande Wilde en se retirant lentement. Tu es courbaturée ?

Je secoue la tête.

— Non, ça va.

Je tente de rouler hors de sa portée. Ma louve est un sujet sensible, mais je n'ai pas envie d'en parler.

Wilde quitte le lit et revient avec un gant chaud qu'il passe doucement entre mes jambes pour me nettoyer. Ce geste est presque plus intime que nos ébats. Parce que ça, c'est le Wilde tendre. Celui que la plupart des gens ne voient sans doute jamais.

Non que j'aie un problème avec sa facette presque sauvage. C'était incroyable de réaliser que je pouvais l'affecter à ce point. Que sa jalousie et que sa possessivité le poussaient à me revendiquer. Enfin, pas à me *revendiquer*. Je ne parle pas de la morsure d'accouplement. Mais tout de même, il était bien décidé à me prouver que j'étais à lui.

Honnêtement, recevoir son sperme en moi m'a fait l'effet d'un baptême. Comme si j'en étais sortie changée.

Wilde se glisse à mes côtés et me fait rouler sur le côté afin de se coller à mon dos. J'adore cette sensation.

C'est comme ça que nous avons dormi, hier soir. Le bras gigantesque de Wilde passé autour de ma taille, un poids auquel je ne veux surtout pas échapper.

— Parlons de ce fameux bal, Rayne-des-Neiges.

Il a murmuré ces mots à mon oreille, comme pour me dire qu'il m'épargnera sa colère habituelle. Ses gestes et sa voix débordent d'affection.

— D'accord.

— Tu peux laisser ce petit con t'y emmener, à trois conditions.

— Lesquelles ?

— Premièrement, tu lui parles de nous.

— Quoi ?

Je me tourne pour le regarder par-dessus mon épaule, surprise.

Il hoche la tête.

— Je tiens à ce qu'il sache à qui tu appartiens. Et qu'il soit conscient que c'est moi qui vous donne la permission d'y aller.

Je lâche un rire dédaigneux face à cette idée de *permission à donner*, mais intérieurement, je suis ravie. Pour tout : le fait que Wilde accepte que j'aille au bal. Et qu'il me revendique officiellement. Bien sûr, révéler notre secret à un humain n'équivaut pas à le révéler à toute la ville.

Et je me doute qu'il n'avouera jamais notre relation aux autres avant que je me sois transformée. *Si* je me transforme un jour. C'est ça qui me fait le plus mal.

— Fais-le tout de suite, m'ordonne Wilde en me poussant doucement.

— D'accord, Monsieur l'autoritaire.

Il me donne une claque sur les fesses tandis que je me lève.

Je sors mon téléphone de ma poche et envoie un message à Lincoln. Wilde regarde l'écran par-dessus mon épaule.

J'ai quelque chose à te dire. La raison pour laquelle j'ai hésité à accepter ton invitation au bal.

— C'est ça, marmonne Wilde derrière moi.

C'est parce qu'il y a quelque chose entre mon demi-frère et moi. Évidemment, c'est un secret. Mais je voulais que tu le saches. Je lui ai parlé, et il accepte que tu m'emmènes au bal. :)

— Satisfait ? demandé-je à Wilde.

Il me prend le téléphone des mains et m'allonge sur son ventre.

— Satisfait, ce n'est pas le mot, grommelle-t-il en caressant mes flancs. Quoique, je retire ce que j'ai dit. Je suis très satisfait.

C'est vrai. Il a l'air content. Il a un petit sourire aux lèvres, et me dire que c'est peut-être grâce à moi me fait battre le cœur plus vite.

— C'est quoi, les deux autres conditions ?

— Deuxièmement : après le bal, j'ai le droit de te donner la fessée jusqu'à ce que tu sois débarrassée de son odeur.

— Je ne suis pas sûre que ça marche comme ça, les odeurs.

Il hausse un sourcil sévère.

Je rougis. Ce mec adore vraiment me donner la fessée. C'est un peu enivrant, un peu sexy.

— Bon, d'accord. Et la troisième condition ?

— Troisièmement : je te baise avant et après le bal.

Je laisse échapper un gloussement.

— Tu es fou.

— Je suis on ne peut plus sérieux. On est d'accord ?

Je hoche la tête et souris.

— On est d'accord.

Il embrasse l'arête de mon nez. C'est un geste étonnamment tendre qui me donne des papillons dans le ventre.

— On ferait mieux de rentrer. Je dois préparer le dîner.

Wilde grogne.

— Je n'ai pas envie de me débarrasser de ton odeur.

Mes entrailles se serrent, et je réalise que moi non plus, ce n'est pas ce que je veux. Son odeur m'apaise. Me stabilise. Je me sens transformée.

Je crois que je n'ai jamais cru que les femmes étaient transformées après avoir perdu leur virginité. Pour moi, c'est un concept débile et patriarcal mis en place pour que la propriété d'un homme soit transmise à ses héritiers. Mais j'avoue que je me sens différente.

Plus forte. Revigorée. Vivifiée.

Ça n'a peut-être rien à voir avec ma première fois et tout à voir avec l'orgasme ?

Non, une seconde. J'ai déjà eu des orgasmes. Toute seule et avec Wilde. C'était seulement ma première pénétration vaginale par un pénis.

Serait-ce l'effet... de son sperme ?

— Allez, viens, sucre d'orge.

Wilde me soulève dans les airs tout en descendant du lit. Il me porte dans la salle de bains, où il me pose pendant qu'il allume l'eau de la douche.

— Je ferais mieux de ne pas me mouiller les cheveux, dis-je en les soulevant lorsque j'entre dans la cabine. Ce serait difficile à expliquer.

Wilde me savonne, puis me chasse de la douche pendant qu'il se rince en vitesse.

— Allons acheter du poulet rôti, suggère-t-il tandis que nous nous habillons. Ça ne me plaît pas que le dîner soit sous ta responsabilité. D'où ça sort, ça ? Ils te prennent pour Cendrillon, ou quoi ?

Je m'efforce de ne pas sourire, ravie de son commentaire.

— J'essaye d'apporter ma contribution.

Wilde prend un air dédaigneux.

— Oublie ça, Rayne. Impose-toi.

Je pousse son grand corps inébranlable.

— Pas facile, quand j'ai toujours un énorme loup dans les pattes. Dans ma chambre, dans mon lit...

— Mon lit, rétorque-t-il en me soulevant par la taille pour me donner une tape sur les fesses. Mais je veux bien partager.

Il me repose par terre.

— Allons-y, sucre d'orge.

Dehors, la lune presque pleine s'élève derrière la montagne. Nous nous arrêtons pour l'admirer et l'honorer.

— La lune du chasseur, murmure Wilde d'un air appréciateur.

Même les footballeurs éprouvent du respect face à la puissance et à la beauté de cette déesse du ciel.

Je jurerais sentir son énergie me pénétrer. Un courant électrique me parcourt l'échine et fait fourmiller toutes mes terminaisons nerveuses. J'ai l'impression d'être... reconnue. Comme si je faisais partie de quelque chose de bien plus grand que ce que j'imaginais. Le Destin, la nature, et notre espèce dans son ensemble.

Durant un instant, j'ai accès à une sorte de sagesse intérieure.

Alors je comprends qu'il m'est arrivé quelque chose d'important, dans ce chalet. Quelque chose qui va bien au-delà de ma virginité perdue.

CHAPITRE DIX-NEUF

Wilde

Je me réveille d'humeur grincheuse après une nuit passée sur le canapé. Maintenant que j'ai eu Rayne, je ne pense pas être capable de dormir dans le même lit qu'elle sans la baiser comme un fou, et nos parents ne passeraient pas à côté de l'odeur ou du bruit que nous ferions.

Hier soir, j'ai expliqué à Rayne pourquoi je comptais garder mes distances, mais elle aussi semble grincheuse, désormais.

Mon adorable demi-sœur avait peut-être besoin de moi.

Cette idée me rend dur comme du bois.

— On peut s'arrêter à la poste sur le chemin du lycée ? me demande-t-elle.

Elle a une boîte à chaussures emballée dans du papier kraft sur lequel est imprimée une adresse sous le bras lorsqu'elle monte dans la Jeep.

— Qu'est-ce que c'est ?

— Ça ne te regarde pas.

J'ai un fourmillement dans la nuque. Les sens de mon loup me soufflent quelque chose. Une colère irrationnelle bouillonne sous la surface.

— Réponds-moi, insisté-je, refusant de démarrer.

Elle pousse un soupir et lève les yeux au ciel.

— Bon, d'accord. Ce sont des chaussures. Des chaussures que j'ai portées. Elles vont me rapporter mille dollars.

— Ah. Ouah. Ça fait beaucoup de fric.

— Tu vois ? C'est un métier qui rapporte.

Mon fourmillement revient.

— Ça ne me plaît toujours pas. Il y a ton nom et ton adresse sur le colis ?

— Wilde. Je ne suis pas stupide. J'ai une boîte postale.

— Mais il saura dans quel État tu vis. Dans quelle ville, même.

— Ouais, et je vis dans un repaire de métamorphes. Tu crois qu'un étranger qui chercherait la merde survivrait plus de cinq minutes par ici ?

Elle n'a pas tort. Nous n'aimons pas beaucoup les intrus, à Wolf Ridge, et nous tenons les nouveaux venus à l'œil.

— La prochaine fois, envoie-les de Phoenix.

— Tu m'y conduiras ?

Je la regarde, perplexe.

— Tu es bien insolente ce matin, sucre d'orge. Tu cherches à te faire punir ?

— Tais-toi et démarre, Wilde, sinon je serai en retard.

Je regarde l'heure sur mon téléphone. Elle a raison. Je tourne les clés dans le contact, et nous sommes en chemin.

— J'irai poster le colis après t'avoir déposée, dis-je.

Elle se tourne vers moi d'un air surpris.

— Merci.

Son regard est plein de douceur, et je ressens une satisfaction si puissante que j'ai presque envie de me transformer.

C'est peut-être l'influence de la lune, qui sera pleine ce week-end, pile pour le bal de promo. À moins qu'il s'agisse de l'odeur de Rayne. Elle change. Je perçois mieux sa louve. Et plus je la hume, plus je la désire.

Il faut que je la pousse à se transformer. Je suis sûr que si j'y parviens, je découvrirai que c'est ma compagne.

Et si ce n'est pas le cas ?

Eh bien, nous serions foutus. Ou plutôt, je serais foutu. Car le fait qu'elle soit ma compagne est la seule excuse valable pour coucher avec ma demi-sœur.

Si quelqu'un apprenait que j'ai pris sa virginité sans cette justification ?

Je me ferais exclure de la meute pour de bon.

Je la dépose devant le lycée, et comme d'habitude, elle se faufile discrètement dehors. Comme si elle ne voulait pas qu'on la voie. Au début, ça m'arrangeait, car je ne voulais pas que l'on me voie avec elle, mais à présent, je déteste cette manie.

— Rayne, dis-je alors qu'elle s'apprête à fermer sa portière.

— Oui ?

— Passe une bonne journée.

Un petit sourire s'épanouit sur son visage, et j'en ai le souffle coupé. Elle est superbe, dans le ciel du matin. Radieuse, même. Et le regard qu'elle me lance me donne l'impression d'être un roi.

— Toi aussi, Wilde. On se voit après les cours.

Une drôle de sensation de légèreté s'empare de moi sur le chemin de la poste, où je me rendrai avant d'aller au garage. On dirait du bonheur, mais comme je n'en ai jamais connu auparavant. Une étrange sensation pétillante. Comme si tout était nouveau et différent.

Comme si moi, j'étais nouveau et différent.

Plus Wilde le raté, arrêté pour trafic de drogue et en passe d'abandonner Duke. Plus Wilde le colérique, qui vit pour son père et sa meute au lieu de se demander ce qui lui fait envie.

Plus Wilde le déraciné, qui vit à l'autre bout du pays avec des humains qui n'ont rien en commun avec lui.

Je me sens moi-même, sauf que ce moi, je le connais à peine.

Bon sang, je sais que ça n'a aucun sens, mais c'est ce que je ressens.

À la poste, je fais la queue au guichet pour poster les chaussures de Rayne. Elles sont adressées à une boîte postale. Il n'y a pas de nom, juste des initiales, mais la boîte postale se trouve à Chandler. Une ville située non loin d'ici, en bas des collines.

Ça ne me dit rien qui vaille. Mes cheveux se dressent de nouveau sur ma nuque.

Rayne est prudente, alors elle ne risque rien, normalement, et je n'ai pas l'intention de la faire passer à côté de mille dollars, mais j'ai un mauvais pressentiment.

L'aider me fait plaisir, cependant, et son expression pleine de gratitude m'a énormément plu, alors je poste le colis.

Quand je regagne ma Jeep, mon téléphone sonne.

C'est mon coach de Duke.

Je décroche. Le moment est venu d'arrêter d'esquiver.

— Woodward.

— Coach Granview.

— Mon grand, ça fait trois semaines que j'essaye de te joindre.

— Oui, Monsieur.

— Pourquoi tu ne m'as pas rappelé ?

Je me passe les doigts dans les cheveux.

— Honnêtement ? Je ne sais pas. C'était de l'autosabotage, j'imagine.

— De l'autosabotage, répète-t-il avec un rire sans joie. Oui, c'est bien vu.

— Voilà. Je n'avais pas grand-chose à dire, je crois.

— Quinze de tes coéquipiers ont été testés positifs à la drogue à notre retour.

— Un autre test ?

— Oui. Vous deviez vous croire tranquilles, vu que vous veniez d'être dépistés.

Je ne prends pas la peine de répondre.

— Il paraît que le test que t'a fait passer la police était clean, par contre.

Je suis surpris. Pas que mon test n'ait rien montré, mais que le coach ait eu accès aux résultats.

— Comment est-ce que vous l'avez découvert ? m'enquiers-je.

— Je me démène pour que les poursuites soient abandonnées, mon grand ! Pourquoi je n'arrêtais pas de t'appeler, à ton avis ?

— Oh.

Je suis touché. Et surpris.

Une pointe de culpabilité me transperce la poitrine. Je suis étonné que le coach Granview me soutienne.

Après tout, même mon père ne me croyait pas.

Si tu es aveugle au point de ne pas réaliser que ton fils est un héros...

Le plaidoyer passionné que Rayne a fait devant mon père me revient en mémoire, et je suis doublement ému.

— Rien ne prouve que cette drogue t'appartenait, à part le fait qu'elle était dans ta chambre, où se déroulait une grosse fête, comme l'a confirmé le personnel de l'hôtel, qui a appelé la police et te l'a envoyée. J'essaye de découvrir si tes empreintes se trouvaient sur le pochon, mais à mon avis, ce n'est pas le cas. Je vois juste ?

— Oui, Monsieur.

— Oui, je vois juste, ou oui, tes empreintes étaient sur le pochon ?

— Oui, vous voyez juste.

— Dans ce cas, Wilde, les charges devraient être abandonnées. Je te veux de retour dans l'équipe pour le match de la semaine prochaine, si j'arrive à arranger tout ça à temps. Si je te rappelle à ce numéro, tu décrocheras ?

Ça ne plaît pas à mon loup.

Visiblement, il ne supporte pas l'idée de retourner à Duke.

Je le comprends. Là-bas, il ne pouvait jamais courir. Je devais cacher ma nature.

Mais c'est l'odeur de créosotes et de genévriers de Rayne dans mes narines que me fait serrer le poing sur mon écran au point de le fendiller.

Mon loup ne veut pas quitter Rayne.

C'est forcément ma compagne.

Il n'y a pas d'autre explication.

Je ne peux pas dire non, cependant. Pas alors que je risque un bannissement de la meute. Pas alors que le coach Granview et l'équipe comptent sur moi.

Ce ne sont pas mes frères métamorphes, mais je leur suis loyal quand même.

— Oui, Monsieur.

— Bien. Je te tiendrai au courant.

Il raccroche.

Merde.

Merde. Merde. Merde.

Il faut que je pousse Rayne à se transformer pendant cette pleine lune. Je dois savoir si elle est vraiment mienne.

Partir avant que nous ayons mis les choses au clair

serait injuste envers elle. Injuste envers moi. Quelque chose dont je devrais me soucier, dorénavant. Je n'arrête pas de dire à Rayne de s'imposer. Il est temps que je suive mon propre conseil.

Je ne quitterai pas Wolf Ridge avant de savoir sans l'ombre d'un doute si ma chère demi-sœur est mienne.

Rayne

Le mercredi, Wilde m'envoie un message pendant ma sixième heure de cours pour me demander de le retrouver juste après l'école, et non pas après son entraînement.

Il ne précise pas pourquoi.

Le simple fait de recevoir un texto de sa part me met dans tous mes états. C'est rare qu'il m'envoie des messages. Ces derniers jours, j'ai seulement pu lui parler quand nous étions seuls dans sa Jeep.

Il a dormi sur le canapé toutes les nuits, cette semaine. C'est sans doute plus raisonnable, mais je suis sur les nerfs, irritable et en manque.

J'ai profité de ce temps supplémentaire seule dans ma chambre pour tourner un tas de vidéos de pieds. C'est dingue comme tout me semble différent, désormais.

Coucher avec quelqu'un ne devrait pas changer une personne à ce point, et pourtant si. Je ne suis plus la même qu'avant.

Je me sens sensuelle. Sexuelle. Éveillée. Quand je dis des choses cochonnes face à la caméra, je les pense vraiment. Ou plutôt, je m'inspire du réel, au lieu de tout inventer.

Je décris à mes clients la façon dont je voudrais que l'on me suce les doigts de pieds, en me remémorant tout ce que Wilde m'a fait. Je leur décris comment je me toucherais pendant qu'ils le feraient. J'imagine que je suis en train de parler à Wilde, même si au sein de notre relation, ce n'est pas moi la personne dominante. Mais imaginer que c'est lui qui me regarde me donne de l'assurance.

Je sais qu'il me trouve sexy. Et j'ai hâte de revoir la lueur verte dans ses yeux.

Au moins, je sais que nous coucherons ensemble ce week-end. *Deux fois.* Une fois avant le bal, et une fois après. Ma mère et moi sommes allées m'acheter une robe. Logan a même décidé de me l'offrir. J'ai choisi une robe argentée, pour aller avec les yeux de ma louve. Un secret que seuls Wilde et moi connaissons.

Chaque fois que je songe à ce que nous ferons avant et après le bal, je souris.

Je crois que l'arrivée de la pleine lune commence à m'affecter.

C'est la première fois que ça m'arrive. J'ai déjà vu l'effet que cette période avait sur mon entourage, mais moi, je restais toujours égale à moi-même. Épargnée par les changements de notre déesse dans le ciel.

Cette fois, cependant, c'est intense.

Je suis fiévreuse toute la nuit, et c'est insensé, mais quand j'ai vu Wilde partir courir, ce matin, j'ai eu envie de me joindre à lui.

Moi.

Je ne cours pas. Je ne fais pas le moindre sport. Mais soudain, j'ai compris pourquoi les loups ressentaient le besoin de se transformer et de courir. Désormais, je comprends cette envie de se défouler.

Je trouve la Jeep à l'arrêt devant la sortie que j'emprunte habituellement, ce qui me ravit secrètement. J'ignorais qu'il savait quel cours j'avais et par quelle porte je quittais l'établissement.

Je me rue dans le véhicule, qui démarre aussitôt. Comme à chaque fois qu'il me ramène après l'école. Je comprends. Il ne peut pas m'embrasser quand je pénètre dans l'habitacle.

Mais pas même un sourire ? Une salutation, quelle qu'elle soit ?

Wilde ne se contente pas de cacher qu'il couche avec sa demi-sœur. En public, il se comporte toujours comme si je n'étais pas digne du moindre effort de sa part.

J'aimerais pouvoir dire que ça ne me fait pas mal. Que j'ai l'habitude d'être traitée ainsi, puisque j'ai connu ça toute ma vie.

Mais je viens de perdre ma virginité avec cet homme, et il me répète que je lui appartiens, alors j'imagine que j'en veux... plus.

— On va où ?

— Passer ton permis.

Aïe. Ça, ça me fait encore plus mal.

Wilde dilate les narines et me jette un regard.

— Qu'est-ce qui ne va pas ?

Je hausse les épaules.

— Rien. Pourquoi tu dis ça ?

— Ne me mens pas. J'ai senti ta douleur.

— Tu en as marre de me conduire partout ?

Wilde me surprend en faisant une embardée pour se garer au bord de la route.

— Hé, dit-il d'un ton autoritaire.

Je me tourne vers lui, et il soutient mon regard.

— Rayne-des-Neiges, je continuerai à te conduire partout chaque jour. C'est mon boulot. Personne n'aura besoin de savoir que tu as décroché le permis. Mais je veux que tu prennes confiance en toi. Tu devrais avoir le permis.

Et je suis désolé de ne pas t'avoir emmenée le passer plus tôt.

Eh ben ! Je fonds.

Wilde est adorable.

— Oh. Merci.

Il me sourit.

— Ça va mieux ?

Il attend que j'acquiesce pour démarrer et reprendre la route.

— Pourquoi aujourd'hui ? demandé-je. Tu rates l'entraînement ?

— Oui. J'ai des projets pour toi juste après.

— Quels projets ?

— Sois patiente et tu verras.

Oh.

En moi, tout pétille d'excitation. J'espère qu'il parle de sexe. Ça, il m'en faut plus.

Wilde m'emmène sur le lieu de l'examen, et j'obtiens mon permis. Ensuite, il m'emmène manger une glace pour fêter ça.

— C'était ça, le projet que tu me réservais ? m'enquiers-je en mangeant une cuillerée de glace au chocolat noir.

— Non.

— Alors qu'est-ce que c'est ?

— Pas de questions, Rayne-des-Neiges. Allez, on y va.

— On se rend dans le chalet d'Abe et Austin ? insisté-je.

Évidemment, il ne répond pas. Nous retournons à Wolf Ridge, puis nous prenons une route de montagne sinueuse. Wilde se gare au bord de la route au milieu de nulle part et ouvre sa portière.

— Viens.

Je le suis dehors et regarde autour de moi.

— Je ne comprends pas.

— On va faire une petite promenade.

Je regarde de nouveau les environs. Il n'y a même pas de sentier. Nous allons crapahuter dans la forêt. Je ne pense pas qu'il y ait une partie de jambes en l'air à la clé.

Comme c'est triste.

Je suis Wilde à travers la végétation pendant une bonne vingtaine de minutes. Je suis complètement déroutée, mais je ne pose plus de questions, vu qu'il n'est pas décidé à y répondre.

Enfin, nous arrivons au bord d'une falaise, et alors je comprends. Cet endroit, c'est lors de ses courses de pleine lune que Wilde l'a découvert. D'habitude, il n'y vient pas en Jeep et à pied. Il s'y rend à quatre pattes depuis sa maison.

Bon, c'est sympa et tout ça. Il trouve peut-être ce lieu romantique. Mais moi, j'aurais préféré retourner au chalet.

— Qu'est-ce que c'est ? m'enquiers-je.

— On appelle cet endroit « la corniche ». C'est l'un de nos points de rendez-vous, pendant les courses de la pleine lune.

D'accord. Une expérience que je n'ai jamais connue et que je ne connaîtrai jamais.

— Ah, dis-je.

Je ne comprends pas. Pas du tout.

Wilde m'enlève mon tee-shirt.

Euh... d'accord ? Pourquoi ici ? Et comment ? Je veux dire... il y a des trucs piquants partout. Et le sol semble dur et caillouteux. Je ne suis pas vraiment d'humeur, là.

— Enlève ton jean.

— Pourquoi ?

Il ignore ma question et déboutonne lui-même mon pantalon. Je me plie à ses efforts et ôte mon jean, ce qui bien sûr, m'oblige à retirer les chaussures et à salir mes chaussettes.

Puis Wilde me soulève et me jette dans les airs.

Par-delà la falaise.

Je hurle en tombant.

Wilde s'élance derrière moi en criant :

— Transforme-toi. Rayne, *transforme-toi* !

Je me sens tellement trahie que ma terreur passe au second plan. Mon champ de vision se réduit, puis tout devient noir.

Je perds connaissance avant même de toucher le sol.

~

Wilde

Merde !

J'ai échoué. Rayne ne se transforme pas en pleine chute, contrairement à ce que j'avais espéré, et je ne peux pas la laisser s'écraser par terre. Elle a beau avoir des capacités de guérison, je ne sais pas si elles sont parfaitement au point.

Je me contorsionne de façon à atterrir sur mes pieds, et je rattrape Rayne avant qu'elle percute le sol.

Elle est évanouie.

Eh bien, j'ai royalement merdé.

— Rayne, bébé. *Rayne*. Réveille-toi, sucre d'orge. Tout va bien.

Je reprends seulement mon souffle lorsque ses paupières se mettent à papillonner.

— Tout va bien, bébé. Je suis désolé. Je pensais que tu te transformerais.

Rayne s'agite, comme si elle voulait se dégager.

Je la pose sur ses pieds, et elle me pousse avec beaucoup plus de force que je l'aurais imaginé.

— Je te hais, Wilde Woodward.

Je ris. Elle est trop mignonne quand elle est fâchée.

— Je suis *désolé*. Je croyais vraiment que tu te transformerais. Mais je t'ai rattrapée, bébé. Il n'y a pas mort d'homme.

— Pas mort d'homme... mais presque mort de femme ! rétorque-t-elle en tapant du pied. C'est quoi ton problème ? Tu ne peux pas supporter le fait que je n'arrive pas à me transformer ?

Je me frotte le visage. Bon sang. Ça tourne mal.

— La lune est presque pleine. Ton odeur semble évoluer chaque jour. Je me suis juste dit que...

— Peut-être que je n'ai pas *envie* de me transformer.

Ses yeux pleins de colère ont une lueur argentée qui vient contredire ses propos.

— Ce n'est pas une question d'envie, rétorqué-je. C'est ce que tu es.

Je lui tends les bras, et elle se dégage, mais je persiste. Je l'attrape et la serre contre moi, ses bras coincés le long de son corps.

— Je suis désolé de t'avoir fait peur. C'était mon intention, mais j'avais une bonne raison.

Elle essaye toujours de s'éloigner, de se libérer. Elle porte un ensemble de lingerie bleu ciel qui va très bien avec ses yeux et me donne une érection.

— Je suis désolé pour le mal que je t'ai fait. Je ne voulais pas tout faire foirer, Rayne. Vraiment pas.

À ces mots, elle se calme.

Je l'embrasse sur la tempe.

— Tu veux bien me pardonner ? demandé-je avec douceur.

— Non.

Mais son ton est boudeur, et selon moi, ça signifie qu'elle ne m'en veut plus autant qu'avant. Je la fais pivoter face à moi et la soulève pour qu'elle enroule les jambes autour de ma taille.

— Qu'est-ce qu'il faut que je fasse pour que tu me pardonnes ? demandé-je en me mettant en route, ramassant ses vêtements au passage.

— Arrêter d'être aussi con, répond-elle.

Je ris.

— Ça va être difficile. La connerie, c'est inné, chez moi.

— J'avais remarqué, grommelle-t-elle, mais d'un ton plus léger.

— Je sais ce qui pourrait aider.

Je me mets à courir, car mon idée me donne une force surhumaine, et je fonce jusqu'à la Jeep.

— Quoi ? demande Rayne.

— Je vais te réconforter, Rayne-des-Neiges.

Elle a passé les bras autour de mon cou. Son geste est voué à l'empêcher de perdre l'équilibre, plutôt qu'à me témoigner de l'affection, mais ça me plaît quand même. Sa poitrine pulpeuse se trouve à portée de ma bouche, et je mordille sa chair à travers son soutien-gorge.

Elle m'enserre la taille avec ses jambes, et je redouble de vitesse.

Quand nous arrivons devant la Jeep, Rayne est hilare, sa colère chassée par notre course et notre proximité.

J'ouvre la portière arrière du véhicule et la couche sur la banquette.

— Tu as besoin d'être soulagée, sucre d'orge ? Ça m'a tué de devoir dormir sans toi. Hier soir, j'ai dû me transformer et courir jusqu'à trois heures du matin pour réussir à trouver le sommeil.

Tout en parlant, je lui enlève sa culotte et je me glisse entre ses jambes.

Rayne m'attrape la tête pour la mener à la rencontre de son sexe.

J'inhale son odeur avec joie, et je suis vite enivré.

Elle me colle à elle, et je lâche un petit rire.

— C'est un *oui*, bébé ? Tu veux ma langue sur ton clitoris ?

— Oui.

Je lui donne un coup de langue.

— C'est comme ça que je gagnerai ton pardon ? demandé-je en la lapant. Hein ?

— Tu es pardonné, halète-t-elle en faisant onduler ses hanches.

— Parfait.

J'use de toutes les techniques que je connais, suçotant ses petites lèvres, la pénétrant avec ma langue.

— Tu as vraiment une jolie chatte, dis-je d'un air appréciateur. Elle est délicieuse, Rayne-des-Neiges.

Elle gémit.

— Je pourrais la lécher tous les soirs pendant le restant de mes jours sans m'en lasser.

Elle lève la tête pour me regarder, hissée sur ses coudes.

Je stimule son clitoris avec ma langue et glisse deux doigts en elle. Elle est déjà trempée. Je la caresse de l'intérieur. Elle est serrée, superbe et toute à moi. Je prends mon temps, ôtant mes doigts pour ne lui donner que ma langue, avant de reprendre mes va-et-vient. Elle répète mon nom, me suppliant de la laisser jouir.

— Jouis pour moi, Rayne-des-Neiges.

Mes doigts vont et viennent plus fort, plus vite.

Elle agite les jambes dans tous les sens et a un orgasme puissant qui me trempe la main. Je garde les doigts en elle pour sentir ses muscles se contracter. Je donne un dernier coup de langue à son clitoris.

Elle frémit et gémit, avant de se laisser retomber sur la banquette comme une jolie poupée de chiffon.

Je l'aide à s'habiller et la porte jusqu'au siège passager.

— Ça va mieux, bébé ?

Elle me regarde, l'air dans la lune.

— Oui, répond-elle.

Je la prends par le menton et l'embrasse passionnément. Ma langue plonge dans sa bouche et je vais et viens avec comme si je la baisais.

Lorsque je mets fin à notre baiser, ses yeux brillent et semblent incapables de se concentrer sur quoi que ce soit. Ses lèvres sont roses et gonflées.

— Je trouverai un moyen de combler tes désirs, bébé. Mais à l'approche de la pleine lune, je ne peux pas prendre le risque de dormir avec toi. Sinon, je passerais toute la nuit à te baiser.

Rayne m'adresse un sourire complice.

— Demain, c'est le premier match de la saison, dis-je. Tu viens, non ?

Elle hoche la tête.

— Cool. Je nous trouverai un endroit où nous retrouver après. En privé.

Elle ne dit rien, mais je sais que je suis pardonné.

Je sais aussi que je suis prêt à tout pour cette fille.

C'est forcément ma compagne.

Et il y a forcément un moyen de la pousser à se transformer.

CHAPITRE VINGT

Rayne

Le jeudi soir, Lauren, Lincoln et moi sommes assis au fond des gradins pour le premier match de la saison. Nous nous trouvons cinq rangs derrière Casey Muchmore et son équipe de volley. Le stade est plein à craquer. Je porte mon tee-shirt bleu et argent, les couleurs de Wolf Ridge, comme la plupart des spectateurs.

Lauren et Lincoln font exception. Lauren ressemble à une mannequin new-yorkaise, avec son jean déchiré et son pull qui dévoile l'une de ses épaules.

Je repère les larges épaules de Wilde au bord du terrain. Entraîner l'équipe semble lui réussir, comme s'il s'agissait de sa vocation. Hélas, c'est sans doute son dernier match ici. Son coach de Duke l'a appelé tout à l'heure pour lui dire que les poursuites contre lui avaient été abandonnées pour manque de preuves. Plus rien ne l'empêche de regagner son université. Et de rester membre de la meute.

Je devrais me réjouir pour lui. C'est ce que je fais, d'ailleurs.

Mais je mentirais si je prétendais que son départ ne me brisait pas le cœur. Bien sûr, je me doutais que ça ne durerait pas, entre nous. C'était impossible. C'est mon demi-frère, bon sang ! Une véritable relation n'a jamais été envisageable.

Mais je ne peux pas m'empêcher de repenser au bonheur que m'ont apporté les attentions de Wilde, ces dernières semaines. Malgré son comportement de brute, il est dans mon camp. C'est un alpha-bruti, mais il *me* désire.

Je le regarde faire un signe de la main à l'équipe, qui marque aussitôt un touchdown.

Le problème, avec le premier match de la saison, c'est qu'on sait que Wolf Ridge gagnera à tous les coups. Nous perdons quelques matchs par ans, prédéterminés par le coach Jamison. Seuls lui et les joueurs les connaissent à l'avance. Le vrai talent de nos sportifs, c'est leur capacité à jouer la comédie. Ils nous divertissent en faisant mine d'être des humains soudain capables d'un lancer spectaculaire. Le public est particulièrement impressionné par leurs ratés chorégraphiés. C'est comme une pièce de théâtre.

Pour l'instant, ils se maintiennent à égalité. À la mi-temps, il y a 21-21. Les pom-pom girls font des flic-flacs au bord du terrain.

Notre orchestre — très médiocre, car notre école est focalisée sur le sport, pas sur les arts — se rend au milieu du terrain pour assurer le spectacle, puis J.J. prend le micro.

— Très bien, les amis. C'est le moment que vous attendiez. Le moment est venu d'annoncer qui a été élu roi et reine du bal de promo.

Je me tourne vers Lauren et Lincoln en levant les yeux au ciel.

— Comme si c'était un mystère. C'est toujours les mêmes.

Je touche le bras de Lauren et ajoute :

— J'ai voté pour toi, bien sûr. Même si ça ne changera rien à l'issue.

Elle hausse les épaules.

— Je me fiche complètement du résultat. Moi aussi, j'ai voté pour toi.

— Alors, qui est ton mystérieux cavalier pour le bal ?

— Mon petit ami arrive de New York ce soir. Je ne sais pas trop, je crois qu'on ne va pas tarder à rompre, mais on aura au moins eu ce bal.

— Oh non, je suis désolée.

— Ne t'en fais pas. On vit dans deux États différents, et on a évolué. On devient différents. Rompre est plus raisonnable. Et si on se remet ensemble quand je retournerai sur la côte est pour la fac, tant mieux.

Je commence à voir Lauren et Lincoln comme les personnes les plus matures que j'aie jamais connues, émotionnellement parlant. C'est sans doute ce qui arrive, quand on perd sa mère. On comprend ce qui compte vraiment.

— Pour les classes de première, annonce J.J., Ty Wolstein est élu prince.

La foule l'applaudit.

— Et sa princesse est... Mélanie James !

Encore des hourras.

Il attend que les deux élus viennent recevoir leur couronne, leur sceptre et leur écharpe.

— Chez les terminales, le roi de cette année est... Abe Oakley !

— Tu parles d'une surprise, grommelé-je.

— Et la reine est Rayne Lansing.

Je me voûte dans mon siège.

— Merde.

— Ray-ayne ! lance l'une des volleyeuses d'une voix chantante en se tournant vers moi.

— Bon sang, mais qu'est-ce qui se passe ?

Je sens le rouge me monter aux joues. C'est le moment le plus humiliant de toute ma vie, et des humiliations, j'en ai connu, vous pouvez me croire.

Lincoln et Lauren font face à mon air horrifié avec un regard dérouté.

— Qu'est-ce qui se passe ? me demande Lincoln.

— Je... je n'en sais rien ! Ils se moquent de moi. C'est un coup monté pour me foutre la honte.

— Ou alors tu as peut-être gagné, tout simplement ? suggère Lauren.

Je secoue la tête.

— Jamais je n'aurais remporté l'élection.

À cinq rangs de là, je vois Casey Muchmore se lever et me regarder.

Eh, merde.

Elle monte les marches dans ma direction. J'aimerais pouvoir me vanter d'avoir bombé le torse et de lui avoir tenu tête, mais cette annonce m'a mise sous le choc. Je me ratatine littéralement dans mon siège. Elle me prend par le coude pour que je me mette debout. Ce que je ne comprends pas, c'est le sourire qu'elle a au visage.

— C'est toi, avorton. Tu n'as pas entendu ?

— Je suis désolée, Casey.

Je secoue la tête. Mes jambes tremblent.

— Je n'y comprends rien.

— Viens là, dit-elle en me tirant par le bras. Moi, je comprends.

J'ignore ce qui m'attend, mais je suis sûre que ce sera très désagréable.

— Non, gémis-je.

Cette plainte pousse Lincoln à intervenir. Il bondit sur ses pieds et attrape Casey par le bras.

— Hé, lâche-la, ordonne-t-il.

L'espace d'un instant, je crains qu'il déclenche une bagarre. Ce serait une catastrophe. Car si Casey frappe Lincoln, il est fichu quoi qu'il arrive. S'il rend les coups face à une fille, les autres spectateurs le massacreront. Et s'il se fait démolir par une fille, il passera pour une chiffe molle.

Mais Casey se contente de lever les mains, paume en avant comme pour montrer qu'elle est désarmée.

— Ce n'est pas un piège, Rayne, dit-elle. Tu as été élue reine du bal.

— Rayne Lansing. Descends, dit J.J. dans son micro. Où est notre petite reine ?

Tout le monde m'observe.

J'aimerais pouvoir faire sauter le stade tout entier, là, quitte à exploser avec.

— Il faut que je sorte d'ici, marmonné-je dans ma barbe.

Casey fronce les sourcils.

— Non, Rayne. Il faut que tu ailles chercher ta couronne. Tu ne sais vraiment pas pourquoi tu as été élue ?

Elle a un sourire en coin, comme si elle connaissait une blague que j'ignorais.

— C'est ton nouveau demi-frère qui a fait ça. J'imagine qu'il a décidé de te faire prendre du galon au lycée.

Ça me fait l'effet d'un coup de poing.

D'ailleurs, je retombe sur mon siège, sous le choc.

C'est Wilde le responsable. Wilde qui vient de m'humilier face à toute l'école. Non, pas seulement l'école. Toute la ville est présente au match.

Je sais que son intention n'était pas de se moquer de

moi ou de m'humilier. Je suis sûre qu'il pensait me rendre service, mais il n'aurait pas pu faire pire.

Comment pourrai-je garder la tête haute tout en ayant conscience que mon demi-frère a obligé tout le monde à voter pour l'avorton de la meute ?

Comment a-t-il pu croire que c'était une bonne idée ?

Soudain, je comprends.

Je sais parfaitement pourquoi il a fait ça, et je me plaque une main sur la bouche pour contenir un sanglot.

Il l'a fait car il avait honte d'être vu avec moi. C'est pour la même raison qu'il me pousse à me transformer.

Seul un changement de statut de ma part pourrait le convaincre de m'accepter en tant que demi-sœur. Ou en tant qu'amante, si quelqu'un venait à découvrir notre relation.

Les larmes me montent aux yeux, et je me remets debout en vacillant.

— Viens, je t'accompagne pour que tout le monde voie que je ne suis pas fâchée, dit Casey.

Je comprends mieux. C'est sa réputation qu'elle cherche à protéger, là. Elle veut montrer qu'elle a approuvé mon élection. Qu'elle y a participé.

— Non.

Je me dégage et m'enfuis en courant. Je ne descends pas les marches qui mènent au terrain, je monte le reste des gradins pour prendre l'escalier latéral menant au parking.

Je ne vois presque rien à cause de mes larmes, mais je parviens à descendre sans trébucher. Une fois sur le parking, je me mets à courir.

— Rayne ! Attends ! Tu veux que je te ramène chez toi ? me lance Lincoln, penché sur la balustrade au sommet des gradins.

— Non ! Je vais appeler ma mère, mens-je. J'ai envie d'être seule, c'est tout.

Ça, c'est vrai. Je me remets à courir, loin du stade.

La grosse voix de Wilde retentit derrière moi :

— Rayne !

Je l'ignore et continue de courir. La lune est pleine, et mes jambes sont plus puissantes que jamais.

Bien sûr, je ne tarde pas à entendre les pieds de Wilde frapper le sol dans mon dos. J'ai beau être rapide, je ne peux pas distancer un loup adulte doublé d'un athlète.

— Rayne !

Je m'arrête et tourne les talons.

— Fiche-moi la paix, Wilde.

Il me rattrape et me serre contre lui.

Je me dégage.

— Je t'ai dit de me foutre la paix !

— Qu'est-ce qu'il y a ? Ça ne va pas ? Tout le monde t'attend, là-bas.

Quand je croise son regard, il fronce les sourcils en voyant mon visage baigné de larmes.

— Qu'est-ce qu'il y a, bébé ?

— Non.

Je secoue la tête. Je ne sais pas d'où ça me vient, mais je retrouve ma force intérieure. Mon identité. Ma fierté.

— Je ne suis pas ton bébé. C'est fini, Wilde.

Il semble stupéfait.

— Quoi ? Qu'est-ce qui se passe ? Parle-moi, Rayne.

— Pourquoi est-ce que tu as dit à tout le monde de voter pour moi, Wilde ?

Ses épaules retombent. Il porte son uniforme de coach, et le tissu est étiré sur son torse large et musclé. Il est magnifique.

— Je voulais que tu... Je voulais que les choses changent pour toi.

— Exactement ! m'exclamé-je d'un ton triomphal. Tu voulais que je sois différente.

Il écarte les mains.

— Rayne, je...

Je secoue la tête.

— Admets-le. Pourquoi est-ce que tu fais tout pour que je me transforme ? Parce que tu ne peux pas supporter que je sois l'oméga de la meute. Tu ressens le besoin de m'améliorer pour avoir moins honte de coucher avec moi. Parce qu'il ne faudrait surtout pas que quelqu'un découvre que tu trempes ta bite dans l'avorton.

Il grimace.

— Ce n'est pas vrai.

— Mais si, Wilde. Tu n'arrives pas à m'accepter telle que je suis : une fille incapable de se transformer, tout en bas de l'échelle de la meute. Ça t'a tué que ma mère épouse ton père et me ramène chez toi, et maintenant que tu as décidé que j'étais baisable, tu essayes de me changer. Et si je ne veux pas changer, hein ? J'allais très bien, avant que tu débarques, Wilde Woodward. Je n'ai pas besoin que tu m'améliores. Pas besoin que tu m'apprennes à me transformer ou que tu changes mon statut au lycée. Parce qu'en réalité, rien ne pourra changer tout ça. Même si tu leur ordonnes de voter pour moi. *Surtout* si tu leur ordonnes de voter pour moi ! Tu viens de me ridiculiser, Wilde. Et j'en ai assez. C'est fini entre nous.

— Rayne...

Il me prend par le bras, et je me dégage.

— C'est terminé, Wilde. Touche-moi encore une fois, et je dirai à ton père que tu as abusé de moi. Tu seras exilé de la meute pour de bon.

Wilde me regarde avec des yeux ronds, et je me sens aussitôt écœurée d'avoir dit une chose pareille. Mais je ne reviens pas sur ma menace, car j'ai besoin qu'il me laisse tranquille. Sinon, je n'arriverai jamais à faire durer cette séparation pour de bon.

Et je n'ai pas d'autre choix que de rompre avec lui. C'est mon demi-frère, ce qui signifie que j'aurais forcément fini avec un cœur brisé. Autant mettre fin à notre relation selon mes termes.

Mais en cet instant, je me demande comment je vais faire pour m'en remettre.

Je m'enfuis, loin de Wilde et du stade.

— Rayne ! Laisse-moi te reconduire, me lance-t-il.

— Retourne au match, Wilde. Je vais appeler ma mère, mens-je pour la deuxième fois de la soirée.

Je l'entends soupirer. Marmonner un juron.

Mais je ne me retourne pas. Je continue de courir, car si je m'arrête, je m'écroulerai et je fondrai en larmes.

Je cours si vite que je ne vois même pas la voiture qui s'arrête devant moi. Je remarque à peine l'homme qui en sort. Je suis en train de lui passer devant lorsque je sens une aiguille s'enfoncer dans mon cou et de grosses mains me traîner vers le véhicule.

Je tente de me débattre, mais mes muscles deviennent tout mous, avant de cesser de fonctionner complètement. La dernière chose dont je me souviens, c'est que je m'écroule sur la banquette arrière d'une petite voiture puante.

~

Wilde

Merde !
J'ai envie de suivre Rayne.

Je voudrais que tout ce qu'elle a dit ne soit que mensonge, mais au fond, je sais qu'elle a raison.

J'ai effectivement cherché à la changer. Je voulais qu'elle fasse mieux. Qu'elle s'impose. Qu'elle se transforme. Qu'elle revendique un statut plus élevé au sein de la famille, de la meute, et surtout du lycée.

Elle a sans doute raison aussi lorsqu'elle dit que mes efforts pour la faire élire reine du bal ne l'aident en rien. Je ne pense pas que qui que ce soit se moque d'elle. Ses camarades savent que je les truciderais, sinon. Mais je réalise qu'obliger les gens à voter pour elle ne lui garantit pas leur respect ou un statut plus important. En pratique, ça ne changera rien pour elle.

Mon envie de tout arranger me fait presque perdre la tête.

Un grondement inhumain échappe à mes lèvres, et je donne un coup de poing dans un panneau-stop, trouant le métal en son centre. Le sang qui me coule sur les doigts est rouge vif au clair de lune. Je regarde la déesse du ciel pour chercher conseil, mais sa lueur pâle semble seulement me juger. Comme si je l'avais déçue. Comme si j'avais semé la pagaille dans les plans du Destin.

Je meurs tellement d'envie de me transformer et de courir après Rayne sous forme de loup que je grogne à nouveau. Mais le coach Jamison et l'équipe risquent de me chercher partout. C'est moi qui guide les joueurs, ce soir.

Je regagne le stade d'un pas lourd. Chaque mètre parcouru me donne l'impression de nager dans du ciment. De commettre la plus grosse erreur de ma vie. Mon loup se débat en moi, impatient de retrouver Rayne.

Mais elle m'a clairement ordonné de garder mes distances. Elle m'a menacé de me faire bannir, même si je la connais assez bien pour savoir qu'elle ne ferait jamais ça. J'ai vu son air horrifié, quand elle a prononcé ces mots.

Lorsqu'un coup de sifflet annonce la reprise du match, je me précipite vers le terrain, où le coach m'accueille d'un air réprobateur.

Je me place à ses côtés.

— Désolé, dis-je.

Sans savoir pourquoi, je tiens à expliquer ce qui vient de se passer. De prononcer le nom de Rayne devant Jamison et l'honorer ainsi.

— Rayne n'a pas apprécié que je me mêle du vote, dis-je, bien que le coach n'ait rien demandé.

Le coach met un moment à quitter le terrain des yeux pour me regarder.

— Je lui ai fait du mal, poursuis-je. Ce n'était pas mon intention, mais le résultat est le même.

Il m'examine d'un air curieux.

— Tu as des sentiments pour elle, Wilde ?

— Vous m'avez démasqué.

Je sens tout mon corps changer d'alignement face à cet aveu. Comme si l'on venait de me jeter au beau milieu de l'océan, sans la moindre terre en vue.

Qu'est-ce que ça signifie ? Que je tiens à Rayne, qu'elle soit ma compagne ou pas ?

C'est pour ça que je la poussais à se transformer. D'accord, je voulais également la « guérir ». Mais je voulais surtout avoir la permission de la revendiquer.

Et la seule chose capable de me faire revendiquer une femme n'ayant pas déclenché mon instinct d'accouplement serait... *l'amour*.

Une émotion à laquelle les loups accordent peu de crédit. Nous ne prenons pas très au sérieux le concept de mariage et d'amour à l'humaine. Il y a des unions d'amour au sein de la meute, mais la seule chose que nous respectons par-dessus tout, ce sont les compagnons destinés.

Voudrais-je toujours de Rayne, si elle n'était pas ma compagne destinée ?

Si on me l'avait demandé il y a une heure, j'aurais dit non.

Mais à présent que je risque de la perdre, la réponse est un *oui* catégorique.

Alors c'est peut-être ça, la réponse.

C'est ça qu'il faut que je lui dise.

Je dois m'excuser d'avoir été aveugle et lui expliquer que je l'accepte comme elle est. Que je veux Rayne l'avorton, avec ses gènes prétendument déficients et son statut d'oméga.

Ce n'est qu'en m'accrochant à cette idée que je parviens à tenir pendant tout le match. Mes gestes sont machinaux. Je dicte les stratégies à employer, je regarde le match, mais dans ma tête, je suis déjà avec Rayne.

J'admire tout ce qu'elle est : une présence menue, mais infiniment puissante. Bien plus forte que moi. Beaucoup plus lucide. Beaucoup plus équilibrée. Rayne voit des choses que les autres ne voient pas. Elle est gentille et ouverte d'esprit avec tout le monde, malgré tout ce qu'elle a subi.

J'autorise l'équipe à exceller tout au long de la deuxième partie du match, et pendant le quatrième quart, ils écrasent leurs adversaires. Les joueurs sourient alors qu'ils enchaînent les touchdowns.

Alors qu'il ne reste que deux minutes avant le coup de sifflet final, je les mets au défi d'en marquer un dernier.

Le public est remuant. Les spectateurs scandent des slogans et applaudissent.

Je passe les gradins en revue. J'ignore pourquoi je cherche Rayne des yeux. Elle a clairement dit qu'elle s'en allait. Que sa mère viendrait la chercher.

Je repère son ami humain, Lincoln, assis dans le fond avec sa sœur jumelle.

Je vois que mes potes, Austin, Cole et Bo, sont venus de Tempe. Sloane et Bailey se trouvent avec eux, ainsi que Slade.

Voir Bailey me serre de nouveau le cœur pour Rayne. Elle devrait être avec son amie pour lui confier sa peine, pas seule à la maison avec...

Soudain, j'aperçois deux silhouettes au milieu de la foule.

Mon père et Leslie.

Ce qui signifie que...

Personne n'est venu chercher Rayne.

Je renverse la tête en arrière, et je dois prendre sur moi pour ne pas hurler à la lune devant les humains de l'autre équipe.

Rayne, mon adorable Rayne, est seule dehors.

Rayne

Une odeur de moisi et de détergent me réveille. Je dois faire un effort surhumain pour décoller mes paupières et ouvrir les yeux. Je me trouve dans une chambre d'hôtel miteuse, les poignets attachés au-dessus de la tête et des talons hauts aux pieds.

Des talons hauts ?

Je lève la tête et regarde mes pieds en plissant les yeux. C'est très difficile, car mes muscles fonctionnent à peine. Ma tête pèse aussi lourd que la Subaru de ma mère.

Il y a un gros oreiller sous mes mollets, et en effet, je porte une paire de talons aiguilles.

Pas n'importe lesquels.

Mes *Manolo Blahniks*.

Ceux que j'ai envoyés à AccroAuxPieds352.

Alors que tout s'emboîte dans ma tête, une poussée d'adrénaline me donne la force de tirer sur mes bras. Je ne parviens pas à me libérer, cependant. Je suis trop affaiblie. Les nœuds sont trop serrés.

Je tends l'oreille, mais je n'entends personne d'autre dans la pièce. Pas de respiration ou de mouvement. Je jette un coup d'œil au réveil qui se trouve à côté de moi. La petite aiguille est sur le 12. Est-il minuit ou midi ? Comme les volets sont fermés, je ne saurais le dire.

Combien de temps suis-je restée inconsciente ?

C'est là que je réalise que je suis nue.

J'étais tellement concentrée sur les chaussures que je n'ai même pas remarqué qu'AccroAuxPieds m'a déshabillée avant de m'attacher.

Oh, par le Destin, m'a-t-il... ?

Non. Je ne pense pas. En tout cas, je ne ressens pas de douleur ou de gêne à cet endroit.

Je reprends mes efforts et tire sur mes liens, mais je n'ai toujours pas retrouvé mes forces. Je parviens seulement à m'écorcher les poignets sur la corde.

La porte s'ouvre dans un cliquètement, et un type mal rasé avec un coupe-vent entre dans la pièce avec un sac de fast food.

Il est plus jeune que je le pensais. Il doit avoir environ vingt-cinq ans, avec des cheveux noirs ébouriffés.

— Salut, Rayne.

Sa voix familière me semble beaucoup plus sinistre, à présent. Au lieu de me paraître timide, il me semble dérangé. Dangereux.

Cet homme et ma situation me donnent la nausée, mais l'odeur de la nourriture fait gargouiller mon ventre. Il est sans doute midi, si je suis affamée à ce point-là. Par le Destin, j'espère qu'il ne s'est écoulé qu'une demi-journée depuis mon enlèvement, et pas plusieurs jours. Je sais que nous ne sommes pas à Wolf Ridge, car le fast food où mon ravisseur a acheté le repas n'existe pas dans notre ville.

Je puise dans mes forces pour le fusiller du regard.

— Détache-moi, ordonné-je avec ma voix de dominatrice.

Ça ne fonctionne pas aussi bien qu'espéré, mais le type semble troublé, au moins. Il lâche le sac de fast food et se penche pour le ramasser.

— Tout de suite, insisté-je.

— Euh... non. Je ne peux pas faire ça.

— Tu ne peux pas me garder là.

Je garde un ton brusque et plein d'assurance, malgré mes jambes flageolantes.

Ses yeux se posent sur mes pieds, et je vois la bosse dans son pantalon grandir.

Par le Destin. Il faut que je me tire d'ici.

Réfléchis, Rayne. Réfléchis.

Il faut que tu trouves une solution.

— Tu es encore plus belle que je l'imaginais, dit-il en s'approchant lentement.

— Tu ne peux pas m'avoir.

Une partie de sa timidité s'envole. Pour la première fois, il affronte mon regard.

—Je t'ai, pourtant.

Ses mots n'ont rien de menaçant. Il ne se vante pas de ses exploits. Il décrit simplement les faits.

Bon sang.

— Tu ne peux pas me garder, corrigé-je.

Il penche la tête sur le côté.

— Peut-être. Je m'en fiche un peu. C'est ça que je voulais.

Ça veut dire qu'il compte me tuer quand il en aura fini avec moi. Ma peau se glace.

Il faut que je me libère.

Manger me fera sans doute du bien.

— J'ai faim, dis-je d'un ton capricieux.

Apparemment, ça fonctionne, car il se dépêche de m'apporter le sac. Il en sort une boîte de frites et me tend l'une d'entre elles.

Si je n'étais pas aussi affamée, j'essayerais peut-être de négocier pour qu'il me détache les mains. Le fait qu'il porte la nourriture à ma bouche me dégoûte. Mais cela ne m'empêche pas d'engloutir la frite.

— Il y a des hamburgers ?

— Oui. Oui, j'ai un hamburger pour toi dans le sac.

Je reprends mon ton de bêcheuse :

— Un seul ?

Il hausse les sourcils.

— Tu en manges combien, d'habitude ?

— Au moins trois. Je ne suis pas très grande, mais j'ai besoin de plein de calories.

— Eh bien tu vas devoir attendre. Pour l'instant, je n'en ai qu'un pour toi.

Il sort le hamburger du sac et l'ôte de son emballage avant de m'en proposer un morceau.

Je me jette dessus comme une louve et arrache la viande avec les dents.

Le type regarde le hamburger auquel il manque un énorme morceau d'un air surpris.

— Je te l'ai dit, j'ai faim, dis-je la bouche pleine. Approche-le.

Il me le tend à nouveau, et j'en prends une autre bouchée gigantesque. L'odeur de la nourriture me sort de ma torpeur. Je suis affamée. Quand mon ravisseur fait mine de reprendre le hamburger, j'en prends une troisième bouchée avant même d'avoir avalé la deuxième, les joues pleines.

AccroAuxPieds semble légèrement dégoûté.

Tant mieux. Peut-être qu'il sera dégoûté au point d'oublier ce qu'il compte me faire.

J'avale la nourriture et en réclame plus. Je termine le hamburger en cinq bouchées, avant de passer aux frites.

Le type veille à garder ses doigts hors de ma portée et me tend les frites à bout de bras.

— Où est-on ? demandé-je la bouche pleine.

J'ai besoin d'une serviette. Je sais que j'ai de la sauce de hamburger tout autour de la bouche.

— Dans un motel, répond-il.

— Merci, j'avais compris. Où ça ?

Il ne répond pas.

— Tu dois me ramener à Wolf Ridge.

Il secoue la tête.

— Je ne dois rien du tout.

— Je n'ai pas envie de rester ici avec toi. Ça ne me plaît pas. Je ne tournerai plus jamais de vidéos pour toi.

Il faut bien tout essayer.

Il abandonne les frites sur le lit, m'obligeant à tordre le cou et à tirer sur mes liens pour en attraper une avec les dents. Il passe deux doigts le long de ma cuisse puis de mon mollet, jusqu'à la lanière de ma chaussure.

— Elles sont encore plus jolies en vrai, dit-il. Tu as aussi un beau visage, mais ça, je m'en fiche un peu. C'est tes pieds qui m'intéressent. Je n'en avais jamais vu d'aussi magnifiques.

Mon corps se met à trembler. C'est bon signe, je pense. Au moins, je déborde d'énergie, désormais. Mes muscles se réveillent.

Quand l'effet du tranquillisant se sera complètement estompé, j'aurai peut-être assez de force métamorphe pour me libérer de ces liens en cassant la tête de lit, par exemple. J'ai beau ne pas savoir me transformer, je ne suis plus une petite chose fragile.

Et je n'ai pas l'intention de rester là et laisser ce pervers m'infliger tout ce qui lui passe par la tête.

— Croise les jambes, m'ordonne-t-il.

— Non.

Il me soulève une cheville et la croise sur l'autre. Je lui donne un coup de pied dans le crâne.

— Aïe ! Salope !

Il porte la main à sa tête et s'éloigne en titubant. Je savoure cette petite victoire, jusqu'à ce qu'il revienne avec une seringue dans la main.

Eh, merde !

J'attends mon heure, et quand il est assez proche, je me retourne pour le frapper de nouveau à la tête, le talon de ma chaussure pointé vers son œil.

Je le rate et l'aiguille s'enfonce dans mon épaule.

— Non.

Je me contorsionne et tente d'ôter l'aiguille, mais le tranquillisant fait déjà effet. Mon corps s'enfonce dans le lit, comme si un poids invisible enveloppait chacun de mes membres pour m'entraîner vers les profondeurs jusqu'à ce que la pièce soit plongée dans les ténèbres.

Wilde

Mon père, le shérif Gleason et Russ, son adjoint, me maintiennent pendant que je me débats sur le sol.

Je ne sais même plus pourquoi je suis en train de me battre.

Ah, c'est vrai. J'essayais de tout démolir dans le bureau du shérif.

— Ça suffit, Wilde, m'intime l'alpha Green de sa voix autoritaire.

Mon corps devient tout mou. L'alpha vient se placer à côté de moi tandis que les autres hommes continuent de me plaquer au sol.

— Tu veux venir chercher ta compagne avec nous ?

Les mots *ta compagne* attirent l'attention de mon loup, et soudain, je tends l'oreille.

Il parle de Rayne. De trouver Rayne.

Il a dit que c'était ma compagne.

Comment peut-il le savoir ? Peu importe. Il veut qu'on la cherche.

Compagne, hurle mon loup.

Je retrouve ma langue.

— Oui, Alpha.

Les hommes me lâchent, et je me relève maladroitement avant de me laisser tomber sur une chaise face au bureau du shérif.

Ça fait seize heures que Rayne a quitté le stade. Nous avons passé toute la nuit à la chercher. Deux adjoints du shérif se sont transformés avec moi pour m'aider à suivre sa trace, mais son odeur disparaissait en haut de la colline qui fait face au stade, indiquant que Rayne est montée dans la voiture de quelqu'un.

Son téléphone a été tracé, et nous l'avons découvert au bord d'une route menant à Phoenix.

La mère de Rayne est en train de pleurer dans un coin de la pièce. Mon père a passé toute la journée à essayer de lui faire manger quelque chose, mais elle est trop bouleversée pour cela.

Je ne pense pas avoir mangé non plus. Je ne m'en souviens pas.

Après avoir vu Leslie dans les gradins, pendant le match, je suis devenu fou. J'ai quitté le terrain pour courir dans la direction que Rayne avait prise. Bredouille, je suis monté dans ma Jeep et ai parcouru la route dans tous les sens. J'ai appelé ses amis. Puis je suis allé voir nos parents pour leur apprendre ce qui s'était passé, et ils ont appelé le shérif ainsi que l'alpha Green. À présent, toute la ville est à la recherche de Rayne, mais nous n'avons aucune idée d'où elle peut être.

— Qu'est-ce que tu nous caches ? me demande l'alpha.

— Rien. On s'est disputés. Elle était fâchée que j'aie obligé les autres à l'élire reine du bal. Elle m'a dit qu'elle appellerait sa mère pour qu'elle vienne la chercher. Quand j'ai vu Leslie dans les gradins, je me suis lancé à sa recherche, mais je ne l'ai trouvée nulle part.

— Il y a autre chose.

Je n'arrive pas à réfléchir. J'ignore ce qu'il veut entendre, mais je suis prêt à admettre n'importe quoi, pourvu que ça nous aide à retrouver Rayne. Je me fous de ce que les autres risquent de penser de moi. Je me fous que la meute me bannisse.

— J'ai pris sa virginité.

— Bordel, Wilde ! gronde mon père.

L'alpha Green lève les mains pour le faire taire, son regard fermement braqué sur mon visage.

— Autre chose, insiste-t-il. Tu as eu peur pour elle dès le départ. Pourquoi ? Tu craignais qu'elle se fasse du mal ?

— Qu'elle se fasse du mal ? bredouillé-je. Non ! Quelqu'un l'a enlevée. Un Venador, peut-être.

Il s'agit d'un abominable groupe d'humains pleins aux

as qui s'amusent à chasser les métamorphes. Il paraît qu'ils appâtent les adolescents de notre espèce sur des forums.

Mais mon cerveau tourne à plein régime, et je comprends enfin ce que perçoit l'alpha. Ce que je n'ai pas encore révélé.

— D'accord. D'accord. Je vais vous le dire.

Je déglutis. Ça m'embête de dévoiler le secret de Rayne, mais c'est nécessaire. Elle est en danger.

— Ça fait des mois que Rayne vend des photos et des vidéos de ses pieds pour avoir les moyens d'aller à la fac. Elle a vendu ses chaussures à un type, et j'avais un mauvais pressentiment.

Le shérif bondit sur ses pieds.

— C'est seulement maintenant que tu nous le dis ? Ça fait seize heures qu'elle a disparu, Wilde.

Je lève le poing, prêt à l'abattre sur le bureau, mais l'alpha Green m'ordonne d'arrêter, et mon bras retombe.

— Où vend-elle ces images ? demande le shérif. Sur un site internet ? Est-ce qu'il y a des mails ? Des messages ? On a besoin de tout ça.

— Sur Patreon et OnlyFans, réponds-je. Tout est sur son ordinateur.

Mon père sort ses clés.

— Dans sa chambre ? demande-t-il.

— Oui. Sur l'étagère au-dessus du lit.

— Je reviens tout de suite.

— D'accord, je vais passer un coup de fil à Kylie ou Jackson King, dit l'alpha, qui fait référence à deux métamorphes de Tucson spécialisés dans la cybersécurité.

— Les chaussures qu'elle a envoyées, tu te souviens d'une adresse d'expédition ou d'un nom ?

— Oui. Le nom, ce n'était que des initiales : F.L. L'adresse, c'était une boîte postale à Chandler.

— Lance une alerte enlèvement dans toute la région de

Phoenix, de Tucson et de Flagstaff, aboie le shérif à Russ, son adjoint.

Ce dernier hoche la tête et quitte le bureau.

L'alpha Green est en pleine discussion téléphonique, mais j'ai le cerveau trop embrouillé pour suivre la conversation.

Je me lève.

— Je vais à Chandler.

— Pas tout de suite, mon grand, dit le shérif. Attends qu'on ait plus d'informations.

— Je veux être sur place quand vous en aurez.

— Et si elle se trouve dans une ville complètement à l'opposé ?

Je sais que mon cerveau ne fonctionne pas comme il le devrait, mais je fais confiance à mon loup. Il veut que j'aille à Chandler. Immédiatement.

Je secoue la tête.

— Elle est là-bas. Appelez-moi quand vous en saurez plus.

Le shérif me regarde quitter la pièce en secouant la tête, mais je m'en fiche. Je me rue déjà sur ma Jeep, content de pouvoir enfin agir.

Je conduis jusqu'à Chandler, puis je parcours les rues au hasard. Je ne suis pas assez bête pour penser que je vais croiser Rayne, mais j'espère que mon loup la sentira. Que son instinct le guidera dans une direction ou dans l'autre. Je me retrouve dans une zone mal famée de la ville, au bord de l'autoroute.

Je me gare et sors de la Jeep. Je hume les odeurs environnantes. Dioxyde de carbone et ciment.

Je me mets à marcher le long de la voie de service, suppliant mon loup de me guider, mais il est aussi désespéré que moi. Même ensemble, nous avons du mal à fonctionner.

Je lève les yeux vers le ciel et je fais une prière silencieuse.

S'il te plaît, déesse, protège Rayne. Je suis prêt à tout pour la sauver.

~

Rayne

Je lutte pour me réveiller.

Quelqu'un me caresse les pieds. Je tente de lui donner un coup, mais je réalise que mes chevilles sont attachées, désormais.

Je parviens à ouvrir les paupières, et je vois AccroAux-Pieds assis sur le lit. Il caresse mes pieds nus d'une main, son sexe de l'autre. Il m'a ôté les hauts talons, qui se trouvent à côté de moi, sur le matelas.

— Rayne, gémit-il en constatant que je suis réveillée.

Il frotte son sexe contre mon pied. Cette vision me donne une poussée d'adrénaline qui m'aide à retrouver des sensations dans les doigts et orteils.

— Ne me touche pas ! grogné-je.

Mon indignation semble seulement l'exciter davantage, cependant. Il se met à se masturber plus vite, tout en ondulant du bassin pour rester collé à mon pied. Son autre main se referme douloureusement sur mon autre pied.

— Aïe ! Tu me fais mal.

— Sers-toi de tes orteils, m'ordonne-t-il. Sers-toi de tes orteils sur mes couilles.

Je ne sais pas si c'est dû à la peur ou à la colère, mais soudain, je suis brûlante. J'ai envie de vomir et de hurler à la fois.

AccroAuxPieds fait des va-et-vient avec son index entre mes orteils, et je me mets presque à pleurer en pensant à Wilde. À la façon dont il m'a sucé les doigts de pied. À sa tendresse.

Wilde, avec qui je viens de rompre.

Enfin, à supposer que nous ayons été ensemble un jour.

Wilde, que je ne reverrai peut-être jamais. Cette idée me submerge d'une vague de désespoir et de chagrin si puissante qu'elle m'aveugle.

Je m'évertue pour reprendre mes esprits. Au loin, j'entends un tambourinement assourdissant.

Le tranquillisant doit avoir des effets secondaires.

J'ignore combien de temps je perds connaissance, ou comment je parviens à me réveiller. Tout ce que je sais, c'est que quand je retrouve enfin la vue, quand les objets et les formes redeviennent nets, quand je perçois la lumière, les ombres et une silhouette humaine, ce que je vois n'a aucun sens. Car tout est baigné de sang.

CHAPITRE VINGT-ET-UN

Wilde

Quelque chose me pousse à courir. Je fais confiance à mon instinct, et je m'élance aussi vite que me le permet ma forme humaine. Je me retrouve devant un motel. Mon téléphone sonne, et je suis déchiré entre l'envie de répondre et...

Non. Pas le temps.

Rayne est ici.

Je perçois vaguement son odeur. À moins que ce ne soit que le souvenir de son odeur, mais je pense qu'elle est réelle.

J'ai envie de me transformer pour mieux suivre sa trace, mais mes oreilles détectent un son.

Le grondement d'un loup.

Je me rue dans sa direction et me jette contre la porte d'une chambre jusqu'à ce qu'elle cède.

Il me suffit d'une seconde pour comprendre ce qui s'est passé.

Rayne, mon adorable Rayne, est debout sur un tapis ensanglanté, complètement nue, avec des lambeaux de corde autour des chevilles et des poignets. Son visage et sa poitrine sont couverts de sang. Ses yeux bleus écarquillés de terreur sont braqués sur un homme démembré.

L'odeur du sang prend presque toute la place, mais en dessous... Oh, par le Destin. En dessous flotte l'odeur de Rayne. Sa nouvelle odeur de métamorphe.

Et mon loup *hurle* en la reconnaissant.

Je manque de me jeter à genoux tant je suis émerveillé, mais la peur de ma précieuse compagne passe avant tout le reste.

— Wilde ? souffle-t-elle avec surprise. *Qu'est-ce qui s'est passé ?*

Je m'efforce d'avancer lentement, de la toucher avec douceur. Je la prends par les épaules et me mets à les masser.

— Tu ne le sais pas, bébé ? Tu ne te souviens pas de ce qui s'est passé ?

— Non, gémit-elle. Je... je... C'est *toi* qui as fait ça ?

Elle me montre le corps d'un geste vague.

— Tu t'es transformée, ma belle. Ta louve s'est libérée pour te défendre. Tu es en sécurité, maintenant. Ta louve y a veillé.

Elle frémit, et je la serre contre moi.

— Est-ce que je l'ai... Wilde, est-ce que je l'ai...

— Oui, tu l'as tué. Ce n'est pas grave, bébé. Tu n'avais pas le choix.

Mon téléphone se remet à sonner, et je réponds à l'appel de l'alpha Green.

— Je l'ai trouvée, annoncé-je. Elle est saine et sauve. Elle s'est transformée et a tué son ravisseur. Euh, il faudrait que quelqu'un vienne faire le ménage, par contre.

— Où êtes-vous ?

— Il la séquestrait dans un motel.

— D'accord, ramène Rayne chez elle. On s'occupe de nettoyer la scène. Envoie-moi l'adresse et le numéro de la chambre.

— Merci, Alpha.

Je raccroche.

— On va te sortir de là, dis-je. Tu étais habillée quand tu t'es transformée ?

— Euh... quoi ?

Elle est complètement sous le choc.

Je ne vois pas de morceaux de tissu accrochés à ses membres, comme cela arrive quand nous nous transformons tout habillés, ce qui signifie qu'elle était probablement nue.

Cette idée me pousse presque à me transformer, tant j'ai envie de déchiqueter le connard mort sur le sol.

Quand je trouve les vêtements de Rayne, pliés dans une commode, je l'aide à s'habiller. Puis je pique un gant de toilette mouillé dans la salle de bains et je soulève Rayne, nettoyant le sang qu'elle a sur le menton alors que nous quittons la chambre.

— Et pour... commence-t-elle en regardant le cadavre par-dessus son épaule.

Je la pose pour ramasser la porte et la replacer sur ses gonds.

— Ne t'en fais pas, bébé. L'alpha Green veut que je te ramène à la maison. Il s'occupe du reste.

La Jeep ne se trouve qu'à quelques rues de là. J'assois Rayne sur le siège passager et démarre avant que quelqu'un tombe sur la scène de crime.

Le trajet de Chandler à Wolf Ridge prend plus d'une heure, cependant, et comme je ressens le besoin de prendre

Rayne dans mes bras, je me gare au bout de quelques kilomètres et sors de la voiture.

— Qu'est-ce qui se passe ? demande-t-elle.

Je fais le tour pour ouvrir sa portière, et je me sers du gant mouillé pour finir de lui nettoyer le visage, le décolleté et les mains.

Ses yeux s'emplissent de larmes.

— J'ai cru que je ne te reverrais plus jamais.

— Rayne, dis-je d'une voix étranglée. J'ai eu tellement peur de te perdre.

Elle me dévisage, et je vois tant de vulnérabilité dans son regard que je suis presque assommé.

Bon sang. J'ai toujours des explications à lui donner. Je dois réparer cette faille entre nous.

— Écoute, bébé. Je suis vraiment désolé pour l'élection de la reine du bal.

Elle baisse la tête et détourne les yeux, comme si elle n'avait pas envie d'en parler.

Avec tendresse, je prends son menton entre mon pouce et mon index.

— Tu avais raison, j'essayais de te changer. Et je veux que tu saches que j'ai repris mes esprits. Si je tenais à ce que tu te transformes, c'est parce que je pensais que tu étais peut-être ma compagne destinée. Mais quand tu as disparu, j'ai réalisé que je me fichais que tu le sois ou pas. Que je me fichais que tu sois capable de te transformer ou pas. Que je me fichais que tu sois populaire ou marginale. Bébé, tout ce que je veux, c'est être avec toi. Je crois que c'est pour toi que je suis revenu dans l'Arizona. Pas parce que je détestais la fac ou à cause de mon mal du pays. Je pense que mon loup me disait de rentrer pour être avec toi. C'est lui qui a causé mon arrestation.

Les beaux yeux de Rayne s'embuent, et je me penche pour l'embrasser doucement sur le front.

— Mais je me suis transformée. Alors bon...

J'esquisse un sourire, et je porte mon poignet à ses narines.

— Qu'est-ce que ça t'évoque ?

Elle hume ma peau, et ses iris prennent une teinte argentée.

Mon sourire grandit. Deux larmes cascadent simultanément le long de ses joues.

— Alors ?

— Je... je ne sais pas, répond-elle.

Je ris presque, à présent.

— Moi, je crois que tu sais. Je vois ta louve, bébé. Elle me regarde en ce moment même.

Elle lâche un gloussement larmoyant.

— Tu penses que je suis ta compagne ?

Toujours souriant, je secoue lentement la tête, et elle ouvre de grands yeux.

— Je ne pense pas, Rayne-des-Neiges. J'en suis absolument certain. Je te revendique. Tu es mienne, ma jolie. Que tu le veuilles ou non.

Elle rit doucement, avant de reprendre son sérieux.

— Wilde, je ne me rappelle même pas m'être transformée. Je ne suis pas sûre de savoir recommencer.

Je prends son visage entre mes mains.

— Rayne, ma chérie. Je te l'ai dit : je me fiche que tu te métamorphoses ou pas. Je me fiche que tu te teignes les cheveux en vert ou que tu pousses des cris de phoque. Tu es mienne. Et même si ce n'était pas le cas...

Je porte son poignet à mon nez et la hume profondément.

— Même si je n'étais pas persuadé que tu es ma compagne, je voudrais être avec toi. Je le voudrais, parce que tu es intelligente et gentille, et que tu fais attention aux gens. En plus, tu es trop mignonne quand tu t'énerves. Et tu as des pieds adorables. Mais hors de question que tu vendes des vidéos d'eux en ligne, désormais.

Rayne tressaille, et je regrette aussitôt de lui avoir rappelé ce qui vient de lui arriver.

— Ça va, bébé ? Tu veux me raconter ce qui s'est passé ?

Elle me tend les bras, passe les mains derrière ma tête et me tire vers elle.

— Je veux juste être avec toi, pour l'instant.

Je la soulève de son siège et place ses jambes autour de ma taille pour l'étreindre.

— Moi aussi, je veux être avec toi. C'est tout ce que je veux. Tu es la seule chose qui compte à mes yeux, dans ce monde.

Rayne fond en larmes, et je la serre contre moi en me balançant d'un pied sur l'autre.

— Tu vas me marquer ? demande-t-elle.

Je lâche un rire amusé.

— Tu as toujours des doutes ?

— Je veux dire... maintenant ? Ou ce soir ?

Je dois lutter contre le désir qui m'envahit.

— Bon sang, bébé. Tu es prête ?

— Oui.

— Tu ne veux pas que je te ramène à la maison ? Tu as sans doute envie de voir ta mère et de te laver.

Elle ne répond pas.

— Ou alors je peux nous louer un hôtel pour la nuit.

Rayne se détend.

— Je préfère l'hôtel. Sans aucun doute.

— D'accord, dis-je en la rasseyant sur son siège et en attachant sa ceinture. Tu sais ce que ça veut dire.

Mon loup jubile ouvertement.

— Quoi ?

— Je vais pouvoir t'emmener au bal de promo.

— Oh. Euh... je ne sais pas.

Je recule en riant.

— Tu ne sais pas ? Je n'ai pas le droit de me vanter de ma compagne devant tout le lycée ?

Elle rougit.

— Alors ?

— Bon, d'accord, répond-elle avec un sourire assez radieux pour illuminer le ciel qui s'obscurcit. C'est tentant.

Mon loup marque un touchdown victorieux.

Soudain, tout semble s'emboîter, dans ma vie. Fini les pièces manquantes ou cassées. Tout est à sa place, pas comme avant mon départ, mais d'une façon inédite et merveilleuse.

Sur la carte de mon téléphone, je cherche l'hôtel le plus proche et le plus chic, et j'y conduis Rayne. J'ai un peu d'argent que Greg m'a donné pour mon travail au garage, et je suis heureux de tout dépenser pour offrir à Rayne une nuit parfaite.

~

Rayne

Wilde nous conduit à un hôtel luxueux du centre de Phoenix. Pendant qu'il commande à manger, il me fait couler un bain.

— Ils s'imaginent que j'organise une fête là-haut, à cause des dix-sept hamburgers que je viens de commander, dit-il en souriant.

Je lui souris en retour. L'euphorie qui s'est emparée de

moi m'est complètement étrangère. Je tremble et je me sens toute légère.

Wilde a appelé ma mère sur le chemin de l'hôtel pour lui dire que j'allais bien, mais qu'il devait revendiquer sa compagne, et que nous serions de retour le lendemain matin. Je l'ai entendue rire à travers ses larmes avant qu'il raccroche.

Wilde me déshabille et me porte dans la baignoire pleine. À l'aide d'un gant, il me lave sous toutes les coutures.

La nourriture arrive, et il me l'apporte dans la salle de bains. Accroupi à côté de la baignoire, il me nourrit à la main, sans jamais quitter mon visage des yeux.

Il me caresse les cheveux.

— Je regrette de ne pas avoir vu ta louve. Je parie qu'elle était superbe.

Cette fois, l'intérêt qu'il porte à ma louve ne me fait pas mal. Il m'a dit qu'il se fichait que je me transforme à nouveau ou pas.

— Tu vas retourner à Duke, dis-je.

Je ne veux pas qu'il renonce à l'avenir qui l'attend pour rester ici jusqu'à ce que je finisse le lycée. Ça n'aurait aucun sens.

Il marque une hésitation.

— Je vais terminer la saison de football. Ensuite, je demanderai mon transfert à l'Université de l'Arizona. C'est là que tu vas l'année prochaine, non ?

Je fonds.

— Si.

Je termine mon dernier hamburger et me lève.

— Je trouve que c'est une bonne idée, dis-je.

Wilde m'enveloppe dans une serviette et me sèche. Dans la chambre, je remarque une bouteille de champagne dans un seau près du lit.

— Ooh. La classe. Comment tu as fait ? Tu n'as pas encore vingt et un ans.

— Fausse carte d'identité, bébé.

Il m'adresse un clin d'œil et me fait signe d'approcher.

— Viens là.

Il nous sert du champagne et me tend un verre, une main dans mon dos.

— Je t'aime, Rayne Lansing.

Il ouvre la serviette coincée sous mes aisselles et m'embrasse entre les seins.

— J'aime que tu sois toute menue.

Je me prépare à être blessée, mais le fait qu'il mentionne ma petite taille ne me fait pas mal, cette fois. Je ne sens qu'un respect et un amour réciproques entre nous. Je sens qu'il adore mon corps. Et je crois dur comme fer qu'il me trouve parfaite telle que je suis.

Il dépose une pluie de baisers autour de l'un de mes tétons, avant de le suçoter.

— J'adore la douceur de ta peau. J'adore ton goût sucré.

Je lui enlève son tee-shirt. J'ai envie de le goûter, moi aussi. Je m'assois à califourchon sur ses genoux et lui mordille le cou.

— Tu veux me marquer, petite louve ? demande Wilde en riant. Vas-y. Je tiendrai le coup.

Bien sûr, les louves ne marquent pas leurs compagnons. Nos dents ne possèdent pas le sérum destiné à marquer la peau de quelqu'un de façon permanente. Je le mords quand même, et je me mets à mouiller en imaginant la façon dont il me marquera.

— Bon sang, Rayne.

Soudain, je suis sur le dos, Wilde allongé sur moi.

— Tu crois que je ne sens pas ton doux nectar ? demande-t-il.

La lueur verte dans ses yeux et la contraction des muscles de son torse m'enivrent de désir.

Il descend entre mes jambes, ses grandes mains sous mes fesses, et il me donne un coup de langue.

Je me laisse aller à savourer ces sensations. La chaleur de sa langue chaude, la caresse délicate sur mes parties les plus sensibles.

— Wilde, gémis-je.

— C'est bien, bébé. Je veux t'entendre dire mon nom pendant que je te lèche.

Je le répète. Plein de fois. Parce qu'il me fait le cunnilingus du siècle, léchant et lapant mes replis, m'accordant orgasme après orgasme.

— Wilde, il m'en faut plus.

Il lève la tête, les lèvres brillantes de mes fluides.

— Je croyais que je t'en donnais déjà plus.

— J'ai besoin de toi. De ta queue. S'il te plaît.

Il a un sourire suffisant.

— N'en dis pas plus, bébé. Ma compagne doit être comblée.

Il se débarrasse de son jean et de son boxer avant de me grimper dessus.

Je suis tellement impatiente que j'ai le souffle court. Tout mon corps est pris de tremblements. Je viens d'avoir cinq orgasmes grâce à la langue de Wilde, mais il ne s'est pas du tout servi de ses doigts, et ma hâte d'être pénétrée me fait perdre la raison.

Je lui tends les bras, mais il me fait rouler sur le ventre.

— Écarte les jambes, ma belle.

Je m'exécute, et il s'agenouille entre mes cuisses pour frotter son gland à mon entrée trempée.

— Lève le bassin.

Il glisse un oreiller sous mon pelvis pour me relever les fesses, avant de leur donner une tape.

— Mmm, gémis-je.

Il me pétrit le derrière avec force, puis il s'enfonce dans mon passage étroit. J'adore qu'il soit bien serré en moi. Qu'il m'emplisse. Qu'il me prenne.

Et bientôt, qu'il me *revendique*.

Il me pénètre avec lenteur, m'emplissant avant de se retirer et de s'enfoncer à nouveau. À chaque nouveau va-et-vient, je gémis, ravie. Son poing se ferme sur mes cheveux, et il me tire la tête en arrière pour m'embrasser. Ses coups de reins deviennent un peu plus sauvages, et quand leur force me projette en avant, Wilde me maintient par la nuque.

— Tu veux que je te prenne sauvagement ce soir, Rayne-des-Neiges ?

— Oui, s'il te plaît, dis-je dans une plainte.

J'ai beau prendre du plaisir, ça ne me suffit pas. J'en veux encore. Je veux le sentir dans chacune de mes cellules. Je veux qu'il soit déchaîné. Qu'il me montre à quel point il me désire. Je veux me sentir pleinement revendiquée, pour toujours.

— Tant mieux, gronde-t-il en s'enfonçant en moi avec encore plus de force.

Je me cambre pour lui offrir mes fesses, pour lui faire perdre la tête. Il me pilonne, et son pelvis claque contre ma chair. C'est beaucoup trop intense, mais j'adore ça. C'est ce que je veux. Ce qu'il me faut.

Mes cris deviennent de plus en plus sonores, de plus en plus aigus. Je suis sûre que si la chambre voisine est occupée, il y aura des plaintes.

Je m'en fiche. Même si quelqu'un essayait de défoncer la porte, je ne voudrais pas arrêter. Tout ce qui m'intéresse, c'est de me laisser porter par cette vague de plaisir incroyable avec Wilde.

— Rayne, dit-il d'une voix rauque, ses mouvements

saccadés. Rayne, bébé. Rayne... C'est toi.

Il s'enfonce profondément en moi et jouit.

J'atteins de nouveau l'orgasme, tout mon corps secoué par l'extase. C'est beaucoup plus qu'une expérience physique. Beaucoup plus qu'une expérience spirituelle, même.

C'est cosmique.

Un alignement parfait entre la personne que je suis – que j'ai toujours été, sans l'assumer – et mon compagnon idéal. Tous nos prétendus problèmes semblent soudain sans importance. L'élection de la reine du bal. Le kidnapping. Le fait que j'ai tué un homme. Le retour de Wilde à Duke. Ma transformation oubliée.

Rien de tout cela ne compte. Tout ce qui m'intéresse, c'est mon compagnon.

Les dents de Wilde s'enfoncent dans mon épaule, perçant ma peau pour imprégner ma chair de son odeur. La douleur est éclipsée par le plaisir. Un plaisir merveilleux à m'en faire perdre la tête.

Le sérum qui court dans mes veines me plonge dans un état euphorique. Tout mon corps se détend, parfaitement comblé.

Métamorphosé.

J'ai alors la certitude que je serai capable de me transformer. Que je suis une louve à part entière, désormais.

Je réalise également que c'est le sperme de Wilde qui a lancé ma transition lors de ma première fois, tout comme son essence me donne l'impression d'être complète, en cet instant. Comme si j'étais enfin devenue l'être que je cachais de tous pour une raison sombre et mystérieuse.

Wilde va et vient lentement en moi tout en retirant ses dents de mon épaule, puis il referme la plaie en la léchant. Il me caresse les cheveux comme il caresserait un chat.

— Tout va bien, Rayne-des-Neiges ? Tu as mal ?

Je tourne la tête sur le côté et le regarde avec un sourire rêveur.

— Je vais parfaitement bien.

Ces mots ne suffisent pas à exprimer l'ampleur de ma béatitude.

Il me sourit à son tour et me fait rouler sur le dos.

— Tu es mienne, dorénavant.

Il est penché sur moi, en appui sur un bras. Je lève les jambes pour lui enserrer la taille et enfoncer son sexe entre mes cuisses, là où est sa place.

— Je suis tienne, murmuré-je.

~

Wilde

Le samedi soir, je suis assis sur le canapé vêtu de mon plus beau costume. Enfin, mon seul costume, plutôt. J'attends que Rayne émerge de sa – notre – chambre pour aller au bal.

Nous sommes rentrés cette après-midi après avoir fait l'amour à l'hôtel toute la nuit et toute la matinée.

Je craignais que mon père me botte le cul pour ne pas avoir ramené Rayne immédiatement après l'avoir retrouvée, mais Leslie et lui semblaient fous de joie.

— Je n'y crois pas, répétait sans cesse la mère de Rayne, le visage baigné de larmes. Vous avez tous les deux trouvé votre compagnon et compagne destinés juste ici, sous notre toit. C'est merveilleux.

Rayne a appelé son ami humain pour lui dire que notre couple était désormais officiel, et qu'elle voulait assister au bal avec moi. Bien sûr, je n'ai pas pu m'empêcher d'écouter aux portes, et l'humain s'est montré étonnamment compréhensif. Apparemment, Rayne disait vrai, lorsqu'elle affirmait qu'il ne cherchait pas à la draguer.

Enfin, la porte s'ouvre, et Rayne sort de la chambre. Elle porte une petite robe bustier argentée qui moule ses hanches et colle ses seins l'un à l'autre dans le décolleté le plus séduisant que j'aie jamais vu.

Mes poings se serrent.

— Tu comptais porter ça pour lui ? grondé-je.

Ce que je fais n'est pas bien, mais je ne peux pas m'en empêcher. Je sais que je devrais lui dire qu'elle est superbe, que je suis honoré de l'emmener au bal, mais la seule chose à laquelle je peux penser, c'est...

Rayne s'approche avec ses hauts talons affriolants et pose les mains sur mes épaules. Son odeur m'apaise aussitôt. La toucher m'aide encore plus.

— C'est pour toi que je porte cette tenue, murmure-t-elle.

Je fais glisser mes mains jusqu'à ses fesses et je les pétris.

— Tu es très belle. Belle à croquer.

— La couleur est assortie à mes yeux, murmure-t-elle.

Mon sexe se contracte.

— Oui, tes jolis yeux de louve.

J'ai envie de voir sa louve, de lui apprendre à se transformer sans amnésie post-traumatique, mais je ne veux pas insister. J'ai déjà commis cette erreur, et je ne veux plus la blesser.

— Oh, fais-moi voir ! s'exclame Leslie.

Elle se rue dans le couloir, son téléphone sorti pour prendre des photos. Elle pousse une exclamation.

— Vous êtes superbes, tous les deux.

Nous nous levons pour prendre la pose, dans la maison et à l'extérieur, sous un arbre. Puis je soulève Rayne et la porte jusqu'à la Jeep.

Elle passe les bras autour de mon cou.

— Je suis capable de marcher, tu sais.

— J'ai besoin de te serrer contre moi.

Je la pose sur son siège et attache sa ceinture.

— Ah oui ? dit-elle d'une voix essoufflée, ravie.

— En permanence. Je ne sais pas comment je vais tenir toute la saison de football sans toi.

— On fera des appels en visio. Tous les jours. Et je peux toujours vendre d'autres photos de mes pieds pour acheter des billets d'av...

Rayne s'interrompt et sourit en entendant mon grondement désapprobateur.

— Tu plaisantes, j'espère ?

Son expression est attendrie. Elle rayonne de l'intérieur.

— En grande partie, répond-elle.

Je prends son visage dans mes mains.

— Viens là, dis-je. Je t'aime.

— Je t'aime aussi, Wilde Woodward.

— On devrait se marier.

Elle rit.

— Pourquoi ?

Elle a raison. Les loups n'ont pas besoin de ce rituel humain qu'est le mariage. L'accouplement est bien plus fort.

— Je ne sais pas. Pour des raisons d'assurance ou un truc dans le genre ? J'ai juste envie de tout faire avec toi.

— Mmm, susurre-t-elle. Moi qui croyais qu'on avait déjà tout fait hier soir... et ce matin.

— Oh, bébé. On n'a même pas gratté la surface de tout ce que je compte te faire au lit.

Je lui donne un baiser possessif, assez passionné pour la faire trembler dans ses talons aiguilles. Puis je ferme sa portière et fais le tour de la voiture.

Je suis impatient de l'emmener au bal. Là-bas, tout le monde remarquera sa nouvelle odeur. Pas seulement celle qui dit qu'elle est métamorphe, désormais, mais aussi mon odeur qui imprègne sa peau. Ma revendication.

Personne ne l'emmerdera ni ne la méprisera plus jamais. Elle est mienne, et elle sera respectée. Je pense que ça va sans dire, mais je m'assurerai que tout le monde le comprenne, ce soir.

Le bal a lieu dans la salle de réception de la brasserie. Cette vile est tellement petite que la moitié des parents d'élèves y travaillent. La brasserie appartient à la meute, et la plupart des lycéens sont des métamorphes, alors lors d'événements de ce genre, on déroule le tapis rouge.

Je me gare sur le parking. Nous avons beau être en retard, je trouve une place juste devant. Presque comme si elle nous était réservée. Je prends Rayne par la main, et nous passons sous une arche faite de ballons et de banderoles pour pénétrer dans la salle.

Tout le monde nous regarde. Ils réalisent que ce soir, nous ne sommes pas ensemble en qualité de demi-frère et demi-sœur, mais en tant que couple. À moins qu'ils admirent la beauté de Rayne, car elle est absolument magnifique. Surtout avec ses talons, qu'aucune fille de son âge ne sait porter.

Abe est le premier à nous approcher. C'est peut-être la seule personne avec une paire assez grosse pour s'y risquer.

— Salut, vous deux, dit-il avec son sourire de pirate. Voilà ma reine du bal.

Je serre Rayne contre moi.

— Ce n'est pas *ta* quoi que ce soit, Oakley. Elle est toute à moi, désormais.

Abe dilate les narines comme pour la humer, et il hausse les sourcils d'un air appréciateur.

— *Compagnons*. Ouah. Qu'en disent vos parents ?

Bien entendu, tout le monde entend ce qu'il dit, et tout le monde nous regarde ouvertement.

— Ils sont contents, réponds-je.

Je masse la nuque de Rayne pour lui montrer que je suis là. Que je suis son défenseur. Son compagnon.

— Tant mieux pour vous, dit Abe.

— Rayne ! s'exclame une pom-pom girl nommée River, je crois.

Casey marche derrière elle d'un air étonnamment protecteur. La pom-pom girl a la couronne de reine du bal dans les mains.

— Voilà ta couronne, Rayne.

Je me crispe, mais Rayne ne semble pas contrariée, seulement un peu gênée par tous ces regards. Je crois qu'elle est contente.

Au lieu de donner la couronne à Rayne, elle la lui pose sur la tête, avant de l'ajuster jusqu'à ce que tout soit parfait.

— Tu es très belle, dit-elle.

Elle dépose un rapide baiser sur la joue de ma compagne et ajoute à voix basse :

— Merci pour ce que tu as dit à Casey.

Puis, à voix haute, elle déclare :

— Félicitations. Pour l'élection, et pour l'accouplement.

Ses mots sont chaleureux et sincères.

Derrière elle, Casey nous jette un regard approbateur.

— Tu t'es accouplé à ta demi-sœur. Ça me plaît. Un amour interdit.

C'est alors que je comprends. *Casey et la pom-pom girl.* Ce n'est pas tout à fait interdit à Wolf Ridge, mais ce n'est pas très courant, c'est sûr. Les métamorphes ne sont pas homophobes, mais hétéronormatifs, oui. Notre espèce est très genrée.

— Fais ce qui est bon pour toi, Casey, dis-je. La meute te suivra.

C'est une femelle alpha. Au lycée de Wolf Ridge, elle peut se permettre de dicter de nouvelles règles.

— C'est plus ou moins ce que ta compagne m'avait dit.

Casey lance un sourire réticent à Rayne, avant de s'éloigner avec River.

— Viens, allons saluer Lincoln, dit Rayne en me tirant dans un coin de la pièce.

Il est entouré par plusieurs humaines. Il a l'air de s'ennuyer, mais ne semble pas se sentir mal à l'aise.

— Salut, Lincoln, dit Rayne.

Elle le prend rapidement dans ses bras, et je n'ai même pas envie de l'écrabouiller.

Je lui tends la main.

— Salut, mec. Merci d'avoir accepté ce changement de programme.

Il hausse les épaules.

— Pas de problème. Je suis content que vous ayez trouvé un moyen d'être ensemble.

Rayne le regarde en rayonnant. Elle a tout d'une reine de bal. Belle comme une déesse. Prête à régner sur sa cour avec grâce et amour.

— Roi et reine, prince et princesse, venez sur la piste de danse, lance J.J. depuis la scène.

La foule applaudit et siffle.

— Êtes-vous prête, Majesté ? demandé-je à Rayne.

Je m'incline et lui tends la main. Elle rougit, souriante. Ses yeux brillent d'une lueur argentée quand elle me regarde.

— Avec toi ? Toujours.

Elle embrasse rapidement Lincoln sur la joue, avant de me donner sa main pour que je la mène sur la piste.

Abe a l'intelligence de choisir une autre fille comme

cavalière lorsque nous rejoignons le prince et la princesse. Je le vois jeter un regard noir à un couple humain qui se tient dans un coin de la salle. La fille ressemble à Lincoln ; sans doute sa jumelle.

Je serre Rayne contre moi. Son corps menu contre le mien, plus imposant. Sa douceur contre mes muscles. À sa place, là où elle était destinée à se retrouver. Elle lève la tête vers moi, superbe avec sa couronne.

— Tu es la perfection incarnée, ma reine, murmuré-je.

Elle rougit.

— Je t'aime.

Mon sourire devient malicieux.

— Que tu m'aimes ou pas, Rayne-des-Neiges, tu m'appartiens, désormais.

Ses iris prennent une teinte argentée sous les spots.

— Combien de temps il faut qu'on reste avant de pouvoir s'éclipser ? demande-t-elle.

J'éclate de rire.

— C'est ta soirée, ma belle. Je suis à ton service.

~

Rayne

— Tu es ma compagne, grogne Wilde en me plaquant au mur du chalet d'Abe Oakley. Ses yeux ont une lueur verte dans la pénombre. Mes jambes se trouvent autour de sa taille, ma robe courte soulevée sur mes hanches.

Après la première danse, il a informé Abe que nous réquisitionnions son chalet, et qu'il devrait veiller à ce que personne n'y mette les pieds.

Wilde m'a portée à l'intérieur, mais nous n'avons même

pas atteint la chambre. Nous nous trouvons sur le seuil du chalet obscur. C'est incroyable, mais même sans la pleine lune qui filtre par la fenêtre, je serais capable de voir dans le noir, désormais.

— Tu ne t'es jamais fait baiser contre un mur, hein, Rayne-des-Neiges ?

Wilde frotte la bosse de son érection entre mes jambes écartées.

— Pas encore, roucoulé-je.

Je passe les bras autour de son cou.

— Je suis ton premier. J'aurai droit à toutes tes premières fois.

— Mon premier et mon seul amant.

Cela le rend fou. Il tire sur ma culotte et la déchire en deux, l'enlevant sans avoir besoin de me poser.

Je ne me plains pas. J'adore son côté sauvage. Ça m'enivre de savoir qu'il est tellement impatient de m'avoir qu'il n'arrive plus à se maîtriser.

Tout en continuant de me plaquer contre le mur, il déboutonne son jean d'une main et libère son membre. Ses lèvres se collent aux miennes alors que son gland caresse ma fente.

Je gémis mon approbation. C'est tellement agréable. Doux et satisfaisant. Délicieux.

Sa langue s'enfonce dans ma bouche et il me pénètre au même instant, dans une revendication simultanée. Une main glisse sous ma robe pour saisir un sein nu. Wilde me dévore, son corps puissant et athlétique contrôlant ma silhouette menue. Maintenant que ma louve a fait surface, il est plus brutal. Ça me convient, car la légère douleur de ses gestes autoritaires me fait un bien fou. Comme si ma louve voulait que nos ébats soient les plus sauvages possible.

Wilde me donne un grand coup de reins, ses lèvres

toujours soudées aux miennes, ses doigts pinçant et tordant l'un de mes tétons, me faisant haleter dans sa bouche. Il avale mes cris. Va-et-vient avec plus de force.

— Ça, c'est ta première fois contre un mur, bébé, dit-il d'une voix rauque. Ensuite, tu auras ta première fois penchée sur le canapé.

Il me pilonne, me faisant cogner contre le mur encore et encore.

— Et après, tu auras ta première fois à quatre pattes. Ta première sodomie.

Je perds la tête. Mes ongles s'enfoncent dans sa nuque, jusqu'au sang. Je crois que je pousse des cris, mais je n'en suis pas sûre. Mes oreilles tintent si fort que je ne reconnais plus les sons.

Je vis un moment hors du temps. Dans l'espace entre deux secondes. Le vaste espace du zéro.

Puis je jouis, et mon centre se contracte sur le sexe de Wilde.

— C'est bien, bébé. Jouis sur ma queue, ordonne-t-il.

Je suis prise de spasmes contre le mur, tremblante, mes cuisses serrées comme un étau autour de ses hanches.

Dès que j'ai terminé, il tient ses promesses et me porte jusqu'à l'accoudoir du canapé, sur lequel il me penche, me fesse et me prend à nouveau.

Cinq positions délicieuses plus tard, il est plus de minuit, et je suis molle comme une poupée de chiffon, mais nous entendons le hurlement des loups au loin.

— Viens, dit Wilde.

Il me tire par la main, hors du lit où il vient de prendre ma virginité anale. Il me serre contre lui, nus au clair de lune. Il me regarde avec ses yeux de loup.

— Tu veux aller courir ?

Mon manque d'assurance remonte à la surface. Mes

peurs aussi. Je ne sais pas me transformer. La dernière fois que je l'ai fait, j'ai tué un homme.

Mais Wilde se tient à mes côtés. Mon amant. Mon compagnon. Mon demi-frère sexy et immoral. Il prendra soin de moi. Il est tout pour moi.

Je hoche la tête. En un instant, il se retrouve à quatre pattes, sous la forme d'un beau loup noir. Il me lèche le mollet.

Je ne sais pas ce qui m'arrive. Je ne sais pas comment je fais. Tout ce que je sais, c'est que mon corps est pris d'une envie irrésistible de courir avec lui, et soudain, mes yeux sont posés sur deux pattes blanches comme neige et délicates.

Je fais un bond en avant, surprise, et mon nouveau corps se trémousse de joie.

Sans savoir comment, je sais que Wilde est en train de rire. Sa gueule est grande ouverte et semble sourire. Je m'élance vers lui et donne un coup d'épaule à la sienne, beaucoup plus haute.

Il lève une grosse patte et me fait rouler sur le dos pour me faire des léchouilles. Je pousse des jappements ravis. En fait, je crois que je n'ai jamais été aussi extatique.

Wilde me libère et me mordille le flanc pour que je me relève, puis il me pousse en direction des hurlements de loups.

Nous rejoignons les jeunes de Wolf Ridge sur la mesa. Certains, sous forme humaine, sont assis autour d'un feu. D'autres sont nus, comme s'ils venaient de se retransformer. D'autres encore se courent toujours après sous leur forme de loups.

Lorsque nous pénétrons dans la clairière, tout le monde s'interrompt.

— Est-ce que c'est...

— Ça doit être Rayne.

— Ouais, c'est Wilde et Rayne. Oh la vache. C'est une louve blanche.

— Noir et blanche. Yin et yang. Trop cool.

Soudain, tout le monde se transforme et se réunit autour de moi pour me renifler, me lécher, m'accueillir au sein de la meute.

Ma joie est presque trop intense. J'ai l'impression que mon cœur va exploser de plaisir. J'ai envie de pleurer et de rire en même temps. Je pointe le museau vers la lune et je jappe et hurle de bonheur.

Les autres jeunes m'imitent. Se joignent à moi. Nous ne formons plus qu'un, liés par la lune, par notre sang et par les coutumes de cette communauté soudée.

Puis Wilde me fait sortir du cercle. Au début, je ne sais pas ce qu'il cherche à faire, puis je comprends.

Il veut que je coure. Ce soir, c'est moi qui mène la meute au clair de lune.

Je m'élance, et tout le monde me suit, Wilde à mes côtés. J'entends des jappements et des hurlements de plaisir tout autour de moi alors que nous dévalons la colline, courant après notre nature sauvage. Explorant ce sentiment de liberté. Communiant ensemble.

J'adore ça, mais c'est seulement la cerise sur le gâteau.

J'ai Wilde, désormais. Je suis l'une des rares chanceuses à avoir trouvé son compagnon destiné.

Et mieux encore, je me suis trouvée. J'ai ma forme de loup et ma forme humaine. Ni l'une ni l'autre n'est déficiente. Les deux sont miraculeuses.

Nous continuons de courir et de jouer.

Au lever du soleil, je me retrouve de nouveau nue, debout, nichée dans les bras de Wilde. Nous regardons la douce lueur émerger derrière la montagne. Autour de nous se trouvent mes camarades de classe. Des métamorphes qui ne m'avaient jamais acceptée jusque-là, et qui ne forment désormais plus qu'un avec moi.

— Je t'aime, bébé, murmure Wilde en me caressant la tête.

— Je t'aime aussi.

Des larmes de joie brouillent ma vision.

ÉPILOGUE

Wilde

J'envoie le ballon sur le gazon et fais un salto arrière alors que le public et mon équipe se déchaînent.

— Touchdown ! Le match est fini ! Un score incroyable pour le wide receiver de deuxième année Wilde Woodward. Duke vient de remporter le bowl !

Il y a des confettis partout. Mes coéquipiers me soulèvent et me portent à travers le terrain. Je brandis le poing, mais mes yeux sont braqués sur les gradins, où une petite blonde merveilleuse m'acclame. Une petite blonde que je n'ai pas vue depuis les vacances de Noël.

Si j'ai réussi à tenir, c'est grâce à nos innombrables appels vidéo, ses colis pleins de vêtements avec son odeur et la perspective d'être réunis l'année prochaine à l'Université de l'Arizona.

J'ai contacté leur coach pour demander à y être transféré, et j'ai obtenu une bourse complète ainsi que des contrats avec des sponsors. J'aurai également un logement personnel, que je pourrai partager avec Rayne. Après cette année difficile, nous n'aurons plus jamais besoin d'être séparés. Je tiens à la trouver dans mon lit tous les matins. À sentir son odeur sur mon oreiller. À avoir son goût sur ma langue. J'ai besoin de la protéger, de la dorloter, de l'honorer comme j'aurais dû le faire depuis le début.

Je l'ai repérée tout de suite dans le stade. Je ne sais pas comment, vu sa petite stature et la foule de fans en délire, mais un loup sait reconnaître sa compagne. Elle agite le poing en l'air en sautillant.

Dès que mes potes me reposent par terre, je m'élance en direction des gradins. Je saute par-dessus le muret et monte les marches sous les hourras des spectateurs. Je rejoins Rayne et la soulève dans mes bras.

Soudain, je suis chez moi. Pas dans l'Arizona, mais là où est ma place. Avec les jambes de ma superbe demi-sœur enroulées autour de ma taille.

— Tu étais parfait, me dit-elle.

Je sais ce qu'elle veut dire. Ce ne sont pas mes compétences sportives qu'elle admire, mais ma capacité à donner l'impression que ce que je fais est difficile, même si pour moi, c'est du gâteau.

Je dépose une pluie de baisers sur tout son visage. Je n'ai pas les mots pour décrire mon bonheur en la voyant. En l'étreignant.

— Bébé.

C'est la seule chose que je parviens à prononcer d'une voix rocailleuse, encore et encore.

— Regarde, dit-elle.

Elle me montre le grand écran du stade, qui montre des gros plans du terrain ou des spectateurs. En cet instant, il montre un bébé enveloppé dans une couverture.

— Quoi ?

Je ne comprends pas.

La caméra fait un plan plus large, laissant apparaître mon père et Leslie, qui agitent la main.

— Wilde Woodward, la star de Duke, est devenu grand frère aujourd'hui, annonce le présentateur. Ses parents lui envoient cette vidéo pour le féliciter de cette victoire. 5,3 kilos. Apparemment, la famille vient d'accueillir un autre footballeur.

— Oh. Oh ! Oh, ouah. Tu étais au courant ?

Rayne éclate de rire.

— Oui. Ils m'ont envoyé un message juste avant le début du match. Il s'appelle Nathanial. Lui et ma mère se portent très bien.

Je souris.

— Ça fait bizarre, hein ? Qu'il soit notre frère à tous les deux ?

— On est les rois de la bizarrerie, c'est sûr.

Rayne lève son visage souriant vers moi pour m'embrasser à nouveau.

Celui-là est lent et profond. Ma langue se glisse entre ses lèvres pour l'explorer.

Je suis tellement concentré sur ce moment, que j'ai l'impression que le stade se déchaîne à nouveau. Oh, mais c'est le cas.

Rayne recule en riant et me montre l'écran. Le gros plan est sur nous, cette fois. Sur notre baiser. Notre amour.

J'agite la main et me remets à embrasser ma compagne comme un fou. Je lui montre qu'elle est mienne à jamais. Qu'elle est tout ce qu'il me faut.

Ma raison de vivre.

Abonnez-vous à la newsletter de Renee

Abonnez-vous à la newsletter de Renee pour recevoir livre gratuit, des scènes bonus gratuites et pour être averti·e de ses nouvelles parutions !

OUVRAGES DE RENEE ROSE
PARUS EN FRANÇAIS

www.reneeroseromance.com/francaise/

Lycée Wolf Ridge
Brute Alpha
Chevalier Alpha
Alpha par Alliance

Alpha Bad Boys
La Tentation de l'Alpha
Le Danger de l'Alpha
Le Trophée de l'Alpha
Le Défi de l'Alpha
L'Obsession de l'Alpha
L'Amour dans l'ascenseur (Histoire bonus de La Tentation de l'Alpha)
Le Désir de l'Alpha
La Guerre de l'Alpha
La Mission de l'Alpha
Le Fleau de l'Alpha
Le Secret de l'Alpha

La Proie de l'Alpha
Le Sang de l'Alpha
Le Soleil de l'Alpha
La Lune de l'Alpha

Le Ranch des Loups

Brut
Fauve
Féral
Sauvage
Féroce
Impitoyable

Deux Marques

Indomptée (libre)
Tentée
Désirée
Séduite

La Bratva de Chicago

Prélude
Le Directeur
Le Stratège
Possédée
L'Homme de Main
Le Soldat
Le Hacker
Le Bookmaker
Le Nettoyeur
Le Coureur
Le Gardien

Les Nuits de Vegas

Roi de carreau

Atout cœur
Valet de pique
As de cœur
Joker Mortel
Dame de trèfle
Cartes sur Table
Bonne pioche

Série Made Men

Ne m'Aguiche Pas
Ne me Tente Pas
Ne m'Oblige Pas

Série Chicago Sin

Nid de Péché
Ancré dans le Péché

Dompte-Moi

Son Maître Royal
Oui, Docteur
Son Maître Russe
Son Maître Marine
Soumise à leur Punition
Son Maître Pompier

Alpha des montagnes

Le héros: L'homme des montagnes
Rebel
Le guerrier

Maîtres Zandiens

Son Esclave Humaine
Sa Prisonnière Humaine
Le Dressage de Son Humaine

Sa Rebelle Humaine
Sa Vassale Humaine
Son Compagnon et Maître
Animal de Compagnie Zandien
Sa Possession Humaine

Les Épouses Zandiennes

La Nuit des Zandiens
Achetée par les Zandiens
Dominée par les Zandiens

À PROPOS DE RENEE ROSE

RENEE ROSE, AUTEURE DE BEST-SELLERS D'APRÈS USA TODAY, adore les héros alpha dominants qui ne mâchent pas leurs mots ! Elle a vendu plus d'un million d'exemplaires de romans d'amour torrides, plus ou moins coquins (surtout plus). Ses livres ont figuré dans les catégories « Happily Ever After » et « Popsugar » de USA Today. Nommée *Meilleur nouvel auteur érotique* par Eroticon USA en 2013, elle a aussi remporté le prix d'*Auteur favori de science-fiction et d'anthologie* de Spunky and Sassy, et celui de *Meilleur roman historique* de The Romance Reviews. Elle a fait partie de la liste des meilleures ventes de USA Today sept fois avec plusieurs anthologies.

Abonnez-vous à la newsletter de Renee pour recevoir des scènes bonus gratuites et pour être averti·e de ses nouvelles parutions!

https://www.subscribepage.com/reneerosefr